史刚/著

大唐缉凶录

新世界出版社
NEW WORLD PRESS

图书在版编目（CIP）数据

大唐缉凶录 / 史刚著. — 北京 ： 新世界出版社，2018.9

ISBN 978-7-5104-6582-6

Ⅰ.①大… Ⅱ.①史… Ⅲ.①长篇小说—中国—当代 Ⅳ.①I247.5

中国版本图书馆CIP数据核字(2018)第191334号

大唐缉凶录

作　　者：史　刚
责任编辑：黄　倩
责任印制：王宝根
责任校对：宣　慧
出版发行：新世界出版社
社　　址：北京西城区百万庄大街24号(100037)
发 行 部：(010)6899 5968　(010)6899 8705（传真）
总 编 室：(010)6899 5424　(010)6832 6679（传真）
http://www.nwp.cn
http://www.nwp.com.cn
版 权 部：+8610 6899 6306
版权部电子信箱：nwpcd@sina.com
印　　刷：三河市骏杰印刷有限公司
经　　销：新华书店
开　　本：880mm×1230mm　1/32
字　　数：240千字　印张：9
版　　次：2018年9月第1版　2018年9月第1次印刷
书　　号：ISBN 978-7-5104-6582-6
定　　价：39.90元

目录／contents

第一单元　逐鹿长安

楔子　002
第一章　五百两赏银　005
第二章　金不换　014
第三章　逼宫　020
第四章　清风阁　024
第五章　楚王进京　029
第六章　风声鹤唳　035
第七章　卷宗　041
第八章　司空虎和赵一针　045
第九章　案件真相　051
第十章　半年前的旧案　058
尾声　062

第二单元　问鼎隋宫

楔子　066
第一章　隋朝后人　068
第二章　麒麟　074
第三章　三件命案　081
第四章　大隋王宫　086

第五章　两个皇帝　090
第六章　潇潇　095
第七章　投水的女子　099
第八章　婚宴　104
第九章　借尸还魂　110
第十章　决战之时　115
尾声　118

第三单元　神剑山庄

楔子　120
第一章　狐仙祠堂　123
第二章　没有凶器的谋杀　126
第三章　丧失记忆的人　130
第四章　凶器找到了　137
第五章　神剑山庄　142
第六章　蓬莱阁　147
第七章　四个血手印　153
第八章　四和尚的秘密　158
第九章　狐仙骗局　164
第十章　罪有应得　169
尾声　171

第四单元　传国玉玺

楔子　174
第一章　白猿老叟　176
第二章　一个疑点　181
第三章　俞天池之死　185
第四章　市井高手　190

第五章　雁来国皇帝　195
第六章　独孤飞羽之死　200
第七章　追杀　206
第八章　传国玉玺的下落　210
第九章　两个凶手　217
第十章　城隍奶奶　223
尾声　228

第五单元　荒原王孙

楔子　232
第一章　狐王孙的挑战　235
第二章　仆役和管家　241
第三章　放羊老汉的秘密　247
第四章　疑窦丛生　251
第五章　凭空消失　255
第六章　主簿　258
第七章　县令被杀　262
第八章　案件真相　268
第九章　狐王孙的往事　272
第十章　皇室的秘密　278
尾声　281

第一单元　逐鹿长安

楔子

大唐西京长安，龙盘虎踞之地，群雄逐鹿之所。城内街衢通达，阛闾近千，冠盖如云，挥汗成雨。

天宝五年，百姓街谈巷议的无非三个人物。首先是当今皇帝李隆基。他年幼之时，助太平公主清君侧，斩杀韦皇后和安乐公主。睿宗皇帝暮年，李隆基又发动政变，戮除太平公主，终于使后宫干政的危机得以消弭。令人唏嘘的是，明君李隆基，如今却娶了自己的儿媳，将其封为贵妃，贪图享乐。

其次是高力士，官居骠骑大将军，开府仪同三司，皇帝视他为手足，太子和诸王公主尽皆侧目而视，享尽无限风光。最后是宰相李林甫，为人喜怒不形于色，口蜜腹剑，朝廷中的敌手被他整了，还当他是至交好友。

大雪纷飞之后，鞭炮声中，春节到来。街市上熙熙攘攘，百姓们喜气洋洋，互相拜年，仔细挑拣着年货，迎新纳福。舞龙舞狮的队伍络绎不绝，大人抱着小孩子，小孩子手里举着糖葫芦和年糕，对着舞龙舞狮的队伍指指点点。

几个闲人，坐在一旁的年货摊边，看热闹聊闲天。

“高力士要做寿，文武百官肯定都去送贺礼。”

“你看，那不是宰相李林甫吗？大概是去高力士的府第送贺礼，喝喜酒的。”

一乘黄色的八抬大轿，从街边慢慢行来。一队下人，敲锣打鼓地跟在后面。轿帘打开，满脸长髯、脸颊略胖、眉眼带笑的宰相李林甫探出头来。他在朝中地位尊崇，势力盘根错节，这一乘八抬大轿即是皇帝李隆基所赠。李林甫和高力士交情一般，此次送贺礼，纯属逢场作戏。贺礼之中，尤为显眼的是一幅精工装裱、国朝圣手李思训的青绿细笔山水。别人想要李思训的画作，难比登天。

李林甫的轿子停在高力士府第门口。微微驼背的高力士，鬓发显出苍然之色，浓长的白眉，眼角下垂，两腮松弛，披红挂彩地迎出来，将他请进府内。李林甫满脸笑意，从袖子里抽出礼单，交给高力士，然后抬手示意，下人将那幅李思训的山水卷轴打开。卷轴宽一尺，长十尺，上面是连绵起伏的千里江山，湖泊之中有渔翁垂钓，一行征雁从天际掠过。在场的众宾客看后纷纷喝彩。

李林甫在上席端坐，道："陛下口谕，待会儿他会亲自到场祝贺。陛下还准备了贺礼，一起送来，劳烦阿翁稍等一下。"

众人听说皇帝李隆基要来，立刻起哄。

高力士眼角的鱼尾纹绽开，笑道："陛下和各位大人能给老奴面子，是老奴的荣幸。老奴只是后宫的仆役，陛下太过抬爱了。相爷为国尽忠，是国朝第一重臣。文章学问，朝中人更是难以望其项背，老奴佩服。"

众人都附和着笑起来。

高力士亲自给李林甫倒上酒，转身问道："阿澄外出去高家祠堂，怎么还不回来？"

李林甫眼睛抬起，立刻想起这个阿澄。阿澄是犯官于俊卿的妹妹，高力士把她收为义女。外面百姓闲言碎语，都说老太监没安好心。长安城达官显贵给高力士立了一个生祠，今天轮到阿澄去祠堂照看。李林甫正要开口询问，一个下人气喘吁吁地跑进大门，一脸惊惶道："出事了，小姐被歹徒绑走了！"

所有人都是一怔。

高力士问道："那个歹徒长什么样?"

下人道："小姐进到祠堂，要我们在外等候。过了一会儿，我见她不出来，就打开门看看，谁知里面站着一个黑衣人，一拳将我打倒。等我醒过来的时候，祠堂里是空的。小姐不是遇害，就是被那个黑衣人绑架了!"

在场的所有宾客都开始议论纷纷，都奇怪谁敢招惹高力士，这不是太岁头上动土嘛！李林甫从碟子里夹起一片牛肉，塞进嘴里，心想高力士专宠多年，得罪的仇家不计其数，如今寻仇，倒也在情理之中，自己正巧可以看一出好戏。

高力士默然不语。

马蹄声传来，一个太监策马来到高府门前，跳下马闯进大门，气喘吁吁道："陛下出事了，贵妃娘娘请阿翁和相爷进宫商议!"

高力士的寿宴就这样被搅了。多年后，高力士一直难以忘记这件案子的凶险。

第一章　五百两赏银

大明宫倚龙首原而建，巍峨壮丽，藐视云汉。高力士和李林甫来到丹凤门，一个身穿官服的中年男人已经在此等候了。此人一张窄窄的脸，细眉细眼，鼻梁高耸，山羊胡须，正是大理寺卿布书仁。布书仁为人机警，在朝中顺风顺水。他向两人打个招呼，在前引路。

初春的微风，依旧带着一丝凛冽，三人急匆匆的影子在脚下不住摇晃。皇帝李隆基的书房，宫女、太监已哭成一片，还夹杂着杨贵妃的呵斥声。

高力士等人进门，探问状况。杨贵妃摇头道："事态紧急，打搅阿翁寿诞，三位先来看看陛下。"

书房里，靠南墙是一扇宽大的窗子，窗前一张雕花书案，书案上已笔墨狼藉。书案旁边是一张卧榻，皇帝李隆基正倒在卧榻上，面色苍白，人事不省。李隆基已经年逾六旬，腮边隐隐露出黄褐色的斑点，双颊凹陷，一副美髯修剪得很整齐。

高力士问道："陛下生病，还是中毒？"

杨贵妃叹息道："按照御医所讲，极像是中毒。昨天，一个名叫骆言的西域客商，进献一面铜镜，据说是一件汉朝异物，已经流传了几百年。陛下好奇，就留下赏玩。孰料想，今天正午，陛下正要去阿翁家里贺喜，突然昏倒在地。"

高力士问道："中毒？御医如此确定？"

杨贵妃道："陛下昏倒之前，曾经仔细摩挲镜子，然后把手指含进嘴里。看来陛下也觉出镜子有问题，但是为时已晚。"

高力士沉吟道："陛下出事，宫中无人。太子出使番邦，许久未归，这却如何是好？"

一旁的大理寺卿布书仁有一种被人遗忘的感觉，插嘴问道："那面镜子在哪里？"

杨贵妃道："陛下昏倒之后，有两名宫女冒死试毒，结果也昏倒在地。那面镜子如今用黄色锦缎包起来，放在锦盒里了。"

布书仁跃跃欲试，道："臣想试试那面有毒的镜子，倘若昏迷或者身亡，臣自己负责。"

高力士和李林甫互看一眼，不敢吭声。

杨贵妃问道："布大人考虑好了？"

布书仁点头。

杨贵妃一招手，一名宫女抱过来一个锦盒。杨贵妃亲手把锦盒交给布书仁。布书仁是外臣，不敢与后宫嫔妃有所交集，此刻下意识抬起眼睛——对面的杨贵妃体态丰腴，蛾眉淡扫，眼角含泪——又自知失仪，急忙低下头。锦盒打开之后，揭开黄色锦缎，里面是一面铜锈斑驳的古镜，背面刻着云纹，看年代确是汉朝之物。

布书仁仔细端详镜面，看到里面是自己的样貌，面庞清瘦，山羊胡须，并无不妥。他的手指，触摸到镜面，的确有一些黏糊糊的颗粒，把手指放在唇边，一种咸咸的感觉。布书仁回头，冲着高力士和李林甫傻笑，然后抱着镜子，昏倒在地。

李林甫叹息，凑过来道："布大人太过大意，趁着中毒较浅，给他用点儿手段，大概管用。那位小公公，你来！"

高力士来不及多理会，转身跑到殿外，高声呼唤御医。一个御医立刻抱着药箱跑过来，刚进门，就看到那个太监左右开弓。布书仁的脸颊被打成包子模样，青紫肿胀，嘴角溢出血丝。李林甫立即叱骂道：

“谁要你殴打朝廷命官的?”

太监问道:“相爷的意思是?”

李林甫骂道:“掐人中!”

众人正在争吵，忽见布书仁呕出一口黑血，坐起身子，伸手摸着脸颊:“好像有人暗算我，打我一顿?”

李林甫不承认:“怎么会呢?布大人昏迷，做了噩梦而已。如今你相信是毒药了?”

布书仁看到太监挽起的袖子，立刻心知肚明了，道:“确是毒药无疑!竟然有人毒害大唐皇帝，简直胆大包天。下官发出海捕文书，先把那个送镜子的西域客商骆言抓来审问，一定会有收获。此次是个大案，臣想悬赏五百两银子，寻找市井高人救驾，大家一起集思广益。”

李林甫明白，那个西域客商弑君谋逆，早就逃走了。要想断案，只能依靠五百两银子的赏银。

南城一个精致的小院落里，一个虎背熊腰的老妪，眉毛微秃，两眼圆睁，脸孔充满杀气，手中一根擀面杖，来到门前砸门。一个二十五岁上下的瘦弱书生，长眉斜入鬓角，眼睛很亮，鼻梁很高，嘴唇很薄，头戴幞头巾，身穿石青色长衫，脚下是一双青布鞋，开门道:“是房东大娘啊?”

房东大娘怒气冲冲，两手叉腰，张嘴露出一副龅牙，道:“司空虎，你去年是否高中探花，探花是否被相爷掉包，我管不着，但是你欠我三个月房租，再不还我，我就把你赶走。你不要以为老娘是女流好欺负，老娘的娘家兄弟可是会拳脚的!”

司空虎挠挠头发，道:“房东大娘，你难我也难，我平素连肉都吃不上，只能砸核桃解饥。要不我拿东西做抵押?”

房东大娘上下打量司空虎:“你一个穷光蛋，拿什么抵押?我看你这身新衣服不错，脱下来。”

司空虎捂着衣襟道："虽说咱们差着辈分，但是男女有别，在你面前赤身露体不大好。"

房东大娘不接话茬，上前撕扯司空虎的长衫，最后长衫脱下，只剩下一个光膀子。房东大娘骂道："你敢非礼老娘?"

司空虎尴尬道："不是非礼，我真的只有这一身了。你把长衫拿走，我就剩下裤衩子。天这么冷，把我冻死，还得给我收尸，不大划算吧?"

房东大娘叉着腰，回头正看到一个十七岁上下、身穿黄裙的小姑娘，小碎步跑着进门，大喊一声："司空大哥，咱们有钱赚了!"

司空虎吓一跳，道："小清，你一惊一乍干吗?"

这个小清，本来是司空虎的同乡。去年老家闹瘟疫，父母病亡，在长安城偶遇司空虎，就在此借住。小清四处给司空虎揽活，给人家做账房，或者文案。她道："司空大哥，我跟你说一件新鲜事。陛下被人下毒，昏迷不醒，大理寺卿布书仁悬赏五百两纹银寻找市井高人救驾，这价钱可不少!"

司空虎张大嘴巴："五百两?"

房东大娘立刻换了一副笑脸，把擀面杖塞进腰间，长衫还给司空虎："探花老爷，你才高八斗，只是运气不好才如此落魄。你不是喜欢琢磨那些断案的技巧吗，如今可以派上用场了。"

司空虎沉吟。

房东大娘又道："直说吧，你恨相爷不?"

司空虎依旧一副瘟头瘟脑的模样，不吭声。

房东大娘笑起来："那就争气一点儿，趁机名扬天下，以前的荣光不就回来啦?只要你能救驾，别说赏银，连朝廷的官职都由着你随便挑。刚才我火气有点儿大，闹出一点儿误会，不要放在心上。房子你先住，每月一百两银子的房租，可以先欠着。"

司空虎蹙眉道："房东大娘，咱们说好的，房租是每月十两银子，你不能坐地起价啊。”

房东大娘笑道：“你身价不同了，房价自然也要改一改。你们聊正事，我不打扰你们了。”

司空虎看着她乐呵呵离去的背影，气得直抓头发。小清笑嘻嘻地过来帮他穿上长衫，再捏捏肩膀，捶捶后背，道：“司空大哥，你就要发迹了，可否留下我做管家？我没那么贪心，你给我每月九十两银子，小妹很知足。”

司空虎惨叫一声，逃出门去。

大理寺卿布书仁平素节俭吝啬，轿子的帘子破了，只是修补，不愿意更换轿帘。于是，他的轿子成了朝廷大员里面唯一轿帘打补丁的特例。轿子行到哪里，路人看到轿帘上的补丁，都指指点点。布书仁见怪不怪，不为所动。他从大明宫出来，吩咐手下骑快马张贴悬赏布告，自己坐在轿子里打盹。

轿子停在了大理寺门口。一个差役过来禀报道：“布大人，有一名年轻男子，自称去年中榜的探花司空虎，前来协助大人救驾。”

布书仁用蘸了凉水的汗巾，捂着发烫的脸颊，不屑道：“死骗子看中了五百两赏银，也就罢了，居然冒充探花？去年的探花明明是相爷的远房侄子……咦？”

他想起来了。朝廷传言，去年科举，李林甫做了手脚，将不学无术的远房侄子安插进来。为防露馅，没敢掉包状元和榜眼，就掉包了探花。这个司空虎，就是被掉包的倒霉蛋。这可麻烦了，对方拿捏着李林甫的把柄，简直是一个烫手山芋。布书仁只能装糊涂道：“我去试探此人底细，果真是个骗子，棍棒伺候。”

进到大堂，司空虎已站在墙边等候。

布书仁坐在桌案后面，假装靠着椅子喝茶休息，眼睛瞟着对面的小白脸——那书生相貌清瘦，脸上尽是菜色，显然穷困潦倒。布书仁开始同情司空虎了："你我年纪相差甚远，我就叫你一声司空世兄。你来领赏银，得先通过考试。我出三道考题，你答对了就帮我做事，答错了莫怪本官不留情面。"

司空虎道："布大人请出题。"

布书仁道："腊月时节，天降大雪，江南出了一宗命案。死者被利器捅死，凶手没有离开现场，但是找不到凶器，只有一根湿漉漉的绳子和一堆点燃的柴火。你能断出，凶手的杀人方法吗？"

司空虎满脸自信，语速很快地说道："天降大雪之时，凶手把绳子蘸水，冻成一根冰锥，就可以杀人了。那堆柴火也有用处，就是用来把绳子上的水化掉。"

布书仁觉得有点儿意思，继续道："算你胜了一题。第二道考题，也是天降大雪，死者被害，但是现场的疑凶身上没有血迹。紧接着，第二天，城里的裁缝被杀，裁缝家的火炉里找到了一些衣服的残片。请问凶手杀裁缝做什么？"

司空虎眼睛眨都没眨，似乎对这个难题根本不感兴趣："因为裁缝是凶手的帮凶。凶手事先找裁缝，定做了一件可以反过来穿的两面衣服。行凶之时，血渍溅到衣服上，但是凶手穿的是两面衣服，把反面换成正面，就可以摆脱嫌疑。凶手杀人之后，再把裁缝灭口。"

布书仁继续道："我出最后一道考题，你要小心。还是大雪时节，案发现场没有看到死者出现，也没有死者的脚印。第二天，死者的尸体被发现。请问为什么会没有死者的脚印？"

司空虎嘴角带笑，两手负在身后，道："死者早就被害，只不过因为下雪，凶手在雪地里，用自己的脚印覆盖死者的脚印即可。布大人，小人可以为朝廷效力了吗？"

布书仁的茶盏停在了唇边。

这三道考题，其实是江南出现的三件悬案，一月以来无人能解。此刻现学现卖，孰料想小白脸答题不费吹灰之力。他决定遵守承诺，低声道："司空世兄，我们一见如故。救驾之后，本官会向陛下给你求个前程。五百两赏银，也如数奉送。只是，你不懂官场规矩，我很难办。刚才差役说，你和相爷有点儿误会。依我看，是差役听错了，对吗？"

司空虎挠挠头发："布大人见教得是。"

布书仁笑嘻嘻道："你想从善如流，就要投鼠忌器。"

司空虎附和道："多谢布大人提醒。"

忽然，大理寺外面的登闻鼓响了，一个满鬓寒霜的老汉神色惊慌地闯进大堂，跪在地上。

布书仁把茶盏扔在桌上，一拍惊堂木，高声问道："堂下何人，有何冤枉？"

老汉一边用袖子擦汗，一边道："小人郭义，是长安城外十里村的保长，今日午时，十里村的村头土地庙出现一具死尸，是个西域人模样，小人听说朝廷在缉捕一个西域客商，就有些怀疑，前来报官。"

官兵们都开始窃窃私语。

布书仁道："本官要查验现场，请郭保长带路。"然后一拍惊堂木，走出大堂。

郭义在前面带路，布书仁坐着轿子，司空虎和一队官兵紧随其后。临近傍晚，众人来到十里村。村里出了命案，村民们都按捺不住好奇，围在一旁，此时急忙后退，让出一条路来。布书仁跳出轿子，来到土地庙门前。

这间土地庙，供奉的神像早已经残破不堪，显然平素无人打理，布书仁和司空虎进门，就看到一具男尸倒在地上。这具男尸已经现出尸斑，死去不到一天，与郭义所说的死亡时间相吻合。司空虎把男尸的脸孔掰过来——满脸络腮胡，浓眉大眼，蒜头鼻子，青紫色的嘴角溢出一丝血渍，显然是挣扎的时候将嘴唇咬破。尤其显眼的是，咽喉处一道黑紫色的印记，是被丝带勒住咽喉，以致窒息而死。

叮当一声，从男尸怀里掉出一面铜镜，锈迹斑驳，背面有云纹。司空虎把铜镜拿在手里，开始出神。这面镜子分明和毒倒皇帝李隆基的铜镜一模一样。于是难题来了，自己要不要以身试险，检查镜子上面是否有毒呢？司空虎咬着嘴唇，回头对布书仁说道："布大人，草民现在要做一件事情，来不及多解释，麻烦你帮我一个忙，倘若我中毒，你一定也给我一顿耳光，或者拿棍子敲我脑袋一下也成。"

布书仁知道此事非同小可，便答应下来。

司空虎擦擦额角的冷汗，将铜镜翻过来，用手指摩挲镜面，铜镜里面的人，头戴幞头巾，身着长衫，满眼血丝，白眼珠还有点儿发黄。他下意识地摇摇头，把手在眼前晃晃，什么事也没发生，把手指含在唇边，并没有咸味。

布书仁卷起袖子，准备动手，先试探着问道："你还好吧？"

司空虎回头道："我如今是什么样子？"

布书仁定睛看看，道："你脸色憔悴，是不是没休息好？白眼珠还有点儿发黄，明显肝火旺盛。要不我帮你找个郎中，开一点黄连、栀子、大黄之类的药材去去火？"

破庙门外的围观百姓也都交头接耳。

司空虎尴尬地笑笑，将这面无毒的铜镜交给官兵收起来，继续在男尸身上检查，却一无所获。日头落山，只剩下一抹黄晕，泥塑的神像满头灰尘，房梁上也积满了灰尘。一张破损的蜘蛛网悬在半空。司空虎朗声道："何方高人，可否现身一见？"

土地庙四周静悄悄，没有回答。

布书仁问道："你的意思是，那个杀人凶犯还没有走远？"

司空虎道："布大人可以推想一下，这个西域客商进献铜镜之后，离奇地死在这间土地庙，所为何来？尸体身上其他物品都不见了，偏偏有一面普通的铜镜在他怀里，又是为了什么？你只要解开这两个疑点，就豁然开朗了。”

布书仁摇头，一脸茫然。

司空虎道：“这间破庙，案发的时候，先后出现了两个人。这两个人，第一个是凶手，第二个却在提醒我们铜镜的秘密。事情变化很快，说什么都为时尚早。”

布书仁似乎有点儿开窍：“也就是说，这个西域客商进献铜镜，是被人指使，幕后真凶兔死狗烹，把他灭了口？”

司空虎道：“正是如此。”

布书仁抱住他的肩膀，兴高采烈道：“本官没有看错人，你如此机智，简直是本官的智囊！不对，说你是本官的智囊，置陛下于何地？从此往后，本官就叫你长安智囊！”

司空虎的肩膀被抓得生疼，惨叫道：“布大人先回长安城禀报情况，这具男尸装殓起来，停放在大理寺。”

布书仁一抬手，门外的官兵进来，把男尸放在门板上带走。土地庙里的神像，掩映在黄色的光晕里。随着阳光的淡去，一切再次归于沉寂。

第二章　金不换

布书仁带路，去高力士府第禀报西域客商骆言被杀的事情。司空虎却在琢磨，凶犯下手狠辣，那五百两银子，就怕有命赚没命花。满天繁星之下，一名年轻的圆脸女子，湖绿衣衫映衬出丰腴的体貌，出现在高力士身后。布书仁惊道："阿澄姑娘？你不是被绑架了吗？大理寺的官兵正在四处查访呢。"

阿澄道："我今早去义父的祠堂，一阵迷烟喷过来，就人事不省了。等我醒来，发现躺在祠堂不远处的小树林里。"

布书仁捏着胡子沉吟，道："阿澄姑娘没看到凶犯的脸孔，凶手查找起来可能难一点儿。今天城外十里村出现一桩命案，或许和你被绑架的案子有点儿牵扯。下官带来一位高人，有他相助，必定事半功倍。"

高力士眼尖嘴快，道："这不是司空虎吗？"

布书仁被揭穿，脸上的血肿隐隐作痛，急忙掏出汗巾捂住，用呵呵的笑声化解尴尬，道："阿翁对平民百姓的底细了如指掌，果然神通广大。"

高力士一副坦荡面容，请众人坐下，也笑起来："司空世兄名声在外啊！探花掉包一事，老奴偶有耳闻，可惜无缘见面。大理寺卿劳累一天了，老奴这位义女自幼熟习音律，琴艺很高，就请阿澄操琴一曲，为诸君散闷如何？"

布书仁立刻答应。

繁星闪耀之间，琴声在院中响起。

高力士和布书仁坐在椅子里，司空虎搬着小板凳坐在阿澄对面。古琴本有五弦，按照宫商角徵羽的音调。后来周文王被难，增加了一根琴弦，谓之文弦。武王伐纣，又增加一根琴弦，谓之武弦，于是后世的古琴便有了七弦。阿澄今天的琴曲，充满杀伐之气，七弦中的那根武弦铮铮作响。

司空虎觉得很为难，他一向不熟音律，所以有点儿无所适从。这时候，高力士递过来一个银壶和一个银盏。司空虎接过来，倒出一些乳白色的液体，轻啜一口，香气浓郁，甜中发酸，原来是草原牧民喜欢喝的奶茶。他一边喝奶茶，一边觉得很累——今天中午去大理寺领赏，下午去郊外验尸，此时意识蒙□，昏昏欲睡，眼皮开始打架，歪在地上。

等到司空虎醒来，发现躺在自家的卧房里。小清坐在床前，左手支着下巴，右手翻着一卷古籍。

司空虎摸着脑袋，问道："我怎么了？"

小清怒道："司空大哥，昨天听琴听到一半，你竟然睡着了。布大人派人报信，叫我去高力士家。我赶到的时候，你躺在地上，还在流口水！我都不知道如何跟大家解释！布大人粗通脉象，说你没病，就是累了。如今他就坐在书房里，你何时醒来，他何时才离开。"

司空虎一听大理寺卿在这里，立刻站起来。布书仁坐在书房的椅子里翻书，迎面训斥道："丢人现眼，丢人现眼！以后谁敢给你弹琴！对牛弹琴，牛也不会睡着吧？案子才开了个头，陛下还躺在大明宫里等我们救驾呢。"

司空虎低着脑袋，道："惭愧，布大人莫怪！"

布书仁挖苦道："世兄的酒量不错啊！"

司空虎不懂："小人没喝酒，只喝了一点儿奶茶，味道蛮醇香。"

布书仁乐了："谁告诉你那是奶茶的？那东西是草原牧民喝的不假，但不是奶茶，而是马奶酒！"

司空虎尴尬起来："小人孤陋寡闻，布大人莫怪。我这就去民间私访，咱们一明一暗，互相帮衬。"

布书仁道："就这样定了。"

长安城朱雀大街，司空虎身穿蓑衣，头戴斗笠，腰间一个鱼篓，假扮渔翁，正躲在人群里观看布告。忽然一匹快马从朱雀大街的另一头横冲直撞过来。马上一个黑衣人，手中一根削尖的木棍。黑衣人大喝一声，手中木棍掷出，插在告示墙上，木棍另一头绑着的锦缎打开，上面写着：当今皇帝身中剧毒，即将龙御归天。太子出使番邦，遭遇不测。宰相李林甫天赋异禀，德才兼备，势必取代新君之位。

司空虎大蹙眉头。他看完布告，在街市上慢慢走。一个身穿粗布衣服、下人模样的年轻男子，形迹可疑，在人群里乱撞。司空虎下意识地跟上，来到一个小棚子，忽然眼前一黑，脑袋被人用布罩住，手脚也被绑住，扛起来带走。

一刻钟后，司空虎被重重丢在地上。

一个声音冷冷响起："你知道这是哪里吗？"

司空虎道："老兄绑架我，似乎不是求人的态度。"

对方笑道："你怎么知道，我有事求你？"

司空虎也笑道："我眼睛被蒙住，但是耳朵很灵。这是一个酒楼的二楼，因为我听到有推杯换盏的声音从脚下传来。我平素对道路熟稔，被绑架后心中默数，对方扛着我走了七十四步。根据这七十四步的距离判断，这里是南城的慕云阁！倘若是谋害陛下的幕后真凶，他想杀我，直接动手就是了。请我喝酒的，只能是有求于人！"

对方大笑起来，上前摘掉黑布。司空虎四下看看，这是一个雅间，对面一个八仙桌，桌上摆着烧鸡、红烧鱼、狮子头、烩牛肉等菜色。一个身材魁梧、眼睛炯炯有神、嘴唇边露出胡楂的中年男人，坐在桌边："这里是慕云阁酒楼二楼的天字号雅间，本人是掌柜金不换。司空兄弟接手了谋害陛下的案子，愚兄只能向你求助。担心你言过其实，就用了一点儿小手段，莫要怪罪……喂，你有没有听我讲话?"

司空虎一副饿鬼投胎的面相，从桌上抬起头来，手里筷子夹着红烧鱼，嘴里叼着一根鸡腿："我从今天早上肚子就是空的。老兄想听案情，很容易呀。这一次的幕后凶手，有三个阴谋，环环相扣。第一个阴谋，是给陛下下毒；第二个阴谋，是使出使番邦的太子一去不回；第三个阴谋，是栽赃李林甫。朝廷乱作一团，李林甫很可能受点儿牵连。"

金不换道："去年相爷把探花掉包，着实害司空兄弟不浅，如今你反过来救他，正好出口鸟气。天理昭彰，报应不爽。不过你得想开些，他倘若做好事，那就不是奸臣了。陛下生死未明，其他皇族自然觊觎皇位。只要抓到那个骑马造谣的黑衣人，或许对大理寺有帮助。不过愚兄求助，是为了另一件事。今天一早，长安城有五个郎中失踪，也包括我的结义兄弟赵一针。"

司空虎问道："赵一针是何许人?"

金不换道："他是江湖上的医仙，救人只用一针，因此得名。今天一早，我去找他，发现人去屋空，看守房子的老头死于非命。"

司空虎丢下手里的鸡骨头，站起来道："劳烦金掌柜带路，我想验尸。"

赵一针住在一座两进的大宅院里，院子门口有一副楹联：华佗能医百病，神鬼不救众生。时间已近夜晚，司空虎和金不换进门，只见两个下人面色严峻，在一旁看守。一张门板，放在院子里，上面是一具盖着白被单的尸体。打开白被单，只见尸体须发皆白，嘴唇青紫，咽喉处也是一道黑紫色的勒痕。这个老头，毙命的方式和那个西域客商如出一辙，显然是同一凶手所为。

司空虎道："凶手如此狠辣，简直毫不留情。倘若有江湖高手帮我们就好了。因为，江湖高手可以凭着呼吸声，听出是否有人躲在暗处。想必那个幕后真凶看中了赵一针，于是抢在我们前面对他下手。咱们回慕云阁吧。”

金不换一脸诧异，司空虎信心满满地冲他丢个眼色，两人便一起离开。

慕云阁矗立在街巷中。司空虎借着街市上的灯火，看到屋檐高耸，酒旗飘摇，门前一副楹联：雪满千山寻路径，回首天外皎月明。两人径直走进二楼天字号雅间，金不换问道：“司空兄弟，你可有线索？愚兄洗耳恭听。”

司空虎把一根鸡爪子塞进嘴里，一边说道：“刚才赵一针家凶险万分。我在院子里，听到暗处有人的呼吸声。我故意话里有话，想试探一下对方，但是对方没有反应。”

金不换道：“你是说，杀人凶手没走远？”

司空虎道：“不错！”

金不换变了脸色，怒道：“原来你会通过呼吸来寻找其他人，那你还撒谎？咱们当时就把那个凶手揪出来多好！”

司空虎两手一摊，一脸无奈的表情：“这是没办法的事情。我会通过呼吸找人，可惜学艺不精，只能找到人，却判断不出对方的身份。比方说，一个呼吸粗重的百姓和一个呼吸内敛的江湖高手，我是分辨不出来的。倘若藏在院子暗处的是一个绝世高手，我还去揭穿他，下一个被勒死的就是我了。”

金不换道：“我有帮手，还会怕他？”

司空虎笑道：“你想试试，那就回去找他。”

金不换靠在椅子里，不再吭声。

司空虎叼着筷子：“咱们回顾一下这件案子。陛下被那面镜子弄得身中剧毒。朝廷以为找到那个西域客商，就可以知道幕后真凶。紧接着西域客商被灭口。杀死西域客商的凶器是一根丝带，这与赵一针家看门老头的死法一致，可以断定凶手为同一人。如今我们要找的，就是这个用丝带做凶器的人。”

金不换道：“不错，幕后真凶暗算城中的郎中，又袭击赵一针，就是为了让朝廷没有医道高手可用！”

司空虎叹息道：“毒害一国皇帝，自然要斩草除根。”

金不换追问道：“其他不提也罢，那个幕后真凶的身份，司空兄弟可有推测?”

司空虎点头：“有。”

金不换追问道：“是什么人?”

司空虎呵呵大笑起来：“金掌柜，你动用一下脑子里的常识。什么人杀人要用丝带?”

金不换摇头。

司空虎道：“戏法人人会变，各有巧妙不同。我们将计就计，在凶手设计陷阱的同时，我们也给凶手设计陷阱，做人不能太老实。”

第三章　逼宫

早朝开始，文武官员分列两队走进大明宫的丹凤门。穿过含元殿，再过宣政门，便是皇帝临朝听政的宣政殿。大家各怀鬼胎，互相侧目而视。众人平素划分帮派，可谓积怨已久，现在正是一个爆发的绝佳机会。高力士站在大殿之上，回头看一下旁边空荡荡的龙椅，心中满是阴霾。

众人目光交替，眼睛迸出火星。

兵部侍郎高锐，年近五十，身材魁梧壮硕，两只蒲扇大手，一张狭长的脸，眼睛里露出凶狠，最先开口发难："阿翁，臣是粗人，就直言不讳。陛下身中剧毒，药石无医，不如及早考虑后事。太子出使番邦，多日不回，难免遭遇不测。在列的王公贵族中，若是有人德才兼备，可以毛遂自荐，重振朝纲。臣保举一人，楚王被贬在外多年，福泽深厚，何不令楚王进京，继承大统？"

自从武后打压李姓皇族，许多皇族被杀，也有许多皇族被贬，甚至于本人死了，后代却依旧留在贬所。武后病重，中宗复位，为了独掌皇权，故意不把那些皇族召回。后来的睿宗和当今皇帝李隆基，依旧如是。楚王为人工于心计，竟然在江南广布势力，形成尾大不掉之势。高力士根本没把兵部侍郎放在眼里，道："陛下中毒不假，但绝非药石无医，何来退位一说？侍郎大人多虑了。御医何在？把陛下的脉案给诸位看看。"

一个低眉顺眼的御医，手捧脉案，递给兵部侍郎高锐。兵部侍郎高锐仔细看过几遍，传给其他官员。众人一边翻看脉案，一边交头接耳。兵部侍郎高锐傲然道："陛下中毒多日，倘若能救活，还会等到今天？阿翁就不要伪造脉案了。"

大理寺卿布书仁看不下去，道："侍郎大人，你一生见过几个大案子，也来班门弄斧？"

兵部侍郎高锐嘲讽地大笑起来："一个大理寺卿，却不会断案子，居然悬赏向市井中人求助。你说我班门弄斧，我还说你尸位素餐呢！"

布书仁气得吹胡子瞪眼睛，指着兵部侍郎高锐，就要叫骂出来。高锐一脸不屑。两人站在一起，布书仁的脑袋刚到高锐的肩膀。其他朝臣害怕布书仁吃亏，赶紧把他俩分开。

兵部侍郎高锐继续向高力士挑战："臣斗胆请阿翁带我们文武百官去探视陛下，辨个分明。"

宰相李林甫开口道："侍郎大人实在是僭越了！你把陛下当成什么了，难道阿翁会撒谎吗？"

兵部侍郎高锐依旧冷嘲热讽："相爷和阿翁的关系非同一般啊！如今陛下出事，城中百姓都说你意图取而代之呢。"

李林甫最怕听到这句话，结果还是躲不过去，急忙尴尬道："本相爷已是一人之下，万人之上，绝没有当皇帝的非分之想。"

兵部侍郎高锐歪着脑袋看着李林甫："陛下药石无医，掌权最大的就是你和阿翁。阿翁自然不可能做皇帝，最有可能篡位的非你莫属。"

啪！高力士一掌击在龙椅的扶手上。

所有的文武百官，顿时鸦雀无声。

高力士长眉倒竖，用冷森森的目光扫过众人的脸孔，转身走出宣政殿。文武百官互相看看，都低着脑袋陆续离开。

高力士回到自己的府第，司空虎已经等在院子里。高力士坐在椅子里面发狠，一连摔了三个茶盏，见对方不吭声，是个乖巧角色，便道："案子可有眉目？"

司空虎笑道："草民前来通报案件进展，不料朝中大臣按捺不住，自己露出马脚。"

高力士一怔："快讲。"

司空虎蹲下身子，捡起茶盏碎片，递给一旁的下人，慢条斯理道："今天一早，金不换得到消息，被武后贬到江南的楚王已经收拾行李，准备动身来长安城。此人向来不大安分，既然进京，必有内应。早朝之上，那个内应自己跳出来，省却朝廷不少功夫。"

高力士阴沉着脸，道："谋害朝廷命官，无非党争或仇杀。倘若谋害的是九五之尊，必然是想取而代之。幕后真凶不是相爷和太子，一定是被贬的王族，比如楚王。朝廷可以征召被贬在各地的王族进京，浑水摸鱼，让他们露出马脚。"

司空虎变了脸色，道："阿翁不可！倘若下毒的幕后真凶是楚王，令其进京，岂不顺了他的心意？"

高力士一脸傲兀："鱼不进网，如何收网？他在长安城，朝廷随时拿他进大牢。他若是在江南叛乱，那可就天高皇帝远了。"

司空虎道："请阿翁三思。"

高力士道："大唐建国以来，还没有人能够谋反成功。不论是李承乾谋逆、武后篡国、韦后弑君，还是太平公主之乱，大唐依旧是大唐。"说完他来到桌案前面，展卷研墨，书写圣旨。然后交给大明宫的太监，传送被贬在外的楚王、鲁王、陈王和梁王进京议事。

司空虎离开高力士的府第，正巧看到慕云阁的掌柜金不换躲在街市的角落，便走过去打个招呼。金不换低声道："我已经叫行里的其他酒馆掌柜注意可疑人物，司空兄弟尽管吩咐。"

司空虎道："兵部侍郎高锐，最近可有异动？"

金不换道："兵部尚书最近重病卧床，高锐一直想取而代之。不过他和西域客商骆言互不认识，没有任何往来。倒是有另一件事很可疑，高锐常去一个叫清风阁的地方做客。这个清风阁是近半年才修建成的，从不接待外人，神神秘秘的。阁主也是神龙见首不见尾，外人从没见过清风阁主的真面目。”

司空虎沉吟道：“今天早朝，兵部侍郎高锐向朝廷逼宫，要求让楚王进京，继承皇位。那个清风阁肯定干净不了。我们去探探虚实。”

金不换点头答应。

第四章　清风阁

清风阁坐落在长安城外，西南方三里的山坳中，四面松柏环翠，白云悠悠从天上飘过。一面金字牌匾悬挂在高耸的屋檐下，两扇朱门紧闭。兵部侍郎高锐身穿褐色云纹长衫，骑着一匹高头大马，顺着小径，来到清风阁门前。朱红大门荡开，一名白衣白裙、眉眼含笑的年轻女子迎出来。她的身材并不丰腴，而是极为瘦削，充满病容。

高锐道："兵部侍郎求见阁主。"

白衣女子笑道："侍郎大人做的好事啊！今天逼宫，差点儿把高力士和相爷气出病来，素雪佩服。"

高锐也笑起来："素雪姑娘笑话我了。我是粗人，一切还不是靠阁主安排。"

两人说说笑笑，走进大门，大门随后关上。

不远处的树林里，司空虎和金不换在探头探脑。金不换道："那名白衣女子一定是清风阁主的侍女。没想到，阁主的侍女如此标致，超凡脱俗，宛如天人。兵部侍郎色心不减，走了桃花运。他们在里面做什么？"

司空虎撇嘴道："男男女女的，还能有什么事。"

金不换怂恿道："我们看不到真相，不如溜进去瞧瞧！"

司空虎和金不换来到门前，轻轻一推，大门荡开。门内一个深邃的院落，里面假山重叠。假山下一个曲折的鱼池，里面游着锦鲤。院子里栽满了翠竹，满院簌簌生风，偶尔有喜鹊鸣叫。二人互相递个眼色，试探着走进院子。

假山后面有一条鹅卵石铺成的小径，沿着小径走去，来到清风阁的后院。只见一道回廊，曲曲折折地通向后山。这里果然没有其他下人。

几声大笑从回廊另一端传来。一个头戴黑巾、身穿黑色斗篷的男人和兵部侍郎高锐站在回廊末端一个楼阁的窗前。这座楼阁孤零零的，几乎没有任何遮蔽物，司空虎很清楚地看到，那个穿黑色斗篷的男人就是昨天中午出现在朱雀大街的黑衣人。黑衣男人和兵部侍郎高锐只顾谈天说笑，旁若无人。那名白衣女子，此刻已不见踪影。

司空虎向金不换丢一个眼色，转身离开，二人重新回到清风阁大门外的树林子藏身。

不一会儿，兵部侍郎高锐出门，那名叫素雪的年轻女子相送。高锐拱手作揖，跳上马背，消失在路口。司空虎和金不换走出树林，来到清风阁的朱红大门前面。

司空虎道："我们要以身犯险了。"

金不换道："脑袋掉了，碗大个疤。"

司空虎伸手，拍打门环。

白衣女子素雪打开大门，笑道："原来是探花老爷和金掌柜。"

司空虎心头一沉。素雪知道他的底细，看来自己早就被清风阁盯上了。人在明处与人在暗处，果然天差地别。他假装若无其事，道："我们求见清风阁主，劳烦素雪姑娘通报。"

素雪依旧一副笑嘻嘻的模样："为何要我通报呢？"

金不换插嘴道："素雪姑娘帮我们通报一次，只要见到阁主，我们问几个问题，马上离开。"

素雪"哦"了一声，将司空虎和金不换让进大门。三个人顺着鹅卵石小径来到后院的回廊。那名黑衣男人正坐在楼阁里。素雪来到黑衣男人面前，道：“他们想见阁主，要我通报。”

黑衣男人听了，略显诧异，正要站起来，素雪一把扶住他的左臂。黑衣男人身子一晃，倒在地上。司空虎上前帮他切脉，发现已经绝脉了。

金不换惊讶道：“清风阁主被人暗算了，凶手一定是他刚才见过的最后一个人，也就是兵部侍郎！”

素雪张大嘴巴道：“出了命案，两位可要替素雪做主！”

司空虎右手的食指和中指依旧停在黑衣男人的手腕：“素雪姑娘和金掌柜，两位到院子里等我，我要验尸。”

金不换信任司空虎，此时也觉出凶险，便和素雪来到院子里。天色渐晚，夜色暗沉，楼阁里面没有任何动静。金不换心头怔忡，性情焦躁，不住回头看看。

一刻钟过去，依旧没有任何声音。

金不换满心狐疑，转身快步回到楼阁。

楼阁里面空荡荡的，尸体和司空虎全都不见了！

金不换来到楼阁窗前，外面可以俯瞰整个清风阁的花园，什么也没有，楼阁下面是陡峭的岩壁，也是一览无余。司空虎一个白面书生，手无缚鸡之力，对轻功更是一窍不通，不可能扛着一具尸体飞檐走壁的！那么，他扛着尸体去了哪里？金不换高喊司空虎的名字，没有任何回应。

素雪笑嘻嘻道：“金掌柜，你可不能跳楼寻短见，小女子担待不起呀。”

金不换叫嚷起来：“司空虎在清风阁失踪，素雪姑娘难辞其咎。”

素雪面不改色：“素雪就在金掌柜身边，如何犯案？”

金不换怒道：“单说清风阁主遇害一案，素雪姑娘就有极大的嫌疑。他死前，身边只有兵部侍郎和你，凶手就是你们两人其中的一个。我要回城禀报朝廷，咱们走着瞧！”

素雪笑容里带出一丝嘲讽和不屑："素雪奉陪到底。"

金不换自知境况凶险，此处不可久留，转身快步离开。

金不换在山下农庄里借了一匹马，回到城里。时至傍晚，他来到大明宫丹凤门，苦于没有进宫腰牌，在外面乱转。这时候兵部侍郎高锐身着官服，骑着马，慢条斯理地踱过来。金不换憋了半天的怒气一触而发，上前拦住，喊叫道："你们逼宫朝廷，杀死清风阁主，我看你们如何收场！"

兵部侍郎高锐莫名其妙："金掌柜，你发什么羊角风？"

两乘轿子从远处行来，在丹凤门前停下。高力士和李林甫先后走出轿子。两人看到金不换吵闹不止，也觉得好奇，过来瞧瞧。高力士能够听出一个大概，问道："司空虎出事了？"

金不换高声道："草民有内情禀报！"

高力士觉出事情的严重，命令太监引路，将金不换等人一起带回后宫。

众人来到皇帝书房，一轮冷月高悬天际。高力士和李林甫坐在一侧的椅子里，金不换跪在地上，兵部侍郎高锐站在一旁。太监和宫女全被赶出书房，一时静谧无声。

高力士听完清风阁的案子，脸色阴霾道："金不换告发兵部侍郎谋害人命，那个被害的清风阁主是何方神圣？此人相貌如何，籍贯哪里，做何营生？"

金不换道："此人脸上戴着黑巾，身穿黑色斗篷，看不到相貌，其他一概不知。"

高力士蹙眉道："这就难了。"

一旁站着的兵部侍郎高锐，趁机火上浇油："你确定人已经死了？"

金不换道："草民拿性命担保！"

兵部侍郎高锐道："阿翁，臣并未杀人。倘若臣杀了人，应先捉拿司空虎，治他偷盗尸体之罪。更何况，百姓们街谈巷议，都说陛下被害，幕后真凶是相爷。既然朝廷一视同仁，何不请相爷到大理寺解释清楚?”

房间里如同冰窖，大家都觉得冷森森的。

兵部侍郎高锐大笑起来，拱手告辞，转身走出书房。

高力士一脸狐疑道：“陛下中毒一案，尚未破解，又多了清风阁一案。司空虎偷盗尸体，难道是想自己充当仵作，查验死因？他并非朝廷官员，此举不合法纪。”

李林甫一直没敢吭声。

他本想隐藏和司空虎的恩怨，谁知对方投靠了朝廷。眼下自己是众矢之的，百口莫辩。至于司空虎，也就顾不上了。他得想点儿办法，摆脱欲加之罪，比如演一场戏。出宫路上，他看到旁边有一座日晷，就站在日晷对面，自言自语道：“装病不合适，假装摔伤也不合适，不如出家?”

守护日晷的宫廷侍卫，躲在一旁，窃窃私语，怀疑李林甫受了什么刺激。

这天夜里，李林甫整宿没睡着觉，满嘴胡话。

第五章　楚王进京

三天后的早上。

长安城附近一片春寒料峭，一队官兵打着锣鼓慢慢行来。当先一匹白马，颈上挂着一串红色的穗头。马上坐着一个十八岁上下的少年王孙，唇上一抹淡淡的绒毛，白白净净，丹凤眼睛，剑眉插入鬓角，右手搭着凉棚，左手按在腰间，正是山东鲁王。鲁王一边探头探脑地观看景致，一边吩咐手下官兵锣声要大，要敲出气势，彰显王族威风。

鲁王的父亲多年前被武后贬到山东，初次回到长安诚，觉得很新鲜。他年幼顽皮，喜欢捣蛋，对李隆基却是忠心不二，接到高力士的圣旨，料想其他王族也在进京路上，不如抢先进京，助朝廷一臂之力。

前面是一个茶水摊子，两张油腻的桌子，六根长条凳子，散坐着一些路人。鲁王下马，坐到摊子上歇脚。摊子上的百姓看到是王公贵族，立刻作鸟兽散。只有角落里一个江湖侠客，二十六岁上下，白白胖胖，身边摆着一柄长剑，依旧低头喝茶。

鲁王要了一壶清茶，仔细打听长安城的状况："店小二，听说兵部侍郎不大老实？"

店小二回答："陛下中毒之后，兵部侍郎四处给百姓们发放财物，要大家传扬江南楚王的名声。"

"牵扯弑君，办案的非大理寺莫属了？"

"大理寺贴出布告，悬赏五百两银子，寻找市井高人，助大理寺救驾。谁知三天前，救驾的人自己失踪了。”

鲁王一边听，一边回头瞧。茶水摊子上，只剩下那个江湖侠客，显得很寂寥。他仔细打量对方，小巧的眼睛，眉毛略短，高鼻梁，薄嘴唇，这些并无不妥；但是一张白胖的圆脸，凸起的肚子，倘若不是身边摆着长剑，怎么看也不像是快意恩仇的江湖中人。此人能够飞檐走壁，简直无法想象。鲁王道：“这位侠客，不怕大唐王族，胆色可见一斑。”

胖子回答：“不是的，我没钱，无法离开。”

店小二听了，抄起一根木棍，骂道：“本以为你是个硬茬，没想到是个穷鬼？你看我好欺负，在我这里吃霸王餐！”

胖子回答：“我手头拮据，不是吃霸王餐。咱们能不能先赊账，我把底细告诉你——我名叫项龙城，是西楚霸王的十八代孙，在蜀中神剑山庄学艺，江湖绰号龙城飞将。”

店小二冷笑道：“你是挺肥。”

胖子继续说道：“我来长安城要债。城里的百顺绸缎庄，掌柜李白顺欠我五十两银子。我找到他，就还你茶钱。”

店小二依旧不屑：“休想。”

胖子咬着后槽牙，发狠道：“你可有仇家？我可以替你了结仇家，算是抵扣茶钱。”

“你会杀人？”

“你要我杀谁，我就杀谁。”

“村里的周老九，我看他很不顺眼。”

“不行，按照江湖规矩，不能对不会武功的人动手。”

“死骗子，你跪下给我磕个头，我就放你走。”

“你不要得寸进尺！要不是我不能触犯江湖规矩，否则我就……”

“否则就怎么样？杀我？”

店小二逼近胖子，胖子抖着肥肚腩站起来，拔剑也不是，不拔剑也不是。店小二乘胜出击，追打胖子，挥起木棍，抬脚一记飞踢，胖子后退闪避。两个人在茶摊上转圈。

鲁王的眼睛被转得晕晕乎乎，怒道："不就是茶钱，本王替这个胖子付账。"

店小二这才想起，有王族中人在这里，自己不能放肆，于是放过胖子，走到一边烧水去了。胖子如蒙大赦，坐到鲁王对面："王爷，项某欠你一个人情。"

鲁王笑起来："项侠客如此落魄，真是可惜。小二，你刚才说，三天前，是什么人出了什么事？"

店小二回答："有一个叫司空虎的，情况和这个胖子差不多，也是穷困潦倒。他看中赏银，自告奋勇，投靠朝廷。谁知三天前，他偷走一具尸体，就此失踪。"

鲁王翻白眼问道："此人想改行当仵作？"

店小二平素喜欢传闲话，对于清风阁的事情早就滚瓜烂熟，此刻便卖弄起来："当时的状况，我知道一点儿。事情发生在清风阁的一个楼阁上。那座楼阁四处都是陡峭的岩壁，只有两扇窗户和一个回廊通到外面。楼阁里只有司空虎和那具尸体。不到半刻钟，司空虎和尸体一起在楼阁里面消失。慕云阁的金掌柜和一名叫素雪的女子可以做证，二人互相指责，但是谁也不清楚司空虎带着尸体去了哪里。"

胖子窃笑，插嘴道："这种案子就把你们难住了。倘若不是司空虎带走尸体，而是尸体带走了司空虎呢？我看那根本不是什么尸体，而是一个装死的武林高手。嘿嘿……既然司空虎无法得到赏银，那我就当仁不让啦。鲁王千岁，项某发迹之后，茶钱一定还你！"

鲁王目送胖子离开小摊。此人自称龙城飞将，头脑也很灵活，一定要善加结交。

就在此时，远处尘土飞扬，又是一队官兵高声吆喝着慢慢走近。当先也是一匹白马，马颈上也是挂着一串红色的穗头，上面坐着一个老年壮汉，长衫外面套着一件白色狐裘，炯炯有神的大眼，噘起的嘴唇，丰满的耳垂，一副涂抹了油脂的长髯，后背微驼，趾高气扬。鲁王鼻子里出冷气，心想楚王被贬江南多年，不仅没有收敛锋芒，反而目中无人，变本加厉。自己倘若不给他点儿颜色瞧瞧，就枉为李姓子孙。

楚王笑道："这不是侄孙吗？"

卖酒的店小二立刻明白了。长安城一直传言，楚王年过六旬，是王族里面辈分最高的人。鲁王、陈王、梁王都是楚王的侄孙。现在果然证实了。

鲁王看着马上端坐的楚王，肚子里憋了一股火："叔公您老人家还健在呢？您老人家耳不聋，眼不花，真是可喜可贺。"

楚王依旧淡然处之地调侃戏弄鲁王："武后把我们王族中人贬到外地，虽是陷害，却也保住大家的性命。这么多年了，你父王病死在山东，由你袭爵。我担心小孩子年纪轻，不懂事，做事不稳当，给陛下闯祸。本王为你操碎了心呀。"

鲁王气得差点儿把牙齿咬碎："侄孙年轻力壮，自然要为国分忧，只怕叔公一边翻看卷宗一边流哈喇子。"

楚王叹息道："还不是因为国中无人！如今陛下药石无医，即将驾崩，本王只得勉为其难，接手江山！"

鲁王道："天色尚早，叔公要不要和侄孙一起喝杯清茶？"

楚王冷笑道："这茶是人喝的吗？侄孙有兴趣，本王请你喝一杯江南的上等好茶，也给你长长见识。"

鲁王也冷笑道："多谢老人家抬爱！"

楚王一摆手，一个士兵跑到楚王身边，跪在地上。楚王踩着士兵的后背，跳到地上，来到茶摊前面坐下。士兵把茶摊的粗瓷茶盏丢到一边，摆好一套精致的青釉茶盏，又拿过一小袋茶叶，烹在茶盏里，立刻一股清香溢出。士兵后退几步，回到队伍里。

楚王伸手做出一个请的姿势。

鲁王拿起青瓷茶盏，一股淡淡的清香沁人心脾："茶味不错，叔公挺会享受。"

楚王一脸得意，傲然道："我们李姓子孙，就是不能给高祖皇帝跌份。年轻人觉得大鱼大肉才是享受，做人难免落了俗套。王族中人要讲究，你以后多跟本王学学。"

鲁王冷哼一声，把青瓷茶盏重重地放在桌子上。

楚王拍拍衣服，站起来道："本王要进城，商议陛下后事。这套茶盏沾染了烟火气，就赏给店小二了。店小二，你把这套茶盏供奉起来，一天三炷香，也算是本王与民同乐的恩德，懂吗？"

店小二白捡一个大便宜，乐得合不拢嘴，急忙跪在地上，叩头不止。

鲁王忽然蹦出一句："叔公。"

楚王回头："何事？"

鲁王冷冷道："那个下毒的人，是你吗？"

楚王满脸戏谑，不置可否，踩着士兵的后背上马，闹哄哄地进城去了。鲁王看着他的背影，心想斗嘴皮子也处于下风，自己怎会输得这么惨？

大明宫，皇帝寝殿。

高力士负手而立，看着窗外。两名宫女站在皇帝李隆基的床前小心侍候着。李隆基脸色如同白纸，嘴唇开始蜕皮，手背上的青筋条条显露。一个太监进来禀报，江南楚王和山东鲁王先后进京，已经站在外面，等候面圣。高力士一摆手，太监出去，楚王和鲁王一起进门。

高力士指着床上昏迷的李隆基，冷冷道："两位要面圣？陛下就在这里，你们要见他，如今见到了，两位可满意吗？"

楚王一脸轻佻："阿翁节哀。"

高力士勃然大怒，眼睛里喷出火来：“你要谁节哀，陛下死了没有，你这么迫不及待？王爷是否想让老奴送上玉玺?”

楚王道：“陛下中毒一案尚未破解，司空虎却在三天前偷走一具尸体，从此不见踪迹，事情无可挽回。”

鲁王立刻想起自己在茶摊上遇到的胖子项龙城。项龙城说不是司空虎偷走尸体，而是一个装死的武林高手绑架了司空虎。这个推想极有道理。救活皇帝，阻止楚王，只能去找项龙城帮忙。

第六章　风声鹤唳

长安城驿馆。

楚王和鲁王下榻驿馆之后，因为两人不和，所以不再有任何交集。楚王所带官兵极多，一群人闹哄哄的，占了半个驿馆。鲁王坐在自己的房间里生闷气，此时驿馆的驿丞进门伺候，便问驿丞道："本王也是千岁，你们驿馆好生怠慢。你对本王可有孝敬？"

驿丞不明白，一脸迷茫。

鲁王道："我不难为你，你送我一套驿馆的下人衣服。"

驿丞立刻跪在地上："王爷这不是要我的命吗？"

鲁王一脸阴险："只要你让我假扮下人，然后配合我，我就不找你的麻烦，否则我和你没完。本王是一个记性很好的人，从此咱们可就算是认识了。"

驿丞哪里是王公贵族的对手，不敢不从，只好从自己房间找来一套粗布衣服和一个破草帽。鲁王接过来翻看，这套衣服补丁摞补丁，还有浓重的狐臭味道。他倒是不嫌弃，立刻换上，跟在驿丞身后，用草帽遮住脸，低头走出房间。

鲁王早就做好打算，所谓知己知彼百战不殆，他要亲自窥探楚王的行踪。此时楚王房间传来吵嚷声："驿丞死哪里去了？本王赶路累了，快叫人烧一桶热水，本王要沐浴更衣。"

驿丞急忙答应一声，不一会儿就和两个下人抬进来一个大木桶，摆在房间里，恭敬地离开。

鲁王躲在角落里，见四下无人，便弓着身子，用手指戳破窗户纸，向房间里窥探。

楚王哼着小曲，脱掉衣服和裤子，摘下幞头巾，双手在鬓角摩挲。窗外的鲁王正看得莫名其妙，只见他顺着鬓角的头皮，将一个发套撕下来，露出圆溜溜的秃头，然后用清水擦洗秃头，光着身子跳进木桶。鲁王没想到竟有这么意外的收获，张大嘴巴发呆。忽然有脚步声传来，他不敢多待，钻进走廊的阴影里。

鲁王回到自己房间，简直得意忘形，拍着桌子，哈哈大笑起来。楚王没了头发，显然已损失了做皇帝的体面，成了最不可能继位的人。他暗想："叔公，你老人家果然是老了，不光是个秃子，而且一根毛也不剩，我快笑死了。"

天色渐晚，驿丞端过来一些酒肉饭食摆在桌上。鲁王用筷子随便指点几下，无聊地扔下筷子，皱眉道："这玩意儿我吃不惯，有没有爆炒蛤蜊和海参汤？"

驿丞摇头。

鲁王怒道："要啥啥没有，你们怎么伺候人的？"

驿丞差点儿哭起来："王爷，您放过我，楚王千岁已经很难伺候了，您就别雪上加霜了。"

鲁王又是一脸阴险，问道："那个老东西吃的是什么？"

驿丞道："楚王千岁不吃长安城的饭菜，从江南自带了酒菜和白米，只是借我们的锅灶烧菜煮饭。他说我们驿馆里的酒菜不是人吃的，只能喂狗……"

鲁王差点儿背过气去，跳起来怒道："他叫你把酒菜喂狗，你就送来我这里，你敢糟蹋我！"

驿丞跪在地上摆手："小人绝无此意！"

鲁王气呼呼地坐下，问道："这会儿，那老东西在干什么？"

驿丞回答："饭菜还没烧好，楚王正在喝茶解闷。楚王真讲究，从江南自带了一套上等的青釉茶盏和一袋上等茶叶。他说这套茶盏沾染了驿馆的烟火气，他不留着了，喝完之后就赏给我们做个念想，还要我们一天三炷香，对着茶盏磕头什么的。"

鲁王开始发呆。没想到老东西还有演戏的天分，带了好几套一模一样的青瓷茶盏，到处送人显摆？目前顾不上楚王，得先把皇帝李隆基救醒。既然找不到项龙城，不如去司空虎家碰碰运气。鲁王换上那件破衣服，戴上草帽，孤身一人溜出驿馆。

项龙城进了城，找到百顺绸缎庄。他进门向伙计打听。伙计是一个身材精瘦、眼睛转得很快的男人，一边翻账本，一边回答："李掌柜出远门了。他临走前吩咐，欠的旧债都记在账本里。劳烦客官把名讳写下来？"

项龙城接过纸笔，写道："项龙城，龙城飞将。"

伙计翻看账本："没有。"

项龙城莫名其妙，夺过账本翻看，第三页写着：龙城肥将，五十两纹银。

项龙城指着账本，给伙计看。伙计摇头："李掌柜写的是龙城肥将，你是龙城飞将，分明是两个人。"

项龙城急得抓耳挠腮："李掌柜写错了，那个龙城肥将就是我。"

伙计收回账本，冷冷道："我们李掌柜是秀才出身，不会写错。你胆敢讹诈钱财，小心我把你送官。"

项龙城要债失败，只得惨兮兮地离开百顺绸缎庄。他看天色已晚，想起朝廷的悬赏布告，一路打听，来到朱雀大街。街上冷冷清清，那张布告已被人争抢扯碎，只剩下一个角，取而代之的是另一张寻人布告：长安城出现四具男尸，都是郎中打扮，请死者家属到大理寺认尸。

项龙城觉出不对，暗自琢磨，自己独得赏银，不切实际。不如救出司空虎，从司空虎手里分钱。

他找到司空虎的家已经是月上九天了，急忙上前拍打门环。吱呀一声，大门荡开，小清出现在门里。

项龙城问道："你是司空虎的夫人?"

小清摇头。

项龙城继续道："你别误会，我是一个侠客，对赏银……对司空虎感兴趣，想助他一臂之力，救醒圣驾。"

小清问道："请问兄长名讳?"

项龙城："我是项龙城，人称龙城飞将。"

小清狐疑道："如此响亮的名号，怎么会是个小胖子?"

项龙城简直快气疯了："谁说侠客不能是个小胖子? 小胖子招谁惹谁了? 小胖子不照样飞檐走壁? 你们市井中人都在以讹传讹。比如南山第一刀客，明明是个流哈喇子的老头，但是被你们传成了油头粉面的俊俏书生!"

小清这才把项龙城让进院子："一场误会，项大哥莫怪。这三天，司空大哥生死不明。我去大理寺求助，布大人闭门不见，我都快急死啦。"

项龙城回头道："稍等，我好像遇到一位朋友。鲁王千岁，我都看到你了，你干吗不出来聊聊，躲在暗处多别扭?"

小清回头一看，一个身穿粗布衣服，头戴草帽的身影从门外的阴影里尴尬地走出来。

项龙城道："王爷身上一股汗味，腋下还有狐臭，但是脸上干净整洁，明显是穿了别人的衣服。有谁会这么做呢? 假如是司空虎，他不必躲着小清；倘若是清风阁的素雪姑娘，绝不会穿臭男人的衣服；对断案感兴趣的其他人，只有鲁王千岁。"

鲁王笑着走进院子。

小清在院子里的石桌上摆好点心，请项龙城和鲁王坐下来商量案情，自己在一旁仔细听。

项龙城拿起一块绿豆糕：“这件案子，幕后真凶是楚王无疑，但是找不到那个杀手。我觉得可以去问一个人，一个为了躲避追杀，只能隐匿藏形的人。”

鲁王试探道：“赵一针？”

项龙城点头：“五个郎中失踪，布告里只出现四具郎中尸体，剩下的赵一针，只能是躲起来了！”

小清道：“赵一针怕被灭口，找他出来不大容易，得用点儿招数。我去写一张布告，说官府通缉采花大盗，悬赏一百两纹银，然后在布告里，画上赵一针的样貌。”

鲁王笑道：“这主意不错，是非成败，在此一举！”

大家计议已定。

鲁王趁着夜色回到驿馆，只见一匹高头大马拴在门口，几个官兵坐在一旁谈天。他低着脑袋，用草帽遮住脸，刚进驿馆走廊，就听到楚王和兵部侍郎高锐在房间里高声谈笑：“下官定亲在即，改天叫新纳的小妾来向王爷磕头。”

楚王的声音：“这杯喜酒，本王一定要喝。只要本王继位，就封侍郎大人为兵部尚书，到时候你可就双喜临门了。”

兵部侍郎高锐大笑起来。

驿馆的驿丞走过来，鲁王一把揪住，压低声音问道：“高锐娶的小老婆是谁？”

驿丞道：“是清风阁的素雪姑娘。”

鲁王一怔。没想到，兵部侍郎高锐走了桃花运？那个清风阁还有多少不为人知的秘密？心头一片阴影袭来。后来发生的事情，证明鲁王的预感还是很灵的。

夜色苍茫，朔风吹过，树梢躁动不止。

高力士府第，一个鬼鬼祟祟的身影闪进院子。高力士面前是一个棋盘，手中一粒白玉棋子，问道：“如何？”

对方用尖厉的嗓音答道：“奴才跟踪楚王，此人已经露出谋逆的真面目，毒害陛下的幕后真凶就是他！”

高力士手中的棋子重重落下：“很好，你们随时跟踪，随时通报给我。对方出招，我这个老太监只能接招了！”

第七章　卷宗

清晨的阳光慢慢将长安城浸润。百姓们洒扫庭院，纷纷走出家门，谋求生计。小清拿出昨天晚上画好的布告，坐在院子里的石凳上偷笑，心想这一次只能对不起赵一针了。项龙城过来敲门，小清招呼他进院子吃点心。项龙城道："待会儿小清姑娘去贴布告，我去找一下布大人，有点儿事。"

小清奇怪道："什么事？"

项龙城把一块杏仁酥塞进嘴巴里，道："清风阁的底细，有一个地方能查到，那就是大理寺库房。那里积攒了多年的案卷卷宗，在办案者眼中，简直奇货可居。"

小清抱着画好的布告，在朱雀大街张贴好，几个人闲人凑过来瞧热闹。大家七嘴八舌，念着布告的内容：长安城附近出现一名行迹诡异的色魔，人称桃花老怪，专爱袭击年轻少女，三天之内已有十六名少女失身于桃花老怪，请大家互相转告，一旦遇到此人，立刻禀报大理寺布大人，重赏一百两纹银。小清贴好布告，就躲到一旁的茶摊上，听大家的反应。看客们互相打趣，都说桃花老怪三天之内袭击十六名少女，腰不酸头不晕，真是老当益壮。忽然一个眼如铜铃的中年胖女人大声道："我见过这个桃花老怪！"

小清立刻跳起来，拉住胖女人："这位大婶，你见过桃花老怪？"

胖女人道："这人年纪其实也就三十多岁，不到四十岁。昨天我看到他和一个帮手出现在城西的城隍庙附近。当时他向我讨了一碗水喝，多亏我机灵，没想到是色魔。”

小清记住“城隍庙”三个字，转身跑向城西。

城隍庙前，一群百姓在烧香。小清躲在城墙根下，盯着出出进进的各色人等。等了一天，赵一针仍然踪迹杳无。天色渐晚，小清顺着城墙，在城隍庙附近随意走走。一个破败的院落出现在街道的尽头。她站在院子前面，看到门上的牌匾已经被人摘掉，只剩下一个光秃秃的门框，一扇门板歪倒在门口。

小清进门，院子里堆满灰尘。大堂里供奉着两个牌位：一个是先父于公之灵，一个是慈母韩氏之灵。两个牌位干净整洁，显然有人刚刚擦拭过。一个路人走过，连连摆手，高声道：“这里不吉利，小姑娘快离开。”

小清来到门外，问道：“请问大叔，这个院子以前的主人是谁?”

路人道：“就是犯官于俊卿。于大人被贬之后，父母立刻染病身亡，妹妹本来要被发配，后来高力士把她收为义女。”

小清回头看着光秃秃的门框，原来这是阿澄的家。

路人继续道：“于家出事之后，下人都跑光了，但是每天晚上都有人来祭拜灵牌，大概是犯官的妹妹。哥哥被贬，父母病死，这个妹妹真惨。”

小清打定主意，在这里等阿澄，也好打探一下阿澄的身世。夜色渐浓，她顺着破旧房子外面的一条小巷，看到一个卖面的摊子，坐下来要了一碗阳春面，填填肚子。一名白衣白裙的清瘦女子，坐在面摊的一角，面前也摆着一碗阳春面。这名女子相貌清秀，举止文雅，表情恬淡，瘦削的身姿明显是大病初愈。小清忍不住多看两眼。

女子道：“是小清姑娘吧?”

小清道：“不错，姐姐芳名是?”

女子嘴角上翘，笑道："清风阁素雪。"

小清脸色一变："原来素雪姐姐跟踪我，这可不够光明正大。"

素雪依旧是一副淡然的笑容："这条巷子，小清姑娘可以来，我自然也可以来，凑巧而已。"

小清满腹狐疑，低头吃完面，回到于家老宅的院子里，继续等待。然而一个时辰过去，阿澄也没露面。小清只好离开。

话分两头，项龙城去找大理寺卿布书仁。大理寺静悄悄的，大门微微敞开，官兵和差役全都不见踪迹。顺着走廊，来到后院的库房，听到布书仁骂人的声音："连门都看不住，你们吃闲饭的？一夜之间，丢了一包案卷卷宗，本官如何向朝廷交差？"

大理寺的众官兵都挤在这里，低着脑袋，不敢作声。

项龙城朗声道："在下项龙城，人称龙城飞将，想助朝廷一臂之力，救醒圣驾。"

布书仁没好气，仔细打量对方凸起的肚腩："司空虎已给本官招惹不少晦气，又来一个骗钱的胖子，给我赶出去！"

一旁的大理寺官兵，过来拉扯项龙城。项龙城隐忍许久，此刻发作起来，一人一拳，将众官兵打翻在地。

布书仁张大嘴巴发呆。对方虽胖，却身手灵活，奔腾跳跃，是个练家子。他找到了救星，一把抱住项龙城的肩膀："人不可貌相，大侠进京，本官没有给你设宴接风，真是失礼！"

项龙城岔开话题，问道："卷宗里面记载的是什么案子？"

布书仁指着库房里堆积如山的卷宗："就是阿澄的哥哥，犯官于俊卿的案子。此人半年前贪赃枉法，被人揭穿，发配边疆。昨天夜里，有两名形迹可疑的人在库房附近走动，今天一早，果不其然，于俊卿的卷宗不见了。"

项龙城满腹狐疑，走出大理寺库房。

这时一个官兵走过来，低声道："项侠客，鲁王千岁有请。他去司空虎家里找你，听小清姑娘说你来了这里，于是就跟过来了。"

不远处，鲁王身穿蓝缎长衫，从街角探出身子。项龙城走过去，鲁王一脸阴险道："昨天兵部侍郎去找那个死秃子……你不用管谁是秃子，反正迟早会知道。他说要纳妾，女方是清风阁的素雪姑娘。我想，兵部侍郎新婚燕尔，咱们去捣捣乱，给他出出丑。可是刚才出了变故，李林甫要出家当和尚了，你快帮我拦住他。"

项龙城早就听说李林甫为人狡猾，擅长以退为进，没想到为了避嫌，闹这一出。他不愿意管这闲事，只想看热闹，就假意答应下来。鲁王一招手，一个士兵赶着一驾轻便马车过来。鲁王和项龙城跳上马车，士兵扬鞭，马车向着宰相府而去。

第八章　司空虎和赵一针

夜色笼罩宰相府。门口高挂着两个写着“李”字的灯笼，两扇包裹着铁皮的大门微微敞开。鲁王和项龙城跳下马车，快步闯进院子。李林甫手持一把闪着寒光的短刀，站在大堂上。相府管家和一群下人跪在地上，苦苦哀求。长安城慈恩寺的住持和尚一脸无奈，站在一旁。李林甫道：“本相爷心意已决，今天一定剃度出家。你们帮本相爷剃发，自有重赏。”

慈恩寺住持不吭声，只是低头念佛。

李林甫高声道：“住持师父，本相爷尘缘已了，六根清净，你就帮我一次。”

慈恩寺住持低头，依旧念佛。

相府管家看到鲁王和项龙城进院子，好像看到救星，拉住鲁王道：“王爷，你快劝劝相爷，不能让他胡闹。”

鲁王皱眉道：“相爷何必呢，不就是怕人说闲话，说你有非分之想嘛。你平时锦衣玉食，当不了和尚，吃不了那个苦的。”

李林甫高举那柄短刀，态度决绝：“长安城遍布传言，说本相爷意图弑君。本相爷今天就要出家明志！”

慈恩寺住持依旧念佛，旁若无人。

“好热闹啊！”

鲁王听到身后一声轻浮的嘲讽，立刻知道是死对头来了。楚王熏香喷露，穿一身纤尘不染的白色长衫，得意扬扬地出现在门外。一群官兵闹哄哄地聚集在相府外面的巷口。楚王不顾鲁王的凶恶眼神，从鲁王身边走过，来到院子正中，像是端详一件战利品似的，仔细打量大堂上的李林甫。

楚王假惺惺摇头叹息道："陛下病重不治，太子失踪，要说继位也是本王最有可能。纵使出家明志，也是我出家，相爷太过自作多情了。"

李林甫继续演戏："本相爷尘缘已了，纵使不能出家，也要割须剃发。两位王爷就来做个见证。从今往后，我就不是俗世的宰相，宰相府的下人另谋高就，我绝不阻拦。"一边说，一边挥刀割掉发髻，然后揪住头发，将头发割得七零八落。相府管家苦劝不住，在一旁号啕大哭起来。

项龙城站在一旁，看到慈恩寺住持依旧旁若无人地念佛，过去悄悄问道："住持师父，你也看出他在演戏？"

慈恩寺住持嘴角淡然，道："老僧一切随缘。相爷就算剃度，依旧还是他自己。在家出家，有区别吗？修行不注重形式，而在内心。我看相爷尘缘未了，不会出家，几位施主多虑了。"

项龙城听住持和尚的话，微笑会意。

慈恩寺住持也是笑笑，继续念佛。

这天夜里，李林甫出了丑，但是大家对他的怀疑也消散了。

楚王在相府看够了热闹，骑在马上大摇大摆地回到驿馆。驿馆门前非比寻常地喧哗，原来陈王和梁王进京了。陈王二十三岁，梁王二十一岁，都是自父辈起就贬谪河南。陈王的王妃是梁王的小姨子，于是二人不仅是堂兄弟，还成了连襟，平素共同进退，互相照应。楚王定定神，咽下一口唾沫，进驿馆试探二人口风。

陈王和梁王不在自己的客房里，而是在楚王的房间里喝茶。楚王进门，二人向楚王打招呼，但是并不站起来。陈王一张暗黄的脸，眯着一双三角眼，显出一丝痞气，道：“我们在河南，先后接到高力士的圣旨和叔公的一封信。高力士要我们进京商议皇帝的病情，叔公却要我们助你夺权。我们二人觉得李家人谁做皇帝都一样，但是绝不能便宜外人。当今皇帝只顾沉迷女色，根本不理朝政，权力迟早落入他人手里。”

楚王道：“不错，本王倘若登基，自当兼济天下，远离女色。”

陈王忽然道：“啊呀，叔公真会享受，刚才我喝了一盏叔公的茶，的确不是凡品。我的俸禄不高，只能吃些俗物。叔公为人讲究，不知平素吃些什么？”

楚王道：“本王无非吃些青菜汤和豆腐丸子罢了。青菜汤要用老鸡汤煨上半个时辰，豆腐丸子的配方由十几味药材调配而成。侄孙有兴趣，我把这两道菜的菜谱送给你。”

陈王笑起来，三角眼睛眯得更厉害了：“我没银子，有了菜谱也吃不起。侄孙的府宅年久失修，屋顶漏水，墙皮干裂。上个月厨房塌了，差点把厨子砸死。叔公乐善好施，可以借点儿钱给我修房子吗？”

楚王知道对方在谈条件：“借你五万两，够吗？”

陈王皱眉撇嘴，道：“才五万两？”

楚王冷冷道：“黄金。”

陈王立刻兴奋起来了，站起来拉住楚王的手，乐呵呵道：“叔公对我真好！既然事情已经说开挑明，叔公有用到我的地方，侄孙一定尽心尽力。驿丞，快去找长安城最负盛名的老字号酒馆，订一桌酒菜送过来！”

门外的驿丞插嘴道：“王爷，长安城那些老字号近几年有点儿没落，倒是新开的慕云阁酒楼后来居上，名声更好一些。”

陈王大怒：“放屁！用得着你在这里卖弄？你去订酒席，管他什么老字号新字号，就找长安城最好的酒馆，废什么话！”

驿丞忍气吞声，到门外吩咐下人订酒席去了。

梁王是一个喜怒不形于色的人，平素沉默寡言，一直坐在椅子里喝茶，此时忽然开口了："王兄，咱们进京匆忙，没带银子，就先借叔公的钱付账。我的王妃不能生育，打算娶一个偏房，叔公可否也借我五万两黄金?"

楚王怒道："你敢敲竹杠?"

梁王吹着茶盏上面飘荡的热气，冷笑起来："有人道貌岸然，其实是败絮其内。我在朱雀大街看到一张布告，写着一名叫作桃花老怪的色魔，奸淫民女。这个桃花老怪，和叔公长相酷似。叔公进城的时间和桃花老怪出现的时间也相符。"

楚王勃然大怒，指着梁王的鼻子骂道："胡说！本王要你们帮忙夺位，但绝不是什么色魔。你们造谣也要分出轻重。那五万两黄金，我给你就是了。"

梁王依旧一副笑嘻嘻的嘴脸，不急不气："既然叔公拿出了诚意，我二人自当以效犬马。"

楚王与二王交易成功，借口换衣服，来到门外，怅然地看着夜空。自明日起，大唐依旧是李家天下，但是龙椅里面的人，终于要换一换了!

楚王在驿馆收买二王，相府里的鸡飞狗跳也渐渐平息。鲁王叮嘱相府管家，把府里所有的刀具都收起来锁进柜子里，然后带着项龙城出门。大街上，夜风一吹，项龙城忽然开窍，拍着胖脑袋说："我真笨!"

鲁王莫名其妙。

项龙城道："王爷，我知道司空虎在哪里了。司空虎没那么容易被害，他要是避难，一定是躲在朋友那里，而且管吃管住。符合这两个条件的，只有慕云阁的金不换。"

鲁王也是恍然大悟。

项龙城告辞之后，快步跑向慕云阁酒楼。

金不换正坐在慕云阁酒楼门前休息，忽然看到一个胖子身手灵活地飞奔而来。项龙城打声招呼：“金掌柜，我要见司空虎。你不带路，我就去大理寺报官。”

金不换只好带路。

二楼的天字号雅间，大门荡开。

白面书生司空虎嘴里叼着一根鸡腿，转过头来，道：“龙城飞将，久闻大名了。”

项龙城喘着粗气，道：“司空兄弟真惬意啊！”

司空虎报以苦笑：“我九死一生，多亏赵一针救我一命。”一指旁边的中年壮汉。对方浓眉大眼，油光光的长脸，手指也是细长的，身穿一件整洁的寿纹长衫，外面套着淡黄色的狐裘。

项龙城“哼”一声，坐到桌前，从烧鸡身上撕下一对鸡翅膀塞进嘴里，后来干脆把整个烧鸡咬住：“你还在这里胡吃海塞？其他人差点儿急疯！”

司空虎抓抓头发，笑起来：“瘦子跟胖子比试胃口，实在是小巫见大巫，小弟甘拜下风。”

项龙城一边撕扯烧鸡，问道：“那个黑衣人为何把你带走？”

司空虎道：“我把素雪和金掌柜支开，然后揭穿黑衣人装死的秘密。在此之前，素雪假装去扶黑衣人，其实是在他肋下塞了一个铁球，于是他的脉象暂时看不出来。我告诉黑衣人，我知道清风阁主的真面目。对方当然不能放我离开，只好施以绑架。金掌柜和素雪回到楼阁，楼阁里面是空的。这时候，我却被黑衣人掐住咽喉，躲在楼阁顶部的屋檐上。”

项龙城回头道：“赵郎中，你很神秘啊！”

赵一针回答：“我的针灸在长安城说第二，没人敢说第一。进宫救驾，不在话下。那天我听说有四名郎中失踪，知道不妙，就躲了起来。果然，幕后真凶随即去了我家。对方杀了看守院子的老头，一直在暗处守株待兔。等到夜里，金不换带来了司空虎。司空虎懂得听呼吸来找人，觉出有危险，马上离开，真是运气好。”

项龙城问道：“后来救走司空虎的是你赵一针？”

赵一针道：“我听说我家的看门老头死了，知道司空虎和金不换有危险。我在暗处接应他们，似乎容易一点儿，于是悄悄跟踪。司空虎在清风阁被挟持，我就偷偷进到清风阁。白天不好下手，我躲到夜里，才救出司空虎。他在清风阁关押了一天，黑衣人和素雪只是困住他，并没有谋害性命，算是有惊无险。”

项龙城问道：“司空虎脱险之后，一直不愿现身，肯定是为了某个破案关键，比如大理寺的卷宗？”

司空虎笑起来：“我没偷卷宗，只是拿，或者说是借。我要桃花老怪替我把风，然后溜进库房，借走了一份卷宗而已。”

一旁的赵一针拿出小清贴在朱雀大街的那张布告，哭笑不得：“这可是小清姑娘的手笔？”

项龙城学司空虎，不认账：“我不知道，凑巧而已。”

司空虎靠在椅子里，把双手枕在脑袋后面，一字一句说道：“这几天我躲起来，大家辛苦了。我一直反对被贬四方的四王进京，偏偏事与愿违。明天，我把案件的谜底揭开。既然对方出手，那就一决雌雄。”

第九章　案件真相

早朝开始了。

高力士站在大殿之上，脸色阴霾。四王站在一旁，李林甫、布书仁和兵部侍郎高锐侧身在文武百官的队伍里。兵部侍郎高锐盛气凌人地走出来，高声道：“阿翁，如今陛下病危，太子失踪，臣有一个万无一失的建议。楚王千岁偏居江南多年，劳苦功高，德高望重，何不委屈他一下，做这个储君？”

鲁王一脸不屑道：“侍郎大人见过堂叔继承侄子皇位的荒唐事情吗？”

兵部侍郎高锐不敢冒犯皇族，只能找帮手：“鲁王千岁是对储君唾手可得了？陈王千岁和梁王千岁，两位的意思呢？”

陈王眯着三角眼睛，依旧是一副痞子气，开口道：“鲁王的心思我不了解，但是我和梁王从没有那种非分之想，做人要懂得进退，有自知之明。”

梁王也阴阳怪气道：“鲁王想当储君，可以直说。”

鲁王怒道：“本王从未觊觎皇位！”

兵部侍郎高锐看到鲁王中计，心中暗喜：“既然三位王爷无意做储君，就只剩下楚王了。楚王千岁的意思是？”

楚王伸手抚摸着肩上的白色狐裘，慢条斯理道：“本王一切以国家社稷为重。本王曾想，倘若登基，一定请相爷相助，安定江山。不料相爷昨天皈依佛门，纵使他不皈依，一个剃掉须发的人，为官做宰，简直有失体面，叫人笑话。”

李林甫见楚王拿他开刀，手心出汗，急忙用汗巾擦拭。

鲁王却是正中下怀，卷起袖子，一脸阴险地来到楚王身边：“叔公说得对，一个死秃子怎么可能继承大统，多丢人！叔公您是不是有点儿热，侄孙帮您凉快凉快啊?”

大殿上的众文武百官还没弄明白怎么回事，只见鲁王伸手将楚王的幞头巾摘掉，再揪下一个假发套，于是楚王只剩下一个圆溜溜亮晶晶的头皮。所有人都哈哈大笑起来。

楚王被揭穿秘密，怒不可遏，要和鲁王拼命。高力士一挥手，宫廷侍卫上前，将二人架开。

这时一名侍卫头领快步跑上大殿，高声道：“镇守江南的节度使和镇守河南的节度使，无故向京畿行进，即日到达长安城郊外!”

高力士额上青筋显露，白色的长眉倒竖，骂道：“楚王你敢谋反?你们给了两个节度使多少好处，唆使他们助纣为虐!”

楚王面色阴冷，狂笑起来，以前的戏谑与调侃全然不见，取而代之的是嚣张与霸气。他把假发套重新戴好，整理一下幞头巾，拍打一下狐裘，慢条斯理道：“侄孙真不懂事，弄脏本王衣服。本王做事，一向万无一失。本王进京夺位，难道还需要得到别人允许？你们太幼稚了!”

鲁王一脸愤恨：“陈王和梁王，昨天夜里做的好买卖!”

陈王和梁王都是一脸傲兀，旁若无人。

楚王志得意满，高声道：“各位臣僚，咱们讲讲往事。武后当政，皇族中人被杀被贬，几乎凋零。要不是当年张柬之逼宫，朝廷还能姓李吗？后来太平公主想做第二个武后，意图谋反不成，仓皇自尽。本王一直觉得，要想守卫李家江山，要想百姓安泰，就要有一个好皇帝。李隆基登基初期还不错，但是现在却娶了自己儿媳。此等好色之徒，能坐稳江山吗?”

所有人都沉默了。这是所有人都想说，却都不敢说的话。

楚王继续讲:“陈王和梁王都是识时务的人，他们才不会为那个昏君卖命。各位臣僚，你们已然无路可选，只要拿出诚意，自然会得到报偿。本王要建立一个新的太平盛世，大家考虑好了!”

高力士冷冷道:“楚王说完了?”

楚王道:“你想怎样?”

高力士嘴里蹦出两个字:“拿下!”

宣政殿上的宫廷侍卫，一起将楚王扑倒，用铁链锁住。楚王怒吼叫骂道:“你们如今抓了我，明天也要放了我！大军已至，谁能抵挡?各位臣僚，认清现实吧!”

一个身穿石青色长衫的瘦削身影，缓步走上宣政殿。

众文武百官都窃窃私语。

司空虎缓缓道:“案子，可以终结了。”

楚王完全不认识这个白面书生，皱眉问道:“这位好像是个白丁，有什么资格跟本王讲话?”

司空虎道:“清风阁是楚王在京城的探子，兵部侍郎平素到清风阁做客，其实是与楚王的心腹，也就是那位素雪姑娘通报情况。时间已有半年，也就是说楚王半年前就计划好了这一切。”

楚王被侍卫按住，但是依旧难掩得意:“是又怎样?”

司空虎道:“那个西域客商骆言和进贡的那面镜子，是素雪姑娘指使的。西域客商也是被素雪姑娘杀人灭口的。袭击赵一针家看守的也是素雪姑娘。”

楚王傲兀道:“不错。”

一旁的鲁王好奇:“司空虎，你怎么知道的?”

司空虎道:“以前金不换问我凶手是谁，我反问他，什么人杀人用丝带? 鲁王千岁和诸位大人用常识判断，就立刻明白了。一个男人，腰间系着丝带，总觉得很奇怪。女人是用丝带束腰的，倘若凶手是个女人，用腰间的丝带勒死被害者，然后系回腰间，路人不会觉出有何可疑之处。这件案子，只有素雪姑娘一个年轻女子，所以凶手只能是她。”

鲁王追问道：“绑架你的清风阁主，真面目是谁?”

司空虎道：“绑架我的那名黑衣人，是清风阁主的手下。至于阁主，已经呼之欲出了，就是素雪姑娘。我和金不换探访清风阁，素雪姑娘开门。我要她帮我通报阁主，素雪姑娘反问我‘为何要我通报呢?’金不换反应慢，没明白过来，但是我却了然于胸。不需要通报阁主，因为面前站着的就是阁主本人!”

鲁王全明白了：“难怪素雪要黑衣人装死。金不换把黑衣人当成阁主，倘若黑衣人死了，你们就无法继续追查阁主的真面目。装死是最稳妥的办法。”

楚王道：“本王贬谪江南，没想到长安城也有高人。这位兄弟的确有些见识。清风阁主素雪是本王的忘年交，帮了本王很多忙。能不能断案，首先要做到细心二字。”

司空虎冷冷道：“陛下中毒一案，就此终结，草民想借那面铜镜一用。”

高力士招呼一声，一个宫廷侍卫双手捧上锦盒。司空虎接过锦盒，揭开绢帛，拿出那面古色斑斓的铜镜，向着楚王微笑：“楚王千岁，你想不想看看这面镜子?”

楚王心头怔忡不宁，不置一词。

司空虎举起铜镜，对其他文武百官说道：“诸位大人，谁想把玩一下这件稀罕物?”

所有的文武百官全都后退。

司空虎将手里的镜子重重掷在地上。咔嚓一声，镜子摔得粉碎。楚王咬着牙齿，看着对面的司空虎，简直是恨之入骨，但又有一丝惺惺相惜。他被侍卫按住肩膀，但是头颅依旧高高抬起：“你究竟是何方神圣？朝廷把你这种人才埋没起来，着实可惜，如今木已成舟，何不效忠本王？”

司空虎沉默。

楚王大笑起来，高声道：“你们今天对本王不敬，以后要付出代价！你们真以为我只准备了一面镜子？清风阁的那个黑衣人，已经身在后宫。此人名叫高权，是本王在京城的另一个细作，本王参加早朝，要他在后宫行刺，此刻李隆基大概已命丧剑下了。”

文武百官惊恐地互相看看。

司空虎也笑起来：“草民平素喜欢斗智，遇到楚王千岁这种高手，荣幸万分。草民也不是老实人，进宫之前，请赵一针去救醒陛下。早朝上的闹剧，陛下了如指掌，他离开大明宫，到郊外去迎接江南和河南的禁军了。刺客高权进到后宫，面对的是后宫的所有宫廷侍卫。一人难敌四手，高权能否全身而退，尚且是个疑问。”

后宫，皇帝寝殿。黑衣人高权手持长剑，慢慢从宫墙一侧走来。寝殿里面，一个身穿龙袍的人，躺在床上，后背冲着黑衣人。黑衣人手中寒芒一闪，长剑刺去，谁知床上的男人飞身而起，长剑刺一个空。与此同时，男人脱下龙袍，露出一身宫廷侍卫的衣帽打扮。黑衣人情知不妙，手中长剑紧紧追上，刺向那个宫廷侍卫。但是宫廷侍卫腰间银光一闪，腾出一条银色的锁链。黑衣人抬手，长剑拨开锁链，转身想要离开。锁链紧紧追上，追向黑衣人的脖颈。黑衣人歪着脑袋，闪过锁链，谁知宫廷侍卫手腕一抖，锁链一震，牢牢攀住黑衣人的左臂。黑衣人挣扎不得，被宫廷侍卫一掌震在后心，一口黑血吐出，倒在寝殿门口。

黑衣人抬头，所有的宫廷侍卫都聚集在寝殿门口，手中的钢刀闪出银光。他不敢恋战，跳起来想要凌空逃走。一个胖子从屋檐掠出，手中一柄寒光森然的长剑。随着剑光闪烁，黑衣人咽喉一麻，摔在地上，气绝身亡。胖子看着黑衣人的尸体，道："我姓项，你做了鬼，不要忘记来找我。"

当天正午，江南的节度使和河南的节度使，此刻已经会聚在长安城郊外。江南的节度使名叫武念安，河南的节度使名叫洛百里，两人见了面，扎下营盘，只等着楚王从朝廷发出进城逼宫的命令。忽然，一个士兵跑过来，高声道："前面有一个身穿龙袍的老头，自称当今皇帝，要求两位统领去见他。"武念安和洛百里四目相对，都是一脸狐疑，心想难道楚王计划有失，皇帝没有被杀？

两人小声商议一下，骑马来到大营外面。皇帝李隆基头戴通天冠，一身单薄的龙袍，站在凛冽的寒风里。李隆基身后，站着一队宫廷侍卫。

武念安高声道："哪里的骗子敢冒充皇帝？"

李隆基道："没人冒充皇帝，只有人想谋害皇帝，比如楚王。"

武念安和洛百里对视一眼，知道面前的必定是皇帝本人无疑。两人没想到皇帝会亲自来到京郊，而且仅带一队侍卫。现在，眼前的皇帝，两人是杀、是抓还是放，真是一个难题。两人本以为，皇帝的生死会交给楚王处置，谁知这个烫手山芋会站在面前。

李隆基依旧面不改色道："楚王逼宫犯驾，已被揭穿。两位是进京勤王救驾，帮朕诛灭楚王的吗？"

武念安和洛百里更加不知所措。二人进京谋反，李隆基不可能不知道，显然是想留给他们一个台阶。此次，是否还要对楚王忠心耿耿，真让两人犯了难。

此刻，马蹄声传来。武念安和洛百里抬头看，只见尘土飞扬之处，高力士和李林甫一班文武大臣，从远处赶来。一群宫廷侍卫簇拥着四个囚车，里面装着楚王、陈王、梁王和兵部侍郎高锐。李隆基依旧一副淡定的面容，站在路口，负手而立。

武念安把手摸向腰间的钢刀，洛百里低声骂道：“事情玩砸了，楚王自身难保，你还为他卖命？你是疯子还是傻子？”

武念安一经提醒，立刻聪明起来，跳下马，跪在地上，高声道：“吾皇万岁，楚王谋反，臣救驾来迟，请陛下恕罪！”洛百里也跳下马，跪在地上。

李隆基傲然道：“你们识时务就好。朕的东西，谁也别想抢走，哪怕是朕的叔叔、侄子还是其他什么人。江山是大唐的江山，是李家的江山，更是朕的江山。”

众人山呼万岁。

第十章　半年前的旧案

大理寺内，布书仁身穿官服，坐在桌案后面。司空虎侧身坐在一旁。一群官兵，整齐地排列在大堂下面。长安城的百姓听说大理寺要审楚王谋反的案子，也都闹哄哄地聚集在大理寺门外。

布书仁一拍惊堂木，高声道："楚王谋逆，其罪当诛，此案本应完结，但是司空世兄发现案中有案，劳烦楚王上堂，解释清楚。"

楚王脑袋上的发套和幞头巾已经被官兵扯下，于是就光着一个头皮，身穿囚衣，手戴镣铐走上大堂。

司空虎道："楚王千岁，你半年前就准备谋反，另外一件案子，也是半年前发生。礼部尚书手下的于俊卿，因为贪赃被贬塞外。草民和赵一针在大理寺库房翻看卷宗，发现于俊卿与楚王千岁有些牵扯，为防你们毁灭证物，于是将卷宗带走。今天，我要问你，于俊卿的贪赃案子，可是你的手笔？"

楚王一脸傲兀，不回答。

司空虎继续道："你不说，草民替你说。当时，一向有清廉之名的于俊卿贪赃两千两白银。原因是，他有一个未过门的情人，当时得了重病，于俊卿贪赃就是为了救她。"

司空虎一招手，一个士兵举起一张画像，给众人展示。大家看得很清楚，上面画着的是清风阁主素雪的样貌。

司空虎道："这就是于俊卿的情人。于俊卿为了救治素雪的病，贪赃了两千两白银。什么药材值这么多钱？毋庸置疑，他被人讹诈了。草民请赵一针查找当时讹诈于俊卿的药材贩子，发现药材贩子是江南楚王的人。草民请大理寺抓了那个药材贩子，他主动揭发，指使他的人是楚王千岁。”

楚王咒骂起来：“这个混账郎中，本王叮嘱他躲起来，还是被人抓到，简直是废物！”

司空虎道：“楚王千岁承认，逼迫于俊卿贪赃的是你？那么你的目的是什么？可与这件谋反案子有关？”

楚王冷哼一声：“何必明知故问。”

司空虎道：“这是一个阴谋，而且是连环套。阴谋的第一层，是拉于俊卿下水。但是于俊卿宁肯发配，也不愿意与楚王合作。阴谋的第二层紧随其后，于俊卿被贬发配，不明真相的素雪自然记恨朝廷，楚王结交素雪，建立清风阁，使她成为一枚棋子。素雪诱惑兵部侍郎，兵部侍郎贪图女色，紧跟着上钩。”

楚王点头。众人开始议论纷纷。

坐在桌案后面的布书仁，趁机揶揄楚王：“楚王千岁的确老谋深算，步步为营，厉害。”

司空虎莞尔一笑：“楚王千岁处心积虑，还是被草民骗过。草民根本没有抓到讹诈于俊卿的药材贩子，只不过诈你一下，谁知道你老老实实承认了。草民的确用了花招，可对方是恶人，我无非以其人之道还治其人之身。”

楚王气得脸色发青，狠狠盯着司空虎，许久之后，忽然哈哈大笑起来：“一个无名鼠辈，竟然毁掉了本王的心血。你真以为你赢了？你保住的是什么？是那个昏君的江山和那个强娶儿媳的丑闻！你看看身边的人，还有那些看热闹的百姓，大家有谁不是私下里取笑那个昏君！”

司空虎沉默不语。

楚王继续狂笑不止："你无言以对了，是不是？本王成为阶下囚，你照样在道义上输给我！"

布书仁手一挥，士兵将楚王带走。

司空虎道："请布大人传召犯官于俊卿的妹妹阿澄，上堂问话。"

百姓们更加交头接耳，大家倒要看看大理寺如何审问高力士的义女。阿澄一脸淡然，缓步走上大堂。

司空虎道："阿澄姑娘，草民有事请教。高力士寿诞之日，你意外失踪。下人说，你进到祠堂不出来，打开门，看到一个黑衣人站在祠堂里。黑衣人将下人打倒，然后逃窜。下人想当然认为你被黑衣人绑架。但是草民要问你，当时你根本没被绑架，那个站在祠堂里的黑衣人就是你，对吗？"

阿澄道："不错。"

司空虎问道："你穿上黑衣，去了哪里？"

阿澄道："司空大哥都已经明白了，何必多问。阿澄知道素雪和西域客商骆言意图弑君，想去阻止，但是义父寿诞在即，无法脱身，于是出此下策。那天我跑去见素雪，谁知铜镜已经送进皇宫，正撞见素雪在十里村的破庙，将骆言勒死。素雪离开之后，我把一面没有涂抹毒药的铜镜，放在骆言的怀里。阿澄的意思，是希望办案官员能够明白，镜子上面涂抹毒药的秘密。"

司空虎道："破解毒药之谜，多亏阿澄姑娘。大理寺官兵去清风阁缉拿素雪，为何许久不归，难道素雪逃走了？"

阿澄想起来，道："素雪可能在于家老宅。兄长发配之后，父母亲染病身亡，素雪每天夜里，都会去于家老宅上香。除了清风阁和于家老宅，她无处可去。"

司空虎站起来，带上官兵，向于家老宅奔去。

于家老宅依旧是一副残破不堪的模样。项龙城和素雪站在光秃秃的门框里面对峙，小清躲在门外。项龙城面对的是一名外表柔弱、内心孤冷凄清的女刺客，不敢大意，手指紧紧捏住剑鞘，道：“小清发现有人给于家老宅上香，上香的却不是阿澄。项某来碰运气，没想到遇上清风阁主。”

素雪风姿依然，抬起右手，一条细长的丝带垂在手心：“世上再无清风阁主，只剩下一名失意落寞的孤单女子。能跟项侠客一较高下，素雪万分荣幸。”

小清道：“素雪姐姐，你逃走吧。”

素雪黯然道：“往哪里逃呢？我闯下大祸，已经连累了自己的爱人，难道还要害他株连九族吗？”

小清道：“可是我看不出姐姐有什么错！”

素雪眼角闪出一丝冷光，手腕一抬，丝带射出。项龙城左手被丝带勒住，用力之间，丝带将她的身子扯过来。素雪手掌推出，击向项龙城的胸前。项龙城下意识长剑出鞘，对方手掌故意撤回，寒芒闪过，长剑刺入心口。素雪吐出一口鲜血，摔在门边的墙上。

小清扶起素雪的尸体，哭道：“素雪姐姐不是坏人！素雪姐姐是被人利用的！”

项龙城拍拍小清肩膀，道：“这是她最好的结局。”

脚步声传来，布书仁和司空虎带着官兵赶到。

司空虎一脸怅惘地抬起头看天。案件结束，仅仅为了楚王一人的皇帝梦，毁掉了于俊卿一家。倘若不是皇帝李隆基及时醒来，去郊外阻止江南和河南的节度使，长安城被毁掉的人家岂止千万。

尾声

大明宫内，司空虎得到传召，跟随高力士来到皇帝书房，见驾面圣。皇帝李隆基坐在椅子里，翻弄着一份奏报，上面写着：犯官于俊卿闻知素雪被杀，悲痛异常，自缢身亡。

李隆基面色阴冷，道："楚王弑君谋逆，要在大牢里度过余生了。太子李亨已经回到长安城。据太子讲述，是在回长安城的途中，遭到兵部侍郎高锐手下的绑架。兵部侍郎高锐胆大包天，朕已下旨，将高锐凌迟处死。"

司空虎道："楚王一案，多亏倚仗陛下洪福。"

李隆基道："朕不论做什么事，娶什么人，都是大唐皇帝。朕的东西，别人休想抢走，不管他是好人还是恶人，是富人还是穷人，是男人还是女人！江山是朕的，永远是朕的。司空虎，你断案如神，是个人才，你可愿意帮朕管理天下吗?"

司空虎跪在地上："陛下英明。"

李隆基道："朕下旨，司空虎在大理寺留用，暂居大理寺丞。司空虎、项龙城、小清、金不换和赵一针，救驾有功，每人赏银五百两，着大理寺丞分送各人府宅。探花掉包一事，以后便是谣言，不准再提。"

司空虎叩头谢恩。一旁的高力士捧过一个托盘，托盘里面是一套崭新的官服。

司空虎换上官服，退出书房。

李隆基看着司空虎的背影，对高力士说道：“大理寺卿布书仁才能平庸，此人要善加栽培。”

司空虎身穿官服，坐着轿子，回到家里。一队大理寺官兵跟在后面，敲锣打鼓。项龙城和小清急忙过来贺喜，看到皇帝李隆基的赏银，二人觉得像是做梦。房东大娘也跟在司空虎身后，尽显谄媚之色。司空虎高声道：“来呀，给我把房子砸了！”

房东大娘吓一跳，道：“司空虎……大理寺丞，我没惹你，怎么如此恨我？”

司空虎笑道：“房东大娘误会了。这个院子太过简陋，本官决定买下来，拆掉重新盖，要比以前更气派。”

房东大娘几乎哭出来。

大理寺官兵开始拆房子，司空虎走向慕云阁酒馆，给金不换和赵一针送赏银。金不换依旧坐在天字号雅间，偏偏不见赵一针，正在奇怪，难道他又遇到什么袭击，自己躲起来了？这时候赵一针额头青紫，一身鸡蛋菜叶和泥土，狼狈不堪地闯进来。原来赵一针的那个外号，因为小清的恶作剧，使得长安城尽人皆知。大家都说赵一针是个色魔，所有女人见到他，都哭喊着逃走。这里面包括九十多岁的老奶奶和两三岁的小屁孩。刚才赵一针被一群小孩子袭击，又无法解释，只能吃亏认栽。

司空虎摸着脑袋道：“我叫小清再去朱雀大街，张贴一张新的布告，写明赵一针不是桃花老怪，或许能够管点儿用？”

赵一针怒道：“人言可畏，你这么解释，别人会以为此地无银三百两，我一辈子都说不清楚。”

众人都笑起来。

多年后，桃花老怪的名号，在长安城渐渐淡去，赵一针这才得救。而因一枚铜镜引发的大案还时不时会被人提起。

第二单元　问鼎隋宫

楔子

刑部大牢有一间密室，这是属于皇帝李隆基的一个秘密。这间密室没有窗户，散发着潮湿的腥味，墙壁上冒出苔藓，里面用五道铁链锁着一个衣衫褴褛、长发及腰的老男人。每隔三天，李隆基就会差一个太监，给老男人送来酒肉饭菜。今天是给他送饭的日子，太监苏城提着食盒，手持刑部腰牌，通过重重看守的检视，来到了密室门前。

狱卒打开门锁，苏城来到老男人面前。

老男人眼睛抬起来，目光斜睨，一脸戏谑。

苏城低眉顺眼，张嘴一口黄板牙，开口道："今天的菜是八宝鸭、红烧肘子、醉虾和西域进贡的葡萄酒。"

老男人一怔，多年的关押生活已经让他有点儿迟钝，但是依旧觉得这四样菜色很熟悉。老男人怒吼道："你是谁?"

苏城道："我是一名阉人，姓苏。"

老男人嘴角上翘，露出一丝笑意："原来是苏公公。"

那名守门的狱卒，此刻不耐烦起来："吃饭就吃饭，不吃老子拿去喂狗。"

苏城道："官爷，奴才喂他吃饭。"

狱卒不加防备，转身刚要离开，却看到苏城从怀里拿出一根细长的锯条，将老男人身上的铁链锯断。狱卒倒吸一口气，拔刀出鞘，冷不防苏城反手一掌，将其打昏。老男人活动一下被铁链勒得生疼的四肢，站在狱卒面前，眼睛充满鄙夷。

苏城道："奴才来迟，陛下受苦了。"

老男人双手背在身后，傲兀道："苏公公不必自责，这里太过隐秘，好在当今皇帝每次都是好吃好喝。这个狱卒真冤枉，他自己笨，又能怨谁？狱卒以为，太监都是大唐后宫的人，可是他们不知道，朕也有后宫。刚才苏公公说的菜色，就是朕以前的最爱，所以马上认出苏公公。"

苏城脱下狱卒的衣服，给老男人穿上，再帮他把长发挽成发髻，两人若无其事地离开刑部大牢。

第一章　隋朝后人

司空虎坐在书房，手中一支狼毫，埋头写着一本手记。手记里面，全是五花八门的作案方法。忽然他眼皮直跳，刚要用手指按住，一个传旨太监来到院子外面敲门。司空虎知道，假如皇帝李隆基有事找自己，总是在早朝，如今不早不晚，一定是出了案子，急忙丢下笔，紧随太监而去。

大明宫丹凤门，宰相李林甫和左金吾卫大将军林万壑已经等了司空虎一刻钟了。林万壑年逾五旬，人高马大，细长眼睛，卧蚕眉，性格嚣张跋扈，只听命于皇室，其他人一概支使不了他。司空虎为人有风骨，吃软不吃硬，于是两人一见面就冷言冷语。但是好多事情只有林万壑适合去做，别人无法替代。

司空虎向李林甫和林万壑打声招呼，三人一起进宫见驾。皇帝的书房里，李隆基拿着一张案卷卷宗，慢慢翻看，见到李林甫进门，就把案卷卷宗丢过来："相爷，你还记得多年前的往事吗?"

李林甫接过案卷卷宗，只见上面用小楷写着：杨继勋。

他明白了。那件案子，是一件非常棘手，而且不能为外人道的秘密。隋炀帝之时，天下大乱，高祖李渊和太宗李世民父子二人，平定江山，建立唐朝，但是有一支隋朝王族隐姓埋名下来。这支王族，不是隋炀帝杨广一脉，而是隋文帝的太子杨勇的后人。杨广从兄长杨勇手中夺得太子之位，杀死隋文帝，这是尽人皆知的事。大唐建立之后，杨勇的后人一直无声无息。孰料五年前杨勇的后人突然在滇西谋反，想重新建立隋朝。皇帝李隆基用轻骑兵，在半个月内平定叛乱，将那个所谓的皇帝杨继勋活捉。杨继勋被抓之后，李隆基想杀他，怕引起更大的叛乱，不杀他又怕别人劫牢，再三思量，将其关进刑部大牢的一间密室，每次都派后宫太监送饭。太监的相貌音调都与正常人迥然不同，别人无法冒充，所以杨继勋一直被关押着，风平浪静。

李林甫翻着卷宗，沉吟道："陛下的意思，难道杨继勋越狱了？"

李隆基道："千算万算，还是百密一疏。两个月前，一个叫苏城的太监来到后宫，说他曾经服侍先皇睿宗，后来还乡，最近家人都死了，苏城无依无靠，只能回来。朕看他可怜，就留下他。今天轮到苏太监给杨继勋送饭，谁知他暗度陈仓，趁机劫牢。"

李林甫道："那个苏太监撒谎，他以前服侍的不是先皇，而是杨继勋。这是大家的一个遗漏，苏太监就浑水摸鱼。"

李隆基继续道："杨继勋逃走的事情，不能张榜缉拿，否则天下大乱。"

李林甫道："杨继勋一定在滇西老巢招兵买马，大理寺丞阻止楚王谋逆，能力非凡，此次势必当仁不让。倘若有人怀疑，陛下就说大理寺丞的表叔死了，他回老家吊丧。"

司空虎总觉得李林甫在给他出难题、穿小鞋，还诅咒了他的表叔。对方是朝廷争斗的老手，表情自然，完全看不出一丝诡诈，不服不行。

李隆基道："朕心目中的人选也是大理寺丞。倘若不能把杨继勋抓回长安城，就直接杀了他，断绝后患。朕这里有一幅图，你留着把玩。"

旁边的太监捧过一幅卷轴。随着卷轴缓缓打开，上面画着一只麒麟。微笑的嘴角，额上双角，四肢是鹿腿的形状，腿上遍布鱼鳞。司空虎接过卷轴，仔细观看。

李隆基道："大唐百姓熟知的龙凤，本属臆造的图腾。此麒麟，便是五年前大隋叛军的图腾。叛军依靠这个图腾，作为信物。你可以依靠这幅卷轴，投奔叛军，暗算杨继勋。”

司空虎收起卷轴，道：“麒麟是龙首鱼鳞，只要换一个身子，就可以腾云驾雾，变成真龙，这便是叛军用麒麟做图腾的暗喻。谢陛下指点，臣一定不负所托。”

出宫的路上，司空虎心想，自从楚王逼宫一案，皇帝李隆基就变得愈加桀骜不驯。为了一个女人，被天下人指责，是否值得，也很难说。手里的卷轴下意识打开，又再次合上。

左金吾卫大将军林万壑被冷落一旁，难免不甘心，请旨道：“大理寺丞太过年轻，缺乏历练。断清楚王一案，明显是侥幸。臣不放心他。臣也去滇西一趟，或许管用。”

一旁的宰相李林甫笑道：“林将军想去抢功?”

李隆基道：“不论是大理寺丞还是林将军，都是为我大唐做事，是为我李家做事。林万壑，你去吧。”

林万壑领旨谢恩，快步走出书房。

朱雀大街，项龙城在这里闲逛。

前面是一家古董店，项龙城信步走进去。古董店掌柜正在和一个锦衣玉带的达官显贵砍价。达官显贵用两百两纹银买走了一张隋朝展子虔的青绿山水画，如获至宝，抱在怀里出门去了。项龙城站在墙边，打量架上的字画和古董。掌柜凑过来，笑嘻嘻地问道：“客官喜欢字画，我这里有本朝各位名家的字画，比如李思训和吴道子。要是想买古代兵刃，我这里有战国的青铜戈和汉朝的环首刀。”

项龙城来了兴趣：“有汉朝的环首刀?”

古董店掌柜从架子后面捧出一个三尺长的锦盒，递过来，笑道：“人不可貌相，客官虽胖，却是个练家子。本店的环首刀，流传有序，上面还刻着历任藏家的名讳。”

项龙城接过锦盒，拿出环首刀，刀身锈迹斑驳，发出淡绿色的幽光，难免爱不释手：“好刀啊，可惜保存不善，锈成这个样子，如何杀人？”

古董店掌柜心头一凛，试探着问道：“你想拿去……杀人？”

项龙城继续把玩环首刀：“对啊。”

古董店掌柜下意识地吞咽口水：“你杀过几个人？”

项龙城随口道：“十五个。”

掌柜惨叫一声：“救命啊，有杀人凶犯在这里啊！”也不管墙上的名家字画和古董，跳出门外，撒腿就跑。街上的路人听说要出人命，也跟着一哄而散。其余的店铺急忙紧闭大门。整个朱雀大街变得空空荡荡。

项龙城扔掉环首刀：“喂，我又没说要杀你。”

一辆马车走过来，小清从里面探头探脑。

小清笑嘻嘻道：“从今往后，大家要牢记两件事：一是不能给司空大哥弹琴，因为他会睡着；一是不能卖给项大哥兵刃，因为他会拿去行凶作乱。”

项龙城道：“小清姑娘找我有事？”

小清道：“项大哥想到滇西玩玩吗？司空大哥想和你搭个伙，而且是朝廷出钱。”

项龙城跳上马车，笑道：“要我帮忙打架，可以直说。”

小清扬鞭，马车绝尘而去。

一月之后，司空虎、项龙城和小清来到了滇西，寻找杨继勋的老巢。一片茂密幽深的山谷，满目翠绿，时而有鸟雀惊飞。山谷外面是一个小村子，散落着不到十户人家。司空虎看到村口一家小巧玲珑的客栈，挂着一个幌子，就进去住店。

店小二细眼睛薄嘴唇，二十岁上下，手脚麻利，过来问道：“三位住店还是吃饭？”

司空虎问道："小二哥，这客栈如此冷清，你们老板呢？"

店小二尽量显出悲切："不可说，不可说！老板失踪，只怕凶多吉少了。"

司空虎道："老板没了？小二哥一文钱不花，白得一个客栈，真是好买卖。我们累了，先来点儿吃的。"

店小二答应一声，钻进后厨，不一会儿端出一盘切好的鸡肉，放在桌上。项龙城拿筷子翻检一下，只有鸡头、鸡脖子、鸡屁股，但是没有鸡腿和鸡翅膀，连鸡爪子也没有。

小清噘嘴道："这荒山野岭，只有这玩意儿？"

司空虎看着后厨的店小二，笑道："就算荒山野岭，鸡照样长腿长翅膀。少掉的鸡肉，应该是进了店小二的五道庙。此人贪小便宜，就好办事——小二哥！"

店小二回到大堂。

司空虎问道："五年前，这里曾有一伙大隋叛军意图谋反。我记得他们在附近山谷有一座王宫，想来游玩游玩。"

店小二皱眉道："大隋王宫确有其事，但是已经再次被叛军占领，你们去了岂不是送死？"

司空虎笑起来："既然你知道底细，那我们算是找对人了。"

小清从包袱里拿出一个二两的银锭，放在桌子上。

店小二看到银子，眼睛放光，嘴角乐开了花，把银子揣起来："客官真是慷慨大方，比那个姓林的左金吾卫大将军豪爽。那个姓林的，仗着自己武艺高强，一言不合，差点儿把我掐死。你们尽管问，小人问一答十。"

司空虎、项龙城和小清互看一眼。

林万壑单独行事，明显来者不善。

项龙城问道："那个左金吾卫大将军，暂且不去管他。这里有没有向导，带我们进山一趟？"

店小二迟疑起来：“大隋叛军为了保护王宫，对进山道路做了手脚。如今山谷里全是岔路。只要有人进山砍柴，或者游玩，都会有去无回。我们老板就是为此走失的，上哪里去找向导呢？”

项龙城笑起来：“要不你跟我们去看看？”

店小二跪在地上，向项龙城磕头不止：“三位大爷放过小人，我上有八十岁老母，下有娇滴滴的娘子！”

司空虎指着项龙城，笑道：“龙城兄比鲁王千岁还顽皮啊。”

小清扶起店小二：“我们只不过是试探你，怎么像是家里死了人一样？”

店小二爬起来，一把鼻涕一把眼泪。

当天晚上，司空虎一行人在客栈里面住了下来。就是这间客栈，引出了一个更大的秘密。那就是山谷里面，除了被迷宫岔道守护的大隋王宫，还有一桩连环杀人案。

第二章 麒麟

夜色渐浓，山谷里满是乌鸦的鸣叫声。客栈里面空荡荡的，司空虎三人各居一间房间。司空虎百无聊赖，想找本书看看，此处人烟稀少，只在厨房找到一本菜谱。他在房间里翻看菜谱，忽然听到隔壁项龙城鼾声如雷，来到墙边，用力敲墙板，鼾声渐渐低沉下去。

这时忽然有人在客栈门口吵闹不止，司空虎扔下菜谱，来到门外。只见店小二手持一根炒菜用的锅铲，显出一夫当关万夫莫开的架势。一个满脸胡子的男人，眼睛血红，身上衣衫褴褛，手臂全是荆棘划伤的血痕，赤着两脚，冲着店小二喊叫着："店小二，你居然连老板都不认识了！"

店小二冷笑道："你明明是个叫花子，还敢冒充老板？"

司空虎站在店小二身后，问道："这是你们客栈老板？"

店小二道："我们老板郑不遇，上个月进山，一去不回，想必已经死在大隋叛军手里。从今往后，这个客栈就是我当家。"

司空虎笑起来："原来店小二也想弑君谋逆。"

店小二露出凶相，逼近司空虎。

门口的那个男人，骂道："店小二你不老实，想独吞我的客栈？我这就揭穿你的底细。你总说客人要夜宵，其实根本没有，那些夜宵全进了你的肚子；你每个月给我报花账，算计我的银子；你还看中了邻村老钱家的闺女……"

店小二自知失算，只好跪在地上，抱住男人的大腿哭喊："老板你回来了？小二想死你了，我每天做梦都梦见你!"

男人鄙夷道："你梦见的是我的钱吧?"

项龙城和小清也先后出现在楼梯上。

司空虎来到店老板面前，见对方神色憔悴，脸色苍白，但是眼睛有神，瞳孔炯炯放光，伸手试探脉象，笑道："他啥事没有，只是饿惨了。"

店小二急忙道："对，对！老板饿得脱相，我才认不出来。老板你受苦了，小二给你做点儿饭吃?"

众人把客栈老板郑不遇让进客栈。郑不遇洗了个澡，换身干净衣服，坐在大堂里面吃饭。郑不遇夹了几块菜叶子，大骂店小二的厨艺太差。店小二满脸委屈，说自从郑不遇失踪，那个厨子李三就跳了槽，投奔他人了。司空虎等人忍住笑，自报家门，要求郑不遇帮忙，再去山谷一趟，找那个大隋王宫。

郑不遇翻白眼，仔细看司空虎："我还想多活几年。"

小清拿出一个十两银锭，摆在桌子上。

郑不遇呵呵笑起来："有钱……不是，有事好商量。我能从山谷全身而退，就能带你们全身而退。你们既然是朝廷命官，来刺探叛军，这身价不同，银子的数量也得改改。我做买卖讲究诚信，不讹你们，这个数，成不成?"

郑不遇一边说，一边伸出两根指头。

司空虎道："二百两纹银？本官解决大隋叛军，就替你向朝廷报功，这点儿银子不在话下。"

郑不遇张大嘴巴，立刻点头答应，其实他要的是二十两。

司空虎伸手，与郑不遇击掌。

趁着天色尚早，大家都回到各自的房间，补觉去了。司空虎躺在床上，眼睛盯着天花板出神——杨继勋已经回到山谷的大隋王宫。王宫五年前被毁，势必在重建之中。店小二所说的山谷里的岔道，一定是叛军蓄谋已久，自己要小心行事。还有一件事令人疑惑，郑不遇是唯一从山谷生还的人，他的运气真的这么好吗？

第二天一早，郑不遇来敲司空虎的门，招呼大家吃早饭。司空虎等人坐在大堂里，吃包子喝米粥。郑不遇胃口极好，一边招呼别人吃饭，自己却把一多半的包子米粥，风卷残云似的塞进肚子里。吃饱喝足之后，郑不遇吩咐店小二看门，自己背上一个包袱，里面装着干粮，带着司空虎等人走上了进山的小径。

小清闲来无聊，便和郑不遇打趣："郑老板，你家的店小二都成亲了，你怎么还是老光棍？"

郑不遇依旧是一脸鄙夷："昨天你们见到了，店小二有点儿不老实。我倘若再娶一个老婆，客栈更加难保。"

司空虎问道："郑老板，进山失踪的都是些什么人？"

郑不遇来了兴头："比如砍柴的樵夫和采药的药材贩子，不过有一件事很可疑。我有一个仇家，就是那个抢走我家厨师的坏蛋。此人名叫武鸣，家财万贯，最近在给自己修一座别院。修别院的工匠音信全无，但是那个武鸣每个月都给工匠的家人捎银子……"

说到这里，郑不遇忽然怔住，眼睛直视着不远处的一个影子。

此时，已经是大家进山的一个时辰之后。那个影子，是一座足足有两丈来高的麒麟石像，通身玉石雕成。走近来看，四肢是细长的鹿腿，鹿腿上布满鱼鳞，嘴巴上扬，露出参差的牙齿。

司空虎来到雕像前面，从包袱里拿出皇帝李隆基送的卷轴："这麒麟是大隋叛军的图腾，我们找对了。"

郑不遇嗫嚅道："我上次进山，也遇到了这座麒麟石像。麒麟石像后面，便是那些使人迷路的岔道。我被困在里面，差点儿饿死。"

司空虎道："既然是岔道，就有出去的办法。咱们试试看。"

郑不遇带头往前走。司空虎、项龙城和小清跟在后面。离开石像之后，众人面前出现了无数条岔道。又走了一刻钟，大家依旧是身处密林深处。这里，阳光都很难倾洒下来，地面全是湿滑的苔藓。

果然，那座石像依旧满脸狰狞地矗立在那里。麒麟微笑的嘴角，此时充满了嘲讽与不屑。

司空虎看着石像，默然沉寂。

项龙城和小清互相看一眼，都露出狐疑的神色。

项龙城冷冷道："这一次，我走前面，碰碰运气。郑老板跟在后面就好了。"

郑不遇鼻子里出冷气，知道项龙城是在怀疑他，但是也不计较，摇着头退到后面。项龙城钻进密林，不住抬头看着天上的太阳，用太阳的位置来判断自己身处的方位。其他人跟在后面，都是游移不定的神色。一刻钟后，众人回到麒麟石像所处的位置。

郑不遇一屁股坐在地上，叹息道："这些岔道，就像是迷宫！这一次，我自己也栽进去了。"

忽然听到远处传来"嗡嗡"的声音。紧接着，声音越来越大，越来越近，只看到一群马蜂，潮水般靠近。大家喊叫一声，掉头就跑，也不知在密林里跑了多久，跑了多远，终于看到进山时的小径。马蜂没有跟来，众人已筋疲力尽。

司空虎擦汗道："我们能逃出来，运气太好了，捡回一条命。郑老板，我们快累死了，附近有地方讨碗水喝吗？"

郑不遇探头四下看看："那边不是武鸣的家吗？咱们遇到麒麟石像的时候，我说到一半，大家可能没记住。那个武鸣要修一座别院，但是进山修别院的工匠音信全无，武鸣一直给工匠的家人捎银子，不知道里面有什么蹊跷。"

司空虎眉毛一挑："音信全无？"

郑不遇点头："对。"

司空虎大笑起来。

郑不遇问道："大理寺丞笑什么?"

司空虎摆摆手，继续笑着说道："武鸣手下的工匠音信全无，遇到大隋王宫的人也是一去无回，附近的村民居然没把两件事牵连起来，可谓民风淳朴。依我看，那些工匠，进山修建的不是什么别院，而是大隋王宫。咱们快去找那个武鸣，他就是修建王宫的幕后主使者!"

郑不遇道："武鸣不会自投罗网的。"

司空虎道："我们随机应变，假装投靠杨继勋。左金吾卫大将军林万壑也是心思缜密，这一路上，对他只闻其声不见其人，估计他看不上我这个半大不小的官，想自己进山。我们不能让他抢功。"

于是，郑不遇带路，司空虎、项龙城和小清紧随其后，去找武鸣所居住的那座大院子。大家商量好，假装投靠杨继勋，让杨继勋的余党，带大家去大隋王宫。走出山谷里的岔道，这是最简单的做法。

时至中午，司空虎等人来到了武鸣的家。这是一个白墙灰瓦的四合院落，一个老态龙钟、满脸黄斑的老家奴出来开门，仔细打量众人，一脸狐疑。

司空虎笑嘻嘻道："大理寺丞司空虎，投奔大隋皇帝陛下。"

老家奴再次把司空虎打量一遍，没头没脑地蹦出一句："你认识左金吾卫大将军林万壑吗?"

司空虎心头一沉，暗想林万壑果然快自己一步，脸上依旧保持一副笑嘻嘻的样子："本官和林将军是老交情。"

老家奴一副恍然大悟的模样，对司空虎的态度也大有改观。老人家本来是爱搭不理，现在却是春风满面，把众人请进大门。大门里是一个种满紫颜色蔷薇花的小院子，满院花香，煞是风雅。大家穿过小院子，来到大堂上。大堂正中，挂着一幅东晋顾恺之的绢本人物画轴，画轴下方一个八仙桌，四把太师椅。左金吾卫大将军林万壑手中端着一盏清茶，正在和一个白白胖胖的男人谈天。看到司空虎等人，林万壑脸上恨也不是，怨也不是，想把茶盏重重摔在八仙桌上，但是立刻反应过来，稳稳端在手里，脸上依旧保持笑意。

司空虎向林万壑拱手道：“林将军，你也归顺大隋皇帝了，大家殊途同归。”

林万壑只能跟着司空虎演戏：“朝廷治国无方，百姓怨声载道。本将军早就对大唐视如粪土，此番投靠大隋皇帝，是大势所趋。大理寺丞和我一样，那就来拜见大隋丞相武大人。”

司空虎向那个白白胖胖的男人拱手作揖。

男人已经放弃怀疑，搬过一把椅子，请他坐下：“太好了，大理寺和左金吾卫，在朝廷里面是一文一武的两座栋梁。我们大隋隐忍近百年，此番一定重整旗鼓。皇帝陛下能够得到二位相助，势必如虎添翼。你们在寒舍休息一天，明天我带大家进山拜见陛下。”

司空虎看到武鸣上了当，急忙道谢。

武鸣和那个老家奴去后厨准备饭食。司空虎、项龙城和小清在院子里四处走走看看。小清摘下几朵紫蔷薇，放在鼻尖嗅嗅，一股淡淡的香气。

不一会儿，老人家提着一个食盒，走上大堂。打开食盒，里面是几盘当地的小菜和一壶好酒。林万壑抓起酒壶，回头看看项龙城、小清和郑不遇，冷冷一笑：“这几个白丁，不配和我们朝廷命官一桌喝酒。那个小胖子，你身边带着一柄剑，一定擅长耍剑。你比画几下，给我们助兴。”

项龙城的胖脸气得发青，对林万壑怒目而视。

武鸣问道：“这位小胖子，是何官职？”

林万壑满脸不屑：“跳梁小丑而已。大理寺丞在长安城新结交一位剑客。此人剑法高深，耍剑没人比得过他。谁要倒霉，大理寺丞就会和他一起去找谁。武丞相小心，倘若此人来到这里，你会家破人亡。”

项龙城知道，自己被林万壑拿捏住了，这一次只能给众人耍剑助兴，手腕一翻，长剑扫出，一道剑光在院子里面闪烁着。武鸣正要喝彩，冷不防剑尖指向自己。武鸣挣扎不得，正准备闭上眼睛，剑光已经荡开，回到项龙城手中。

林万壑喝酒上头，醉意渐浓，面色潮红，开始恶作剧："小胖子很灵活啊！转个圈，转个圈……对，跳起来，翻个跟头！给他一块砖头，来一个拍砖头，再表演个胸口碎大石！"

项龙城见对方拿他耍猴，气不打一处来，右手一震，长剑掷出，飞向林万壑。林万壑抬腿一踢，剑柄向上，剑尖向下，众人惊呼之中，倏然伸手，接住剑柄。

林万壑仔细端详长剑："这剑值点儿银子，上面还刻着字呢。神剑山庄？你师父得贱到什么样啊！"

项龙城伸出手，把剑收回，转身走出院子。

武鸣喝彩道："好功夫！这位兄弟前来投奔大隋，我大隋势必所向披靡！"

林万壑笑道："此人剑法的确高深莫测。"

项龙城最终没能为杨继勋所用，但是林万壑却是一语成谶。武鸣一家，随着司空虎和项龙城的到来彻底家破人亡了。

第三章　三件命案

当天夜里，司空虎和林万壑坐在院子里的一张石桌边，一边观赏月色，一边谈天论地。项龙城习惯早睡，此刻已经躲进客房，鼾声大作了。小清缠着郑不遇，要他讲讲山谷里面的逸闻趣事，直把他缠得眼冒金星。

林万壑靠着石桌，问道："大理寺丞很会演戏啊!"

"假装投靠叛军，是林将军在先，下官不会掠人之美。"

"你觉得，断案子最重要的是什么？是举一反三的推想，还是运气?"

"都有一点儿，举一反三自然必不可少，运气也不能丢，甚至还要耍一点儿小手段。"

"楚王逼宫一案，你把楚王骗得好惨，他在大牢里面，睡觉都念叨你的名字。如今，这山谷里面有一座被迷宫覆盖的大隋王宫。要想进山，就要闯过迷宫里的岔道，你可以大显身手了。"

"多谢林将军谬赞。"

林万壑拍拍手，站起来："大理寺丞负责解谜，我和项龙城负责打架。我们三人在这里，杨继勋必败无疑。"双手抱在胸前，回自己住的客房去了。

司空虎仔细看着星空，银河疏疏朗朗地挂在天际。院子里的紫蔷薇香气袭来，沁人心脾，又总觉得哪里不对。但是今天筋疲力尽，使他草木皆兵，也就不再多想。

第二天一早，众人来到大堂上，老家奴摆好一盘烧鸡，再端上一锅米粥。等到众人碗底朝天，发现独独缺了武鸣。林万壑来到武鸣的卧房，里面没有反应。他没那耐性，一掌推出，将房门打翻在地。武鸣倒在地上，浑身是血，倒塌的房门正巧压在身上。林万壑高举双手，退回到门外，表示此事与自己无关。司空虎来到门口，很清楚地看到，武鸣腹腔插着一把匕首，伤口处殷红一片。地板上全是血渍，非常瘆人。

忽然，房顶扑簌簌地开始落下灰尘。

司空虎抬头一看，只见房梁已经裂开一半，摇摇欲坠，下意识急忙退后。轰然一声，房梁倒塌，整座卧房成为废墟。众人掩住口鼻，退回到院子里。卧房的残垣断壁之间，武鸣依旧浑身是血，倒在里面，没有任何反应。

郑不遇道："究竟是谁和武鸣有仇，杀了人，还怕他死不了，用房梁砸他?"

司空虎刚要开口，忽然看到房梁的末端倒着一个人，走过去细看，原来是一个身材和武鸣差不多的白白胖胖的男尸。只不过，尸体僵硬，身上布满尸斑，显然已经死去多时了。司空虎上前，解开男尸身上的短衫，露出后背，后背也是布满尸斑。

郑不遇看后骂骂咧咧起来："原来是我客栈的厨子李三！这混蛋见我客栈没了买卖，悄悄投靠武鸣，我早就想找他晦气。如今他死了，我解气了。可是，谁会杀他？他爬上房梁做什么？总不成，他杀了武鸣，然后躲上房梁，摆脱嫌疑?"

司空虎一直沉吟。他翻看厨子李三的衣服，摸出一堆火绒火石。奇怪的是，尸体只穿着一件短衫和一条裤子，里面没有内衣和衬裤，连鞋子都没有。

司空虎捏着火绒火石，自语道："一座院子里死了两个人。凶手杀武鸣可能是图财害命或者仇杀，杀一个厨子干吗？”

郑不遇问道：“或许李三看到了凶手的真面目？”

司空虎摇头：“厨子李三的尸体除了外衣，其他都没穿，身上只有火石和火绒，这是最大的疑点。凶手杀人之后，脱衣服做什么，而且只脱内衣，保留外衣？脱了衣服，再把尸体塞到房梁上，这就更奇怪了。”

林万壑幸灾乐祸：“大理寺丞是断案高手，一定有线索。”

司空虎似乎得了提醒，转身跑向厨房。

众人兴冲冲地跟在后面。

厨房里，一锅热汤正在锅灶上沸腾。司空虎打开锅盖，里面是一只鸡，俯下身子，用烧火棍从柴火里面挑出一块布片。他知道，自己找到需要的线索了。

郑不遇嘴巴快，抢先道：“凶手杀了厨子李三，把尸体内衣脱了，丢进灶里，毁灭证据。”

司空虎问道：“凶手为何只烧内衣？”

郑不遇继续道：“比如李三内衣上有什么线索，或者临终遗言。”

司空虎道：“纵使凶手杀了厨子李三，再把李三塞进房梁；武鸣的尸体却倒在门口，如何解释？”

林万壑一副事不关己的态度，打个哈欠，懒洋洋道：“本将军是来图谋大事的，不是当仵作的。本将军投靠大隋皇帝，这件人命案只会拖累我，本将军不奉陪了。你们继续，咱们大隋王宫再会。”

司空虎道：“武鸣死了，我们进山就有点儿困难。老家奴，武丞相平素和谁往来密切？本官打算去察访一番。”

老家奴回答道：“武丞相有一个至交好友，名叫楚南晨，此人也是大隋的旧部。后来楚南晨骗走了丞相夫人，二人反目，从此不相往来。”

司空虎要老家奴带路，往楚南晨的府宅而去。

山坳里，那座整洁的四方院落便是楚南晨的家。司空虎和老家奴来到门前敲门，高声道："大理寺丞司空虎，求见大隋楚大人!"

依旧静谧无声。

司空虎道："武鸣大人已经位居大隋丞相，是他帮下官引荐楚大人。下官在大唐百姓中有点儿威望，但是朝廷昏庸，下官万念俱灰，想投靠大隋，共图大事。楚大人可否开门一见，共商事宜?"

还是静悄悄。

司空虎运用耳朵来辨听里面的呼吸。隐隐约约听到一个微弱的呻吟声，心中暗道不妙，一掌推开大门。大门没上门闩，院子里的陈设七歪八倒，一具男尸倒在地上，浑身血渍。用手试探一下脉象，早已断气，摸一下体温，也是冰凉的。显然死者失血过多，已经遇害多时了。

老家奴道："他就是楚南晨，没想到也遭难了!"

司空虎缄默了。武鸣和楚南晨先后遭遇不测，都是被利刃刺伤，伤重不治。这有好几种解释，比如刺伤他们的凶手，可能有一个极大的阴谋。最重要的是行凶动机，只要找到行凶动机，一切就会有眉目。

司空虎依据自己刚才在门外听到的呻吟声，四处查看。"咔嚓"一声闷响，一个鬓发散乱、捆绑手脚的女子，倒在院子一侧的走廊边。他急忙过去，把女子手脚上的绳子解开。老家奴介绍，这就是以前的武夫人，如今的楚夫人，闺名玉瑶。

司空虎问道："玉瑶，有刺客杀了楚南晨，你可知道详情?"

玉瑶一脸茫然："妾身听到有喊叫声，想过来看看，紧接着头上挨了一下，就昏迷了。"

司空虎略感失望。他本以为见到一个人证，孰料一无所获，只好先把玉瑶带回武鸣家，看看进展。楚南晨的后事，暂且交付村里的其他邻居处理。

司空虎和玉瑶回到武鸣宅邸。林万鏊已经离开，其他人围过来，听老家奴讲述楚南晨被杀的事情。司空虎和项龙城来到后院，走到坍塌的卧房外面，停放武鸣尸体的地方。尸体血迹斑驳，很不妥帖地躺在一张床板上，那柄匕首深深插入腹腔。再来到旁边检查厨子李三的尸体。尸体浑身僵硬，腹腔处有一个伤口。这个伤口，和武鸣身上的伤口大小宽窄一致，只不过尸体身上没有凶器。

司空虎缓缓道："杀死武鸣的匕首尚在，杀死厨子李三的凶器却不见了。这不难解释，因为凶器是相同的。只是，凶手杀人，为何相隔许久?"

项龙城问道："大人的意思，厨子杀死武鸣和楚南晨，这根本不可能?"

司空虎道："本案的最大漏洞，就是时间。"

卧房的废墟，瓦砾成堆，地板也是四分五裂，但是上面的血渍依然存在。司空虎蘸一点儿血渍，放在鼻尖轻嗅一下，一股很浓重的腥臭味道。也就是说，今天一早，武鸣躺在房间里的时候，房间地板上的的确是血渍无疑。

司空虎回头，玉瑶、老家奴和郑不遇站在院墙下面，各怀鬼胎地看着他。自己来到滇西，本是为了抓杨继勋，如今却开始查办人命官司。下一步，倒要看谁走得更远。

司空虎道："各位，武鸣和楚南晨死亡时间紧挨着，而且都是大隋的旧臣。也就是说，这是一件连环凶杀案。我们要抓凶手，首先要弄明白，凶手杀人的原因是什么？凶手杀人的时间和方法是什么？要断案子，这是最重要的。去见见大隋皇帝杨继勋，应该会有帮助。玉瑶跟先后两个丈夫都去过大隋宫殿，劳烦替我们带路。老家奴看家，守护尸体。"

远处山谷中，树影婆娑，风声鹤唳。那座被迷宫掩盖的王宫，正等待着他，给他一个平生极大的挑战。

第四章　大隋王宫

第二天早上，天色渐明，玉瑶和郑不遇在前面领路，司空虎、项龙城和小清紧跟在后，但是众人根本没有赏玩景致的心情了。果然，那座高大的白色麒麟石像出现在众人面前。玉瑶从袖子里摸出一个精工绣成的荷包，挂在胸前，然后往前行去。司空虎盯着那个荷包，满腹狐疑，但还是静观其变。

两只蜜蜂，振着翅膀飞来。小清用手扑打蜜蜂。

玉瑶阻止道："小清姑娘，这不是马蜂，不会伤人。众生平等，不可杀生的。"

小清嘴角一撇，不再理会蜜蜂。但是那两只蜜蜂就是紧紧围绕在大家身边，怎么也赶不走。四周奇峰俊秀，一道小溪潺潺流过。满山参天大树，显然已经几百年，四五个人合抱都很难。

一座冒着浓烟的废墟，在草坪上矗立着。

大隋王宫，终于出现了。

那个头戴通天冠，宽衣博带的男人，正是死而逃生，越狱成功的杨继勋。大隋太子杨勇的后人，立志复国的谋反者。杨继勋手持一柄长剑，站在宫殿废墟门口。一个二十岁上下，身穿紫色衣裙，脸罩紫纱的年轻女子，跟在杨继勋之后。对面，倒着左金吾卫大将军林万鏊。林万鏊显然已经身受重伤，躺在地上，只能支起半个身子。

杨继勋冷冷对林万鏊道："朕费尽心机修建王宫，如今被你放火烧毁，功亏一篑。你也没钱赔朕，那就拿命来换。”手中的长剑，倏然刺出。长剑上的寒芒，冷森森闪烁。

项龙城飞身来到杨继勋面前，挡住长剑：“陛下且慢，手下留情!”

杨继勋一脸傲兀：“小胖子身手不错。”

项龙城笑起来：“小胖子照样习武，照样行走江湖。能得到陛下谬赞，项某荣幸之至。”

那名紫衣女子问道：“原来是项侠客？我是陛下的养女潇潇。你远隔千里，来此目的为何?”

项龙城道：“投奔大隋皇帝陛下。”

紫衣女子狐疑：“是吗?”

司空虎也走过来，从包袱里抽出那幅卷轴。随着卷轴打开，进山时遇到的麒麟图腾展现开来：“大唐气数已尽，下官和项侠客想另投他处，共享荣华富贵。大隋立国几十年，虽然被大唐高祖皇帝和太宗皇帝所灭，但是王族永远是王族，天之骄子，岂能屈居人下？上次陛下复国，下官不在长安，错过机会，此次必当尽力。”

紫衣女子道：“父皇，大理寺丞是去年中榜的探花，他人品好，没有官威，百姓都爱戴他。他的投诚，对我们有百利无一害。”

杨继勋傲兀道：“左金吾卫大将军已经半死不活，大理寺丞投靠朕，那就跟朕来大隋宫殿看看，认识几位同僚。”

杨继勋转身走进废墟。项龙城扶起林万壑，司空虎收起卷轴，小清、郑不遇和玉瑶跟在后面。

司空虎一边走，一边打量这座大隋宫殿的废墟。大隋宫殿高十丈，宽二十丈，是用参天古木搭建的房梁和柱子，上面又新刷了五六层油漆。干柴和油漆是最容易着火的，能够把大隋宫殿付之一炬，并不困难。废墟后面是一个巨大的洞口，向外面散发着幽幽冷气。

杨继勋俯身走进洞口，在洞里的烛台上点起一根蜡烛。随着他向深处走，烛光越来越多，山洞总算没那么阴森了。这是一道石头地板，众人跟随杨继勋来到地底密室，发现尽头是一间大殿，仿照大明宫太极殿的陈设，一座龙椅端居正中，龙椅下面是一个三层台阶，甚至摆好了文武百官的位置。杨继勋一击掌，一群行色各异的人，从角落里钻出来。

杨继勋踱到龙椅里，稳稳坐好："各位臣工，宫殿被毁，但是朕早有准备。大理寺丞司空虎了解长安城的底细，他投奔我大隋，我们又多了一副臂膀。进攻长安之时，我们很多事情要仰仗一二。"

司空虎道："大隋一夕之间，就有如此多的栋梁投靠，下官荣幸之至。"

杨继勋道："朕的养女潇潇，你们已经见过。从今往后，潇潇就是大隋公主。朕决定由潇潇打理日常事务。这位是江南富户秦百万，这位是江湖杀手陈一刀，这位是盐商头目苟德利，这位是铁矿主赵无极。尤其要介绍的是铜匠帮会的头目陈高，我们下面一步计划是伪造铜板，全仗陈老板。"

司空虎问道："敢问陛下，宫殿失火是怎么回事？"

杨继勋道："姓林的左金吾卫大将军，昨天夜里进山刺探，被朕的士兵发现。他无法闯过那些岔路，就假装不敌，趁机让士兵把他带到宫殿。姓林的看到新刷的油漆，打翻士兵，用火石和火绒放火，点着了新刷的油漆，将宫殿烧毁。一夜之间，一座上好的宫殿，成为废墟。朕在考虑，是将此人凌迟喂狗，还是烧死他。朕有一点儿私事，去见一个人，要离开一个时辰，你们随意。"

司空虎问道："很重要的人吗？"

杨继勋语焉不详："此人关系到朕的安危和行止。"

杨继勋似乎不愿意透漏实情，神龙见首不见尾，聚会完毕，就在潇潇的陪同下离开了。那群大隋叛军，请司空虎吃烤全羊。司空虎以肠胃不适为由，自己跑到大隋王宫的废墟外面，想清静一下。

夜色依旧暗沉。

花的馥郁香气，被微风吹送而来。

司空虎循着香气，信步来到王宫后面。这里是一大片的紫蔷薇，鲜艳欲滴，与武鸣院子里的紫蔷薇如出一辙。他走进蔷薇花丛，摘下一朵花苞，放在鼻边轻嗅，忽然灵光一闪。

蔷薇花。紫色的蔷薇花。武鸣和大隋宫殿。

线索似乎明朗了。

脚步声传来，郑不遇和玉瑶来到司空虎身后。

司空虎问道："郑老板，你进山走进那些岔道的时候，真的没遇到其他蹊跷事，比如蔷薇花?"

郑不遇道："那一次我差点饿死，哪有心情赏玩花草?"

司空虎挠挠头发，笑笑："玉瑶呢?"

玉瑶道："奴婢每次进山，都是跟着武鸣，或者楚南晨，从未独自行事。"

司空虎道："此处太过凶险，我们得先离开。林万壑虽然受了重伤，但是并不影响修为。一天时间，他的内力就会一如往常。最危险的地方最安全，那就让林万壑在大隋王宫的废墟里住一晚。杨继勋刚才说要去见一个人，我想和项龙城假装散步，然后跟上去，探探虚实。"

玉瑶、郑不遇立刻答应。

第五章　两个皇帝

杨继勋丢下司空虎，跑进山林里，是为了一个故人。此人名叫杨之明，是他的双胞胎兄弟，但是从不参与谋反。杨之明在山谷后面的悬崖峭壁隐居了两年。此处人迹罕至，野兽甚少驻足，是连大隋叛军都禁入的禁地。他平素的饭菜只是白水烧煮菜叶子，但凡隐士高人都是如此，也就渐渐习以为常，甚至一旦嗅到肉味，还会觉得恶心。当天晚上，杨之明在蒲团上打坐练气，脚步声传来，按照脚步的轻重，知道是那位脱困的大隋皇帝。

杨之明睁开眼睛。

杨继勋一身锦衣博带，头上通天冠，足下千层履，腰间长剑，一脸得意地站在门口。

杨之明嘲讽道："真威风，瞧瞧你这身打扮。"

杨继勋得意道："二弟，你来帮朕，咱们一起治理大隋，保证国泰民安。"

杨之明摇摇头，闭上眼睛，再次进入打坐凝神之中。杨继勋在小屋子里走走，翻看一下盛水的瓦罐，再翻看一下菜篮子，拍打一下床上的竹席，怒道："一屋子破烂！你过的日子和叫花子有什么两样？大隋的皇帝，居然有你这种弟弟，简直丢尽了朕的脸。要是朕以前的脾气，要么杀了你，要么把你关进大牢！"

杨之明大笑起来："李隆基关押你五年，还是改变不了你的狂妄自大！治国哪有这么容易？我劝你一句，扔掉那个皇帝梦，和我隐居山林，积点儿阴德。”

杨继勋鄙夷道：“锦衣玉食不要了，跟你一起吃烂菜帮子，睡破草席，住茅屋？你以为朕疯了？实话告诉你，大唐左金吾卫大将军被朕抓了，明天杀一儆百；大理寺丞司空虎前来投靠，说他不喜欢大唐朝廷，要为大隋效力。”

杨之明一脸冷漠：“你死定了。”

杨继勋勃然大怒：“你是朕的亲兄弟，居然诅咒朕！”

杨之明手腕一抬，一个水壶飞起，掷向杨继勋。杨继勋闪过水壶，只见杨之明已经从床板底下抽出一柄长剑，向着杨继勋刺来。杨继勋侧身闪过剑尖，同时用右手夹住剑锋，但是剑锋异常光滑，眼见得剑锋回到杨之明手里。杨继勋恍然大悟，那柄长剑的剑锋，一定涂了油脂，难怪如此光滑。

杨继勋心生一计，双掌向杨之明推去。杨之明挥剑反击，但是杨继勋却撤回手臂。杨之明的剑锋立刻收回，怔忡之间，谁知对方一掌击在他的心口，杨之明整个身子被拍出去，将一个水缸撞破，倒在地上，气息奄奄，死活未知。

杨继勋得意起来：“二弟，你平素喜欢读那些孔孟之书，有个鸟用？朕略施小计，照样赢你。”

“司空虎也喜欢读孔孟之书，你能赢我吗？”

杨继勋听到一个很熟悉的声音，回头看去，今天进山的小白脸和小胖子都站在门口。

杨继勋诧异道：“你们不是投靠大隋了吗？”

司空虎道：“我们投靠大隋，总要有所收获。我们的俸禄，皇帝陛下还没有结清。有意思的是，这里有两位皇帝，相貌一模一样。唯一不同的是，陛下胡须整齐，另一位的胡须却是欠缺打理。你是想找一个替身，以防不测？”

杨继勋道："朕的私事，你管不着。"

司空虎笑起来："司空虎并非阻止陛下，而是帮陛下。龙城兄，蒙住这个替身的脑袋，带回王宫，交给陛下处置。"

杨继勋脸上的阴云立刻散去："你很乖巧，懂得进退。"

大隋王宫的废墟，矗立在草坪中间。

本来好端端的宫阙，此刻已经变成残垣断壁，墙上全是烧焦的灰黑色。杨继勋每看废墟一眼，就愈加忌恨林万壑一分，来到宫殿底下的一个回廊里，蜡烛依次点亮，回廊尽头是一个厚重的铁门。打开铁门，把杨之明在铁链上锁住。杨之明已经恢复知觉，摘下头套之后，眼中放出仇恨的冷光。

杨继勋道："二弟，这就是大唐皇帝李隆基关押朕的方式，现在轮到你慢慢享受。朕每天都会来问你一次，你可愿意做朕的替身？"

杨之明斩钉截铁道："做梦！"

杨继勋关闭铁门，拍打一下衣袍，双手负在身后，离开回廊。杨之明破口大骂，没有人回答他。司空虎和项龙城一直在看，但是保持缄默。回到地面之后，其他人喝酒去了，司空虎和项龙城坐在蔷薇花丛的一个角落商议。

项龙城小声问道："大人有什么想法？"

司空虎从地上捡起两片蔷薇花的叶子，道："两片叶子一模一样，谁能分出真假？"

项龙城会意："大人的意思是，把杨氏兄弟掉包？"

司空虎点点头。

当夜，大隋叛军烂醉如泥，司空虎和项龙城悄悄来到了关押杨之明的牢房。杨之明破口大骂，说二人是狗腿子。项龙城俯过身子，低声道："如今你只有一个选择，就是跟我们合作。否则，一辈子也没人救你。"

杨之明问道："你要我帮你什么？"

项龙城道："冒充叛军皇帝。"

杨之明狂笑起来："死胖子，我兄长要我冒充他，你也要我冒充他，你们的要求是一样的，滚！"

项龙城道："冒充他，不是为了谋反，而是毁掉杨继勋的皇帝梦。这是我和大理寺丞进山的目的，派遣我们的是大唐朝廷。"

杨之明狐疑起来："我就相信你一次。"

司空虎和项龙城打开杨之明身上的铁链，带着他来到牢房门外。烛影底下，一件刺绣着五爪团龙的锦绣衣衫，端端正正地摆放在牢房门口。锦绣衣衫上，是一个通天冠、一双千层履，以及一把小剪刀。司空虎等人都是一怔。这些都是用来冒充杨继勋的衣物，也就是说，刚才三人的谈话被人听到了。好在偷窥者心存善意，偏袒司空虎，才把这些衣物相送。

先不管那个神秘人是何方神圣，司空虎替杨之明穿戴整齐，再帮着用小剪刀修剪胡须。杨之明双手背在身后，学习兄长的步伐派头，也算有模有样。

三人穿过地下暗室，来到大隋王宫的废墟上面。秦百万等人过来迎接。陈一刀嘴巴快，问道："陛下，我们下一步如何行事？"

杨之明佯装大怒，一个嘴巴打过去。陈一刀被打得眼冒金星，但是面对皇帝，不敢造次，只能忍气吞声，捂着脸颊："宫殿焚毁，需要重修宫殿，银子不够，小人只能恭请旨意。"

杨之明依旧演戏，又是一个嘴巴打过去。陈一刀脸上又挨了一下，简直怒不可遏，还是忍着火气："小人对大隋皇帝忠心耿耿，皇帝陛下却把我当成奴才使唤，想打就打，想骂就骂，这可不是明君的作为！"

杨之明傲然道："宫殿毁了，可以重修。银子没有，可以去抢。赚钱的办法有的是，你们各尽所长就是了，何必问朕！"

"真是百密一疏啊。"

一声怅然，杨继勋出现在众人身后。

所有的叛军都开始窃窃私语。

两个皇帝，一模一样，到底谁真谁假？

杨继勋道："二弟，你骗过了所有人。你也想当皇帝？现在我们分个高下，谁赢谁就是皇帝。朕赢了，你就自尽谢罪，接剑吧！"

杨继勋从腰间抽出两把长剑，丢给杨之明一把，自己的剑锋，闪出凛冽的寒光。众人觉出事情严重，就把场地围起来，杨氏兄弟举剑指向对方。

转瞬之间，杨继勋已经刺出三剑。

杨之明肩上和肋下被刺中，但是丝毫不惧，也向杨继勋刺出三剑。

杨继勋挡开刺来的剑锋，一剑刺向杨之明的咽喉。

一枚石子，从树林中飞出。

杨继勋的剑锋，即将刺进杨之明喉头的一刻，那枚石子打在剑尖，剑身一歪，杨之明一腿踢出，将杨继勋踢倒在地。其他人把杨继勋用绳索捆绑起来。潇潇从树林子里缓步走出，右手里捏着剩下的三枚石子。

潇潇摘下面纱，露出精致的五官，微笑的眼角带出一丝邪气，道："各位，这个骗子冒充父皇，想觊觎皇位。如今大理寺丞和项侠客，救出了真正的大隋皇帝。这第一功劳，两位就不必推辞了。"

众人露出恍然大悟的模样。

司空虎对项龙城耳语道："刚才送衣服给我们的应该是她。我找个机会，试探她的底细。"

项龙城道："此女子绝非善类，大人要提防她。"

第六章　潇潇

天色渐明，那群被武鸣骗进山谷的工匠，已近开始重修王宫的残垣断壁。杨之明依旧穿着那身龙袍，头戴通天冠，背着手四处查看。项龙城和小清紧随其后，实则是暗中保护。司空虎向潇潇发出邀请，希望她带路四处游玩一番。潇潇听出司空虎话里有话，调皮地眨眨眼睛，答应了。

顺着小径，潇潇带着司空虎来到了大隋王宫对面的山头上，俯瞰着王宫的废墟。

潇潇坐在一块大青石上，道："前天一夜之间，重新修建的大隋王宫付之一炬，真是可惜了匠人的手艺。雕梁画栋、白玉台阶和无数的壁画，你只有在长安城大明宫才能看到。"

司空虎站在她后面："杨继勋的黄粱美梦毁于一旦，他绝对想不到，背叛他的是自己的弟弟和义女。"

潇潇回头斜睨："你以为，我背叛父皇是想为民除害？太可笑了。杨继勋为人强势，专权跋扈，不好操纵。他的弟弟杨之明倒是老实巴交。所以，控制杨之明容易一点儿。"

"倘若杨之明不服你的操纵，你就把杨之明换掉大隋皇帝的事情揭发出来，你真是高手。你是想做汉朝的吕后，还是本朝的武后？你真以为项龙城杀不了你吗？"

"大隋由我掌控，最起码提倡孔孟之道，讲究彼此仁义。杀掉杨继勋，我一人足矣，可是你知道，我为何送你们一套龙袍，又用石子救了杨之明？”

“为何？”

“我想要你当驸马。”

司空虎顿时无语。眼前这个大隋公主，与其说是脾气怪，还不如说是喜欢调皮捣蛋。

潇潇继续说道：“你长得白白净净，是个女人都想调戏你。那个胖子项龙城，整天喊打喊杀，本公主对他没兴趣。只要你做了大隋的驸马，我们共同治理大隋，杀掉杨继勋，继续让杨之明做傀儡。天底下，有这么好的美差你考虑一下。”

司空虎斩钉截铁：“不考虑。”

此时脚步声传来，项龙城站在两人身后，开始吹牛：“大理寺丞才思敏捷，长安城爱慕他的女子不可计数。至于你，根本就是个将死之人。杨继勋我要杀，苏太监我要杀，你我也要杀，至于那群乌合之众我更要杀。除了我们同来的几个人，我只把困在这里的工匠带走。”

“不行。”

众人回头，看到小清也出现在不远处的树荫下面。小清道：“和大隋联姻，我觉得挺好。公主不必顾虑，我和司空大哥谈谈。”

潇潇开心道：“多谢小清姑娘。”

回到大隋王宫的废墟，司空虎一脸愠怒：“小清，你要把我当成美男卖掉？”

小清依旧笑嘻嘻：“你算什么美男？说老实话，你长相平庸，只不过白净一点儿。杨继勋和杨之明，咱们得留着。潇潇喜欢你，那就在成婚之日，把杨继勋砍头祭祖，一了百了。我刚才和杨之明聊了聊，发现他喜欢老庄学说，是个隐士。到时候，杨家人谋反失败，他还是住茅屋，睡破草席，和以前一样。”

司空虎皱眉：“我才多大，不想成亲。”

小清揶揄道：“你不想成亲，那些长安城的小姑娘怎么办？要解散山谷里的反贼，一是靠杨之明，二是靠潇潇。”

司空虎回头质问项龙城：“龙城兄，你说的那些爱慕我的女子，我怎么从未见过？”

项龙城笑道：“在你丈母娘肚子里。哎呀好啦，吹牛又吹不死人！”

司空虎气得直抓头发。

话分两头。

项龙城肚子咕咕直叫，打算去地下走廊碰碰运气。走廊里，传来杨继勋在铁门中的叫骂声。项龙城顺着走廊，嗅到一股肉香，寻过去只见厨房的锅灶里热着一锅红烧猪蹄。他吸吸鼻子，从锅灶旁边摸出一张荷叶，偷偷包了一只猪蹄溜走，窃喜没人发现。

司空虎留任大理寺丞之后，口味变得很清淡，项龙城却是依旧无肉不欢。吃饱肚子，丹田就会充盈，不仅心情变得快乐起来，武功也会随之上升的呀。

项龙城正在撕咬猪蹄，忽然听到东面第五间房间里面吵吵闹闹，似乎是大隋公主潇潇的声音，下意识地凑过去偷听。

“画得不像，脸太方了。”

“公主您看看，是不是这个样子？”

“还是不像，脸太圆了。”

“公主再看看，是不是这个样子？”

“更不像了，脸太长了。”

“公主，微臣这样改动行吗？”

“下巴太尖，这哪里是司空虎，像个怪物。”

项龙城正在偷听，冷不防背后一记闷棍打来，把他打倒。醒来已是第二天清晨，发现自己躺在一间房间的地板上。潇潇靠在一把椅子里，睡眼惺忪。项龙城摸着后脑勺肿起的包，推醒潇潇。

潇潇抬起头，睁眼看到项龙城，急忙拉住，用哭腔乞求道："项大哥，昨夜是我的人不对，我向你赔不是，好不好？你在我门口偷听，被我的士兵打昏。我不敢告诉大理寺丞，只好先把你拖进来。咱们俩的事，你千万不要告诉大理寺丞。"

项龙城大怒："你害我好惨！"

这时门开了，司空虎和小清站在门口。

小清双手抱在胸前："公主，你做了什么错事？你们俩有什么事，不能告诉别人？"

项龙城分辩不得："我是无辜的！"

小清冷冷道："项大哥，你敢背叛我？"

司空虎满脸狐疑地问道："小清，你和项龙城是什么关系，说他背叛你？"

小清立刻一脸哭相："司空大哥，绝无此事！"

潇潇忽然觉得很有意思，笑嘻嘻看热闹。

司空虎挠挠头发，尴尬地笑道："局面有点儿乱。我有一个事情托付潇潇。左金吾卫大将军不能在这里待了，公主能否带他出山？"

潇潇点头答应："举手之劳。"

第七章　投水的女子

项龙城和杨之明继续跟谋反的叛军周旋，潇潇和司空虎偷偷带走林万壑，顺着小径离开。没有了迷路的担忧，山谷里面立刻变得风光迤逦，一路上鸟语花香。潇潇一边走，一边赏玩野花。司空虎不言不语。林万壑不懂风雅，一脸冷漠。

潇潇问道："左金吾卫大将军逃出险境，似乎不高兴？"

林万壑斜了潇潇一眼，不吭声。

潇潇道："不论是树木花草，还是达官显贵，在我眼里都是一样的。难道树木花草就是卑微下贱，达官显贵就是天之骄子？其实所谓性命，无非一盏灯，一口气就吹灭了。一念之间，佛魔立现。你杀人太多，大概觉不出来。"

林万壑依旧一张冷漠脸。

潇潇道："一年之前，我在湖边钓鱼，看到一名女子投湖自尽。我当然不能坐视不理，下水救出了那名女子，但是为时已晚。那名女子没死，是她肚子里的胎儿小产，胎儿没保住。我把女子带到杨之明的茅屋，让她在那里暂居养病。可是，我问她为何自尽，那个胎儿的父亲是谁，她都不回答，只是在那里发呆。"

司空虎开口问道："那名女子长什么样子？"

潇潇回答："相貌普通，但是眼睛很大，二十四五岁。"

司空虎脱口而出："楚夫人玉瑶。"

潇潇笑了："大理寺丞不笨嘛。这个孩子，要么是武鸣的，要么是楚南晨的，但是玉瑶闭口不提，于是这就成了一个疑问。"

司空虎道："我进山之前，武鸣和楚南晨都被杀了。把左金吾卫大将军送走之后，咱们就回大隋王宫，找玉瑶对质。因为，唯一和他们有仇的，只有玉瑶。这一串连环凶杀案，很可能与玉瑶有关。想搞清楚死胎的父亲是谁，也只能问玉瑶。"

潇潇答应："我最喜欢看人断案子了。"

林万壑脸色暗沉，一副事不关己的态度。

走了一段路，三人来到了那座高大的麒麟石像下面。潇潇道："左金吾卫大将军，你顺着山路就可以离开了。这座山谷的岔道，易出难进，只要你不再回来，就不会有事。"

林万壑憋了一股怒气，此刻终于出山，也不搭理两人，自己钻进茂密的树林，三两下便已不见踪迹。

潇潇回头看司空虎："左金吾卫大将军老是一张苦瓜脸，难怪找不到老婆。本公主再也不想见到他……糟了，咱们今天回不去了。"

司空虎问道："为什么？"

潇潇道："大隋王宫外面的岔道，易出难进。只有带着护身符的人才能进山。倘若护身符丢失，那就只能困死在岔道里。"

司空虎想起进山时的经历，问："护身符是不是玉瑶身上戴的那个荷包？"

潇潇点头。

傍晚的风，徐徐吹过。潇潇看着麒麟石像。石像依旧露出诡异的笑容。

"这座麒麟石像，还是本公主画出来，请匠人雕刻的。如今，我自己怎么有一种作茧自缚的感觉。今天晚上，守着石像也就算了，要是野狼来了，本公主岂不成了野狼的口中食？驸马，你去找些树枝和藤蔓，我要派上大用场。熬到明天，就有办法回王宫了。"

“你不是没带那个荷包吗?”

“护身符是死的，人是活的，本公主自有办法。”

司空虎到山坡上捡拾树枝和藤蔓，但是转了一个圈儿，悄悄转了回来，躲在树林后面偷窥。只见潇潇也离开石像，钻进树林深处。司空虎明白，潇潇是去找东西。而且他肯定，那个东西就是护身符。他不敢跟踪潇潇，只好回身去捡拾树枝和藤蔓。

半个时辰之后，司空虎抱着一大堆的树枝藤蔓跑回来。

潇潇坐在石像下面，双手张开，两只蜜蜂围绕着她飞舞。

司空虎看着那两只蜜蜂。

潇潇在司空虎的额头上敲了一记，司空虎回过神来。潇潇夺过树枝，在方圆两丈宽窄的地方插好。司空虎觉得新鲜，随口问道：“你在干吗，搭房子吗?”

潇潇道：“你没听说过，诸葛孔明的八阵图？现在外面安插的树枝，就是本公主根据古籍悟出来的八阵图。这个八阵图防不了人，但是可以抵御野兽。今天晚上，你一来保护我，二来和我欣赏一下月色。你姓司空，对星象有研究吗?”

“我对星象没研究，但是研究蔷薇花。”

“哦?”

“我不光研究蔷薇花，尤其喜欢研究紫颜色的蔷薇花。”

潇潇噘着嘴巴，缓缓抬起右手。那两只蜜蜂，围绕着她的右手，飞动着。右手继续抬起，指向那座麒麟石像：“你明白走出岔道的方法是什么了?”

司空虎阴沉着脸回答：“我不仅明白了走出岔道的方法，还知道你已经找回了那个护身符。”

潇潇岔开话题，哧哧地笑起来：“大理寺丞，你终究是朝廷命官，我终究是反贼，明天很可能势不两立，我偏要你记住我。江湖侠客决斗，都要互相自报家门。我如今也自报家门，给你讲讲我的故事，好不好？”

“洗耳恭听。”

“我爹是一名隐居的高士，熟读四书五经，但是我更喜欢书架上的兵法。爹厌倦官场，我却很喜欢做人上人，可惜是女儿身，后来就成了一个相貌倾城的坏女人。”

“你爹后来呢？”

“他病死了，我就投靠了叛军。”

司空虎怅然道：“我记住了，明天见。”

月光底下，一只野兔跑进树枝组成的八阵图里。野兔左突右冲，就是离不开。司空虎走过去，把野兔抱起来，回到潇潇身边。潇潇揪起野兔的耳朵，觉得不好玩，忽然狡狯地问道：“你会烤兔子吗？”

司空虎急忙跳起来：“我从不杀生的！”

潇潇眨着眼睛：“烤兔子不难，绑住被害者的四肢，用匕首插入它的心脏，令其失血过多而死，然后剥下尸体皮肤，割开腹腔，掏出内脏，撒上盐巴……”

司空虎怒吼：“你再说，我就撞死在树上！”

潇潇见对方也会畏惧，为自己的恶作剧感到很满意。她开始打哈欠，干脆要司空虎坐在麒麟石像下面，倚身靠在他的后背上，很快就迷糊睡着了。

司空虎回头看着酣睡中的潇潇，一股香气慢慢透出。这不是女人的熏香，而是蔷薇的花香。走出岔路的方法，就是这个！

天色渐明，一道淡淡的白光从山谷升起。

潇潇爬起来，揉揉眼睛，看看四周，司空虎已经不见了。一朵紫颜色的蔷薇花，放在她的手边。那两只蜜蜂并没有飞远，而是在蔷薇的花瓣上走走停停。潇潇拈起紫蔷薇，放在唇边：“大理寺丞，这就是你送我的最后礼物吗……”

此时，司空虎已经走在了回王宫的路上。

他是必须要离开潇潇的。他和小清商量好，先把大隋王族的叛乱平息，再处理潇潇。潇潇没有杀过人，因为牵扯谋反，也得入狱待上一阵子。可是如今自己却难以脱身，即将成为叛军驸马，事情越来越糟。昨天夜里，那个护身符的秘密和两只紧随潇潇的蜜蜂，已经解开了进入山谷的方法。司空虎有十成的把握。

第八章　婚宴

在大隋王宫的废墟，项龙城仰望夜空。天上那道银河，朗朗高悬。他体胖怕热，开始流汗。此时忽然想，大隋王宫被迷宫岔道守护的真相，难道只能等司空虎归来？

他今夜没吃夜宵，摸摸肚皮，忽然觉出哪里不对。

昨天早上醒来，他就发现有地方出了问题。

大隋公主潇潇，绝不可能是一个行事荒唐的黄毛丫头！

项龙城转身，快步走进大隋王宫的废墟。走廊东面第五个房间，里面空空荡荡，没有床，没有椅子，更不是自己遇袭醒来时所在的房间。但是他确信无疑，这里就是他被打昏的地方。这里有什么不可告人的秘密？

他蹲下身子，拈起地上的一片翅膀。

那是蜜蜂的翅膀。

他突然明白自己为什么挨打了。

夜色淡去，工匠们继续开始搭建被毁掉的王宫。司空虎回来了。他见到项龙城和杨之明，就信心满满道："陛下，我知道如何走出岔道了，劳烦大家到外面来。"

"对，大家一起见证本公主的婚宴！"

司空虎回头。

潇潇满脸哀怨地站在不远处。

司空虎眼睛冷冷的："公主，你不该回来的。"

潇潇眼角一丝泪痕："我不回来，岂不少了新娘?"

司空虎表情立刻变得黯然。他知道，潇潇回来就是要死在他的面前。既然要毁灭，她也会飞蛾扑火般勇敢面对。他沉默了。

潇潇拭去泪痕，假装若无其事地缠着杨之明说道："父皇，你能继位，女儿出力不少。如今女儿成亲，你要帮我。王宫没有盖完，暂且不提。今天正午，父皇摆一个婚宴，我和驸马的事情就算是定下来了。"

杨之明是倚仗潇潇把兄长换掉的，所以对她言听计从。这两天夜里，项龙城和杨之明已经商量好，让他假装病重不治，解散叛军，然后把真正的叛军皇帝杨继勋带回长安城。现在还来不及装病，潇潇要成亲，也只能顺着她。

杨之明、司空虎和项龙城来到一个角落商量，就在婚宴上，让杨之明昏倒，然后就说大隋皇帝命不久矣。

事情吩咐下去，工匠们停止搭建王宫，都开始摆放酒桌。到了正午，潇潇和司空虎站在大隋宫殿门口的高台上，向所有的叛军拱手示意。杨之明坐在上首，其他人坐在下首。潇潇手持酒杯，高声道："父皇，今天是女儿的好日子，各位辛苦，女儿敬大家一杯。"

杨之明举杯，但是酒杯停在了半空中。

因为，一个身穿龙袍，头戴通天冠，足下千层履，腰间挂着长剑的人正站在不远处，一脸嘲讽地看着众人。一个老年太监，站在一旁。大隋皇帝杨继勋终于脱困，脸色虽有点儿憔悴，但是依旧一身霸气。苏太监也是一脸仇恨地看着假冒皇帝的杨之明。

所有的叛军都是一惊。

因为杨继勋一直隐瞒着自己有一个双胞胎兄弟的事情，所以这些叛军都搞不明白状况。前一次，众人已经是莫名其妙，胡乱猜测。如今大家看看杨继勋，再看看杨之明，两人相貌一般无二，穿戴一般无二，就像是在照镜子。

杨继勋道："朕没想到自己的养女会背叛朕！潇潇，你帮这个假货把我换掉，是为了掌权吗？"

潇潇心头怔忡，丢下酒杯，道："你这个骗子，上次你假冒大隋皇帝，我们把你抓起来，本来要斩首示众，但是父皇开恩，留你一条狗命，没想到你竟然越狱？"

杨继勋大笑起来："潇潇你很会演戏。朕被关押在长安城的刑部大牢多年，每天过的是什么样的日子，你们谁知道？这个假货知道吗？"

杨之明道："朕被关押之后，别人都见不到朕，怎么可能知道大牢里的状况？你爱怎么编，随便你。"

苏太监道："有一个人进过刑部大牢，那就是老奴。是老奴到长安城大明宫当细作，得到了给大牢里的陛下送饭的资格，放出了陛下。前天出现两个皇帝，老奴已经有所怀疑，于是昨天夜里，悄悄去试探陛下。陛下讲了老奴把他救出刑部的经过，老奴这才相信，潇潇把皇帝调了包。"

潇潇面不改色："苏公公，你得了这个假皇帝多少好处？是不是他告诉你，一旦继位，就让你当后宫总管？"

苏太监傲然道："老奴知道，你们不会相信我。今天老奴以死明志，请大家不要上奸人的当！"

苏太监说完，从袖子里抽出一柄匕首，插入心口。杨继勋想阻止，已经来不及了，只能扶着苏太监的尸体，恶狠狠地盯着潇潇和杨之明。那群叛军看出蹊跷，觉得苏太监用性命做证，事态严重。众人纷纷离开座位，站在杨继勋身边。

杨继勋冷森森地道："潇潇，大理寺丞，还有二弟，苏公公这一条性命，朕要你们来还！"

项龙城想出手，杨之明摇头阻止。

杨之明道："我杨氏一族是大隋太子杨勇的嫡系一脉。当年倘若做皇帝的是杨勇，而不是杨广，大隋也不会亡国。我不想说独孤皇后的坏话，但是她废掉太子杨勇，是要负责的。过去近百年，我们族人一直以复国为使命，到了我们这一辈，终于得到复国的机会。大哥的复国，在大唐看来却是谋反，于是大哥失败，被关进刑部大牢。我开始反思，复国是对是错？后来我明白了，其实只要百姓安乐，国泰民安，掌权的是大隋还是大唐，有关系吗？”

杨继勋怒骂起来：“住口！你不配做大隋王族的子孙。你这个窝囊废，放弃复国也就算了，居然给朕捣乱。今天，朕要除掉你这个绊脚石。”说完从腰间抽出长剑，攻向杨之明。

杨之明后退，抓起一张八仙桌，挡在身前，长剑插进八仙桌中央。紧接着，一阵掌风袭来，杨之明被打中，倒在大隋王宫的废墟里。杨继勋满脸得意，背着手，欣赏着自己的杰作一般，看着废墟里的杨之明。

杨之明心生一计，看到身边是一根朽烂的木头柱子，就一掌将柱子打断。杨继勋没有防备，被柱子压倒。轰的一声，地面塌陷，杨氏兄弟被埋进废墟。

司空虎和项龙城带头，众人跑进王宫废墟，把乱石和朽木搬开。但是麻烦来了，废墟里面压着两具尸体，大家却搞不清楚，哪具尸体是杨继勋的，哪具尸体是杨之明的。两具尸体都是相貌一样，穿戴一样，根本无法分辨。

司空虎朗声道：“诸位，大隋王族的复国大业自此终结。我们不知道谁是皇帝杨继勋，但是毫无疑问杨继勋死了。大家今后作何打算？”

众叛军看看废墟的残垣断壁，再看看那两具尸体。几个人议论一番，那个江南富户秦百万说道：“陛下身亡，我们群龙无首，不如散开，各奔前程。只是有一个条件，大理寺丞必须解开走出岔道的办法。我们费尽心机，想出这条妙计，你不解开它，我们不会服气的。”

其他叛军纷纷附和。

司空虎笑起来，他已经有十足的把握："这座山谷进山时会遇到许多岔道。让人迷路不难，更何况那些岔道还是各位专门挖好的。村民顺着岔道走，拐来拐去，迷失方向，回到了麒麟石像那里。要想进山，就得有一个护身符，也就是那个荷包。楚夫人，可以给我看看你身上的荷包吗？"

一旁的玉瑶，知道自己已经无法守护进山的秘密，只好把荷包解下来，递给司空虎。

司空虎打开荷包，里面是几片紫色的蔷薇花瓣："护身符有两半，一半是这些蔷薇花瓣，另一半就是那些蜜蜂。蜜蜂喜欢花蜜，这山谷里的蜜蜂尤其喜欢紫蔷薇的花蜜和香气。蜜蜂闻到花香，就来到荷包附近。于是楚夫人跟着蜜蜂，就能找到大隋王宫。准确地说，是跟着蜜蜂找到王宫附近栽种的蔷薇花丛。如果没有蜜蜂的指引，那就只能永远困死在山谷里面。王宫后面为什么种了好多紫蔷薇，就是为了这个骗局。"

项龙城点头："前天夜里，我在东边第五个房间外面偷听，其实那个房间里，是潇潇养的蜜蜂。她养了好多蜜蜂，目的就是为了给人指路，我被打昏之后，为防养蜜蜂的事情被我发现，才把我抬到她的房间。案子这么简单，真是可叹。"

司空虎道："昨天，潇潇带我和左金吾卫大将军出山，但是不小心弄丢了荷包，被困在山里。她当然要守护荷包的秘密，只好把我支开，要我去捡拾树枝和藤蔓。然后，她趁着没人，自己去采摘蔷薇花，把花瓣带在身上，于是护身符就失而复得了。"

潇潇来到司空虎面前，一脸凄然。

这是她早已想到的结局，她也从未想到逃避。

"大理寺丞，果然是高手。"

"我今天一早，按部就班，把两瓣蔷薇花瓣带在身上，果然有蜜蜂前来带路，不费吹灰之力，回到王宫。叛军一案终结，你也逃走吧，我可以对你网开一面，但是倘若左金吾卫大将军再次遇到你，你必死无疑。”

潇潇笑一下，手腕一翻，从袖子里抽出来一柄匕首，手腕回转，将匕首插进心口。

司空虎扶住潇潇，她断断续续地道：“我要是逃了，你肯定会忘记我……我想，我死在你怀里，或许你会记住我……从今往后，你不能让其他女人死在你怀里……否则，我做鬼也会来找你晦气。”然后缓缓闭上眼睛。

司空虎把渐渐失去温度的潇潇放在地上，坐在那里发呆。项龙城和小清也是不住地摇头叹息。

雨丝淅沥而下。大隋王宫后面的蔷薇花丛，在雨水中飘零摇曳。

那天夜里。杨氏兄弟死了，但是大家无法分辨谁是谁，只好先把两人掩埋，然后竖起两块空白墓碑。杨氏兄弟的坟茔旁边，有两座小小的坟，一座是苏太监的，一座是潇潇的。

司空虎和项龙城坐在潇潇坟前聊天。

项龙城问道：“大人，杨继勋谋反，是对是错？”

司空虎反问：“王族后人复国，是对是错？”

项龙城：“我一个大老粗，不明白这个。”

司空虎道：“本来是成王败寇，但是我的想法有点儿改变。我觉得，杨之明是对的，杨继勋也没什么错，就看你处在谁的立场去想。”

项龙城不语。

司空虎看着夜空出神：“我一直觉得不对劲。在武鸣家里，就看到满院子紫蔷薇，来到大隋王宫，又看到大片的紫蔷薇。谁知紫蔷薇真的是案子的谜底。咱们明天一早，回到武鸣家里，我要把武鸣一家的连环凶杀案，彻底揭开！”

项龙城问道：“大人有十足的把握？”

司空虎点头。

第九章　借尸还魂

司空虎在前引路，众人踏着早晨山谷里的翠色，走上了离开大隋王宫的小径。那群被武鸣骗进山谷的工匠，也跟在后面。半个时辰之后，那座高大的麒麟石像出现在众人面前。石像身上沾满了血渍，煞是瘆人。仔细一看，左金吾卫大将军林万壑倒在石像脚下。

林万壑前天出山，立刻去找本地的地方官。地方官听说大隋叛军谋反，早就借故躲起来了。林万壑威胁官府里的衙役，这才带着二十个衙役进山，去迎战叛军。他们遇到麒麟石像之后，随即走进了山谷里的岔道，就此迷路。山谷易出难进，转了好几圈，只剩下他一个人了。他无法擒拿大隋叛军，又恼恨衙役不中用，迁怒于石像，挥拳抬脚，拿石像发泄。石像屹立不倒，两只拳头却被打得鲜血淋漓。他累极了，神志也恍惚起来，看到司空虎走过来，觉得很戏谑："一切都结束了？"

司空虎道："不错。"

林万壑惨笑起来，看着天空："老天耍我！"他官场得意，没想到如今栽在一个山谷里。不过，对方是谋反的大隋叛军，处心积虑多年，自己也算遇到了对手，并不丢人。

此时，脚步声由远及近。原来是那群衙役听到人讲话，就顺着人声而来，互相感叹，总算捡回一条命。

武鸣的家静静地矗立在山坳里。司空虎看着那座小院子，下意识地加快脚步。他倒不是担心别的，主要是院子里有两具尸体，这是解开连环杀人案的最关键线索。

老家奴听到拍打门环的声音，开门看到众人，惊喜道："大理寺丞，你们回来了？大隋皇帝陛下能够告诉你出山的方法，一定是把你当成了自己人了。"

司空虎道："他死啦。"

老家奴有些狐疑，倒退一步，想把大门关上。项龙城一掌发出，老家奴和大门一起被推倒。

司空虎夺步来到院子中央，那两具尸体依旧完好无损地躺在床板上，还盖着草席。

"各位，本官要解开武鸣、楚南晨和厨子李三的死亡原因。劳烦龙城兄去把附近的村民召集过来，人越多越好。"

项龙城刚要转身，一群村民闹哄哄地走过来。众人都喜欢看热闹，听说那群失踪的工匠回来了，就过来凑趣。

林万壑高声道："各位父老，林某官拜左金吾卫大将军，烧掉大隋叛军宫殿的便是区区在下。昨天杨氏兄弟同归于尽，谋反一案就此终结。大理寺丞成功救出失踪的工匠，各位想看朝廷官员断案，那就给大家长长见识。"

司空虎知道，林万壑已经开始抢功了，而且将了他一军。倘若自己解不开连环杀人案的谜底，就会英名尽毁。

"林将军，你是想直接知道凶手的名字吗？"

林万壑道："废话。"

司空虎伸出手指，指向郑不遇。

所有人把郑不遇围起来。

林万壑吃惊道："不可能，凶手明明是玉瑶，怎么成了客栈老板？"

司空虎道："案子不是玉瑶犯的，却是因她而起。潇潇曾经说过，玉瑶身怀六甲，投湖自尽，恰巧被潇潇救起，但是腹中胎儿不幸小产而亡。这件事情，应该是命案的开端。”

林万壑道：“对呀，武鸣和楚南晨这两个人，其中一个就是那个负心汉。玉瑶遭人抛弃，自尽不成，才想为死胎复仇的。”

司空虎问道：“倘若是为了这个原因，死胎的亲生父亲明明只有一个，怎么会出了三条人命？”

所有人都沉默了。

司空虎道：“我把我最疑惑的地方讲给大家听，或许对大家有启发。厨子李三是谁杀的？为什么要杀他？杀了他，不毁尸灭迹，而是把尸体藏上房梁，这是怎么回事？只能是一个原因，那就是凶手留着李三的尸体有用处。”

林万壑试探着问道：“难道是武鸣？”

司空虎点头：“不错，武鸣杀了厨子李三。行凶原因，很可能是因为两人的高矮胖瘦相仿，武鸣想来一个调包计。调什么包呢？那就是我们面前的两具尸体。”

林万壑明白了：“武鸣装死。”

司空虎一笑：“林将军又说对了。武鸣杀死李三，把尸体藏上房梁，然后用一把匕首，自己插自己一刀。假造伤口不难，找一个装满人血的布包，塞在衣服里就成。然后他假装被杀，倒在地上。当时我们查看装死的武鸣，身上的血的确是人血，只不过是从李三身上借来的——我只能说是借，借尸还魂的借。地上的血，也都是李三的。这一切，可谓天衣无缝。”

林万壑道：“武鸣的计划，是装死之后趁没人，把李三从房梁上放下来，点火焚尸。大理寺丞看到，李三的尸体只穿着一件外衣，就是为了便于焚尸灭迹。再加上那些火绒火石，简直就是昭然若揭的阴谋！两个人都是胖子，把尸体烧掉，谁能看出差别？”

司空虎道：“但是武鸣的计划出岔子了。房子年久失修，房梁倒塌，厨子李三的尸体被发现。李三的尸体和那些火绒火石，使一个人看穿了武鸣的阴谋。那天在场的，除了我、项龙城、小清、左金吾卫大将军和老家奴，只剩下一个客栈老板郑不遇。我和老家奴去见楚南晨，项龙城、小清和左金吾卫大将军当然不会犯案，剩下的，还用我来说吗？”

郑不遇心虚，道：“这只是想当然的猜测，不算数！”

司空虎道：“客栈老板不认账，第一个谜题暂且放到一边。我们再看看另一个谜题。那就是，楚南晨是谁杀的？这似乎很简单，那个凶手杀了楚南晨，然后假装被杀，自己成为一个死者，大家也就不会怀疑他了。所以，杀死楚南晨的是武鸣。武鸣布置一切，全是为了杀楚南晨，他从郑不遇的客栈挖墙脚，请李三来家里做厨师，也是计划中的一部分。”

林万壑回头，问玉瑶：“我不管你是武夫人，还是楚夫人，那个负心汉到底是谁？”

玉瑶黯然道：“孩子是武鸣的。”

司空虎道：“请把事情讲明白，本官也好向朝廷求情。”

玉瑶道：“武鸣平素喜欢和一群朋友谈论谋反，对男女之事看得很淡。我嫁给武鸣，一直受到冷遇，如同一个摆设、一盆花草，武鸣对我视而不见。楚南晨为人热情，喜欢说笑，我就喜欢上了楚南晨。谁知道，我嫁到楚家不久，发现自己怀孕了。我怎么可能带着武家的孩子给楚家做媳妇？于是我把事情讲给楚南晨。我想再回到武家。但楚南晨不同意，说只要他不死，我休想再回到武家。”

司空虎摇头：“武鸣和楚南晨都是爱面子的人。你这一来一去，把两个人的面子都伤了。剩下的事，我可以替你说了。你万念俱灰，投水自尽，胎儿小产。武鸣为了把你带走，就想了这个计划，杀了楚南晨，然后装死。趁没人的时候，调包自己的尸体，和你私奔。你们三个人都被老天捉弄了。”

玉瑶含泪点头。

林万鏊揪住郑不遇，在他身上搜查，果然摸出一个沾满血的布包，骂道：“你还说你是清白的？难道这不是证据！”

郑不遇自知无法抵赖，道：“我是唯一从岔道生还的人，你们不怀疑原因？上个月，我在山里迷路，被大隋叛军抓住。杨继勋威逼我给他当细作，通过客栈打探消息。你们来到山谷，我就故意加入你们！那天我看到武鸣装死，突发奇想，假如他死了，我在大隋叛军里面是不是少了一个政敌？于是我将计就计。当时院子里没人，武鸣坐起来，想去点火，我上前一刀将他毙命。伤口还是那个伤口，只不过我给他弄假成真了。武鸣连呻吟都来不及，就魂归西天。”

林万鏊放开郑不遇，对司空虎道：“大理寺丞，我一向看不起文官，尤其是你这种白面书生。如今我不得不承认，你很厉害。叛军谋反的事情已经全部解决，我先回长安城了。我有一个愿望，就是和项侠客一较高下。我身上有伤，回长安城之后，咱们一定切磋。”

林万鏊自说自话一般，转身离开。

项龙城喊道：“我还没答应比武！”

司空虎笑道：“林万鏊就是这种人，比较自我，不大顾忌别人。最起码，他改口管你叫项侠客，不再欺负你是小胖子了。大隋叛军谋反一案，就此结束。本官要把郑不遇带走，交给朝廷处置。玉瑶你多保重，孩子没了，前后两个丈夫也都没了，以后只能靠自己。”

玉瑶道：“谢过大理寺丞。”

郑不遇一掌推开身边的老家奴，转身快步跳出院子。项龙城见状手腕一翻，掷出长剑。郑不遇后心被长剑刺入，剑尖从胸前透出，歪倒在地上死去。

第十章　决战之时

长安城，朱雀大街。

左金吾卫大将军林万壑披红挂彩，骑在马上，身后一群吹吹打打的官兵在游街庆祝。此次游街，是当今皇帝李隆基为了表彰林万壑烧掉大隋王宫的功绩。司空虎、项龙城和小清坐在路边一个茶摊上看热闹。

小清道："这一次的功劳还是被他抢走了。"

司空虎道："滇西一行，林将军的确立了大功。反正我也不喜欢这种出风头的事情。"

小清道："我从大隋王宫给你带回一件东西。"一边说，一边从包袱里面抽出一个卷轴，递过来。

司空虎摇头，并不接过去。

小清道："这张画像害得项大哥挨了一记闷棍呢。"

一旁的项龙城下意识地摸后脑勺，好像那记闷棍还在发挥效力。

司空虎黯然道："那个人，死都死了，不提也就不提了。有一天我死了，你们一定要忘记我。我可不愿意去了那个遥远的地方，还要耳根发热，打喷嚏什么的。"

小清笑起来："口不对心啊，驸马。"

一个官兵骑着一匹快马来到茶摊。官兵从怀里拿出一封书信交给项龙城，然后离去。项龙城打开信封，展开信笺。这是左金吾卫大将军林万壑的一封挑战书。里面写着：久闻项龙城武艺高强，天下无出其右，林万壑愿用性命一战，与君一分高下。明日一早，大明宫丹凤门前恭候大驾。

第二天清晨，大明宫丹凤门。

当今皇帝李隆基坐在远处宫墙下方的一把椅子里，司空虎侍立一旁。林万壑在广场上摆好一个小桌案，盘腿坐下，专心致志地摆弄茶具，一柄腰刀靠在桌案上。他对武学痴迷半生，一向难遇对手，既然忌惮项龙城，使得小胖子的侠客名号迅速传遍大街小巷。今日一战，着实令人期待。李隆基为了防止闲杂人等捣乱，就吩咐宫廷侍卫将附近的道路封死。

项龙城从远处慢慢走来，依旧是白胖的身材，凸起的肚腩，圆圆的脸孔，一柄长剑。

林万壑脸上冷若冰霜，饮下一盏清茶，缓缓站起来。

二人互相拱手作揖。

林万壑道："林某师从江南神丐，学艺二十载，剑下斩首三十人，都是忤逆朝廷的乱党。"

项龙城道："项某师从神剑山庄，学艺十四载，剑下斩首十六人，都是行凶作恶的暴徒。"

林万壑道："林某死于项侠客剑下，左金吾卫不准复仇。"

项龙城缓缓拔剑："项某孤家寡人，烂命一条。"

刀剑同时刺出。

光华闪烁之间，二人已经互相交错。

林万壑一刀砍向项龙城，但是项龙城闪过刀锋，手中的长剑在林万壑咽喉掠过。林万壑只觉得咽喉一麻，知道中招了，倘若对方没有手下留情，自己就变成尸体了。

项龙城收回长剑，仔细拂拭剑锋。林万壑的腰刀杀气极重，项龙城的身子虽然闪避，但是腰刀还是将项龙城的剑砍出一道窄窄的缺口。

林万壑拱手道："林某认输。"

项龙城笑道："能与左金吾卫大将军过招，项某一生无憾。"

李隆基在一旁喝彩。

司空虎脸色忽然变得暗沉，他有一种不祥的预感。

比武结束，皇帝李隆基把司空虎带到了后宫。前面是一个回廊，回廊下面是一个池塘，里面游着锦鲤。李隆基站在回廊上，满脸阴霾，看着锦鲤出神。

司空虎问道："陛下在想项龙城的事情？"

李隆基不回答，而是看着锦鲤："朕决定，让项龙城在兵部担任官职，为朝廷所用。"

司空虎道："项龙城自在惯了，不大喜欢官场。他经常提起《庄子》里的一个典故，野马生活在草原上是自由的，但是被人抓住，钉上马掌，困死在槽枥之间，反不如在草原上挨冻受饿。"

李隆基抬手，打断司空虎的话："在朕这里，非友即敌。项龙城不为朕所用，迟早是一个麻烦，一个祸患。假如有一天，他投奔反贼呢？林万壑刚才差点儿死在项龙城手里，你觉得还有人能够阻止项龙城刺王杀驾吗？"

司空虎："陛下多虑了，项龙城不会谋反。"

李隆基大笑起来："以后的事情，谁能说清楚？每个人都会变卦，朕是这样，大理寺丞是这样，项龙城也是这样。你是唯一能够劝说项龙城的人，倘若他不为朝廷所用，朕迟早除掉他。"

司空虎默然了。

尾声

司空虎、项龙城和小清坐在院子里谈天。

司空虎问道："龙城兄，但凡皇帝都多疑，如今陛下动了杀机，你是不是找个地方避避风头？"

项龙城一脸泰然，往嘴里塞点心："他想杀我，那就来杀。"

小清道："明枪易躲，暗箭难防，倘若朝廷暗算你呢？"

项龙城沉默了，过了良久，开口道："项某有一个心愿，求大人帮我。解决此事，项某死而无憾。十一年前，我在师门学艺，师父很喜欢我，想让我继承掌门之位。但是一个偶然事件，师门被坏人所灭。"

司空虎点头："你是要我跟你走一趟？"

项龙城怅然道："师门的忌日临近，我也该回去看看。"

司空虎和和小清一直很好奇，项龙城学艺的地方到底什么样？这一次，也该看看神剑山庄的故事了。

第三单元　神剑山庄

楔子

长安城的早晨。

小院子沐浴在阳光下。司空虎和小清用清水洒庭院，项龙城过来敲门。大家互相打招呼，在石桌上摆好点心，围着坐下来。司空虎问道："龙城兄，上次你说的那个师门的灭门案，到底是怎么回事？"

项龙城捏着一块绿豆糕，摇头道："这件事困扰我整整十一年，简直是一个谜。"

司空虎伸手，做出一个请的姿势。

项龙城开始讲述自己年少的经历。

十六岁的项龙城，尚在蜀中神剑山庄学艺。师父神剑老人对他的评价是："此子虽胖，其貌不扬，但天分极高，学艺突飞猛进。弱冠之后，必能继承掌门之位。老夫可以垂钓看书，退隐山林了。"大师兄楚渔樵、二师兄高运鸿和四师弟赵衡，看到神剑老人有传位项龙城的意思，也就对掌门之位不作考虑。

神剑老人的藏书阁里，保存了满满几大书架的拳谱。项龙城平素就是抱着书卷，在藏书阁偷闲。他一直有个疑惑。那就是书架上有一本《山海经》。《山海经》和拳谱没有任何牵扯，破破烂烂的，显得很突兀。

这天中午，师兄弟们睡午觉，项龙城在藏书阁翻书。那本《山海经》静静地躺在书架上，显得十分寂寥。这本书他简直倒背如流，里面神神道道讲了一些海外仙山和灵虫异兽的传说，没啥意思。

这时一阵轻巧的脚步声传来。他支起耳朵，心想自己师兄弟来藏书阁翻书，没必要把内力凝聚在足下，来人却很显然地使用了轻功。于是他屏住呼吸，侧身闪在书架后面。

一个身穿月白长衫，长着英姿勃发的瓜子脸，身材瘦长，十七八岁上下的年轻男人，探头探脑地钻进藏书阁，若无其事地在书架上翻看起武学秘籍来，见到《山海经》，直接揣进怀里。

项龙城道："老兄，做贼不大好吧?"

年轻男人捂着怀里的《山海经》，傲然道："大爷做贼又怎么了，我喜欢！神剑山庄有什么了不起，武学秘籍比起少林寺的达摩洞少多了，大爷还不爱看呢。"

项龙城从书架后面走出来："把书放下，老老实实跟我去向师父请罪。"

男人一侧身，掠出藏书阁。两人在墙垣之间追逐，很快就来到山中的密林里。男人冷不防被一段墙垣绊倒，只能服输："有事好商量，我把书还你!"

项龙城道："留下名字!"

男人道："在下叶继之，不就是一本书吗，何必如此大动干戈?"

项龙城伸手，打算把书接过来。对方转身，双掌拍出。两人四掌相对，力道将附近的树梢震得簌簌作响。对方明显用了神剑山庄的掌法，虚晃一招，趁势钻进密林深处。项龙城满腹狐疑，捡起散落在地上的《山海经》书页，仔细听附近的声音，此时已经夜色渐浓，风声顿起，叶继之消失不见了。

项龙城拿着《山海经》，回到神剑山庄。

神剑老人听完事情的经过，道："贼偷叶继之居然会用神剑山庄的武学，看来藏身此地很久了。项龙城看守不严，致其逃遁，限期十天之内，将贼偷抓回。"

其他三位师兄弟，一起帮忙打探。他们来到山下，听一个客栈掌柜说有一名白衣男子在客栈里住店，今夜刚走，说有急事离开蜀中，到江南去一趟。

项龙城顺着去江南的路径，果然在一条摆渡船上找到了叶继之。对方武功不济，再次被打伤，便跳进水里，顺流漂走。项龙城体胖，不会游泳，眼见十天期限已到，只得回师门谢罪。

神剑山庄门前的石阶，躺着一个人。项龙城上前一看，原来是二师兄高运鸿倒在地上，尸体已经僵硬。再往前走，神剑老人、大师兄楚渔樵和几个火工道人都倒在院子里，也已断气多日。

项龙城转身，一队衙役手持钢刀，如狼似虎地包抄过来。一个三十五岁上下的魁梧的男子，身穿官服，紧随其后："本官赵广泰，前来查办神剑山庄灭门一案。你是何人？"

四师弟赵衡从人群里走出来，一边赔着小心："赵府尹，这是我三师兄。三师兄你怎么才回来？师父和两位师兄被毒死了！"

项龙城迟疑："师父从未和人结仇。"

赵衡道："你追叶继之离开之后，不知道谁给水井里下了毒。我因为闹肚子，没吃饭，逃过一劫。奇怪的是，赵府尹叫仵作验尸，银针没有变黑，打开腹腔，里面没有异物。所以官兵在此埋伏，看凶手是否会回来。"

神剑山庄从此灭门，在江湖上成了一个传说。项龙城的掌门也做不成了，成了无门无派的流浪客，身边的唯一念想，就是从神剑山庄带走的一柄长剑。四师弟赵衡因为被府尹赵广泰怀疑，关进大牢，找不到犯案手法，被无罪释放，可惜在大牢里被其他犯人打断右腿，成了终身残废。这是一桩悬案，困扰了项龙城多年。他在长安城认识司空虎后一直想提，却一直没有机会提起。

第一章　狐仙祠堂

项龙城讲完故事的第二天，司空虎和小清收拾好行李，三人一起踏上了蜀中之旅。一路疲劳困顿，倒也饱览景致。前面一片翠色，就是神剑山庄所在的山坳。一群香客扶老携幼地走过来。项龙城问道：“各位父老，十一年前的神剑山庄是否尚在？”

一个老头回答：“神剑山庄已是废墟，没啥赏玩之处，要不你们跟我一起去给狐仙祠堂上香吧？灵验得很。老朽先走一步，否则就错过好时辰了。”

司空虎、项龙城和小清对视一眼。

司空虎冷冷道：“狐仙是什么？世上根本就没有鬼神，也不会有狐仙，依我看是骗子无疑。”

项龙城道：“这群香客异常虔诚，似乎有点儿来历。神剑山庄多年旧案，不急于一时。我们先看看那个狐仙去。”

小清也是一副跃跃欲试的模样。于是三人把马车停在路边，跟在香客后面，一起往山上行来。

山上是曲折的石板路，石板缝里露出青草和苔藓。半山腰一个小巧的祠堂，供桌后面挂着一张工笔淡彩的画像。画像已经被烟火熏成黄色，但是司空虎也能看清，里面的人物是一个身穿黄色衣裙的小姑娘，身材娇小，眉清目秀。

项龙城一头雾水：“我学艺的时候，从未见过她。”

司空虎两手叉腰，出主意："我最讨厌装神弄鬼的骗子，遇到我，算她晦气。倘若是在长安城，我就要大理寺发公文。茶坊酒肆，大多消息灵通，咱们分头去打探一下消息，找出破绽之后，通报本地府尹，拆了这个祠堂！"

三人便在狐仙祠堂分手。

司空虎在山里四处转转，果然看到不远处有一个酒肆。一个瘸腿的精瘦汉子，面皮黝黑，腮边满是胡碴，腋下一根铁拐，正在那里温酒。司空虎一向忌酒，走过去要了一碗茶，佯装歇脚，随便聊了几句今天的天气，便问道："老板，这狐仙很灵验吗？为什么大家这么喜欢她？"

精瘦汉子头也不抬，一副低眉顺目的模样，回答道："十一年前，这里出现了一名黄衣女子，被江湖客围攻而死。村民们替她买了一个薄棺材，想把她收敛。谁知村民挖坑的工夫，棺材里的尸体变成了一只死狐狸。大家都说狐仙下凡，就把她供了起来。"

司空虎随口说道："调包计，这不难办到。而我感兴趣的是那只死狐狸……"

精瘦汉子拍手道："倒，倒，倒！"

司空虎立刻觉得天旋地转，栽在地上，指着精瘦汉子道："你在茶里下药……谋害朝廷命官！"

精瘦汉子得意忘形道："你运气不好，我这里没有朝廷命官，只有人肉包子。你细皮嫩肉，值点儿银子。"

此时，脚步声传来。

精瘦汉子回头望去，项龙城和小清走进酒肆。

项龙城从腰间抽出长剑，厉声喝道："这里竟有黑店，多亏我来找大理寺丞，否则他就中了你的招！"

精瘦汉子阴冷地笑："你敢管闲事，我奉陪……咦，三师兄？"

项龙城手中的剑，停在半空中。对方满身市井气，要不是腋下那根铁拐，他几乎认不出自己的四师弟了：“赵衡师弟，你如此不学无术，简直给师门丢人！”

赵衡尴尬笑笑：“我哪里比得过三师兄。三师兄和大理寺丞阻止楚王谋逆，名扬海内，风光无限。我在荒野山村，连大理寺丞长什么样都不知道。”

项龙城回头，看着倒在地上的司空虎。此时司空虎已经睁开眼睛，扶着桌子坐起来。

赵衡吃了一惊，觉出自己要倒霉。

司空虎问：“赵衡，你开黑店，害死多少人命？”

赵衡畏畏缩缩地回答：“大理寺丞莫怪，小人身有残疾，穷困潦倒，只能靠一些歪点子糊口。我没害别人，你是我遇到的第一个肉包子。”

这时酒肆的店门再次被推开。一个留着满脸长髯的男人，腰间挂着钢刀大喇喇地走进来，身后跟着三条大汉。赵衡急忙迎过去，叫一声“魏总镖头”。对方坐下，也不要酒要菜，只顾转头看司空虎。赵衡介绍，此人是蜀中天鹰镖局的总镖头魏天鹰，在本地颇有名望。魏天鹰此次押镖归来，又赚了上百两银子。

魏天鹰为人随和，一副笑模样：“些许散碎银子，不值一提。大理寺丞办案如神，魏某钦佩之至。这位就是庞侠客？”

项龙城怒道：“我身子胖，但是不姓庞。”

魏天鹰呵呵笑道：“远客来访，魏某自当聊尽地主之谊，三位可否到寒舍坐坐？”

对方一见如故，显然很好接近。狐仙的骗局，正要找人查访，魏天鹰自己送上门来，正合司空虎心意。

第二章　没有凶器的谋杀

天鹰镖局果然气派，门口一根旗杆，黑色的旗面上画着一只白色的鹰。大门上方是一块金字牌匾，用隶书写成。大门里面是一个三进院落，第一重院子是大堂，镖局议事便在此处；第二重是供三位镖头居住的地方；第三重是总镖头夫妇所居的内宅。内宅的东侧有一个偏院，是一个大通铺，供下人栖身。魏天鹰把司空虎三人安顿在内宅西侧的客房，各居一间。

大家进门之时，已是下午了。魏天鹰见司空虎忌酒，便请魏夫人亲自下厨，做了四样小菜——炒蘑菇、炒竹笋、凉拌木耳和清蒸芋头。魏夫人是一个身材清瘦、几乎皮包骨头的年轻女子，待人接物很周到。晚饭过后，司空虎和魏天鹰来到内宅的院子里，坐在两张躺椅上，看着天上的圆月，一边聊天。

司空虎随口问："魏夫人厨艺很高，足可比肩宫廷御厨。不过，她似乎比魏总镖头年轻许多。"

魏天鹰道："去年中原突发瘟疫，蜀中也未能幸免。她丈夫把她按在路边，还在她头上插了草标。那男人说，既然养活不了她，拿她换钱，总比一家人饿死要好。这种男人也算奇葩了，于是我就花二十两银子，把她买了回来。"

司空虎问道："那个狐仙的骗局是怎么回事？"

魏天鹰把手放在肚子上："那小姑娘来历不明，重伤不治。村民们想把她埋到乱坟岗子上。事情本来可以就此了结，谁料大家去挖墓穴回来，棺材里的小姑娘变成了一只死狐狸。后来的状况更吓人，把死狐狸埋掉之后，那片乱坟岗子起了一场大火，好多参天大树都被烧成焦炭。这两件事情，大家百思不得其解，于是就说她是狐仙显灵了。”

司空虎嘴角上翘：“这个骗术，我能解开。”

魏天鹰眼睛放光，显然很感兴趣：“大理寺丞快讲，到底谜底是什么？”

司空虎靠在躺椅里，一字一句道：“骗局的疑点就在那场大火，所谓欲盖弥彰。”

魏天鹰追问道：“大火与案子有何牵扯？”

司空虎笑笑，拍拍手站起来：“总要我来断案，你们不动脑子想，只用耳朵听现成的，没啥意思。魏总镖头有一晚上的时间思考，明天一早我要听你讲出自己的看法。咱们是忘年交，魏总镖头不会怪我没大没小吧？”

魏天鹰见对方卖关子，心想今天晚上怎么可能睡得着觉。但是司空虎回到客房里去了。魏天鹰叫下人收拾躺椅，自己也回到房间。

第二天的早晨很快就到了。

司空虎、项龙城和小清来到院子里伸懒腰，活动一下腿脚。一个下人来到魏天鹰的房间敲门，里面没有反应。前院的三位镖头和镖局的其他人等都循声来到了内宅的院子里。

小清趴到窗户上，回头道：“司空大哥，出事了。”

项龙城一掌推开门。房间里静悄悄，东南角有一个壁炉，里面生着柴火。一根用来顶门的木棍，断在地上。魏天鹰夫妇都倒在地上，两人额头满是黑红色的血渍。项龙城用手指试探二人脉搏，道：“魏夫人受了轻伤，但是魏总镖头断气了。”

司空虎朗声道：“各位，这里出了命案，所有在镖局里的人都有嫌疑。没我的命令，大家都不能擅自离开镖局。龙城兄，你搜查一下这间房间，看看有没有留下凶器。”

项龙城转身，眼睛在地面上、桌椅上、床上和柜子里扫过，没有凶器。他蹲下身子，检查壁炉，火堆里面只有普通的木柴，也没有任何凶器的影子。房梁上放着一个卷轴，刚想跳起来摘下，只听啪嗒一声，卷轴自己打开。一幅工笔淡彩画，画面上是一个黄色衣裙、身材娇小的小姑娘。

众人惊呼："狐仙显灵了!"

小清问道："司空大哥，这卷轴没人碰它，怎么自己打开了?"

司空虎道："这就是骗术啊。我本想揭穿骗子，如今骗子却自己来找我。凶手假借狐仙作案，而且是很简单的伎俩。既然我在此处，那就当仁不让。我要在这个镖局的所有房间搜查凶器，倘若有冒犯诸位之处，请见谅。"

脚步声渐近。一队衙役进到院子里，当先的身穿官服的魁梧男人，便是十一年前查办神剑山庄一案的府尹赵广泰。赵广泰脸色严峻，眼神凌厉，浓密的眉毛，一副不苟言笑的姿态，径直走向司空虎，拱手道："大理寺丞来蜀中私访，怎么也不通知本官一声?这里鱼龙混杂，出了闪失，本官担待不起。"

一个下人插嘴道："赵大人，狐仙显灵，杀了魏总镖头。"

赵广泰道："不错，本官就是为了查办狐仙杀人一案才来察看现场的。"

司空虎有些不悦："赵大人，听风就是雨，不大好吧?还没破案，就把凶手栽在狐仙身上。你来查办狐仙杀人一案，本官偏偏要查办假借狐仙杀人的骗局。"

赵广泰一伸手，衙役送上一个卷轴。卷轴打开，一幅工笔淡彩画，内容是一个满脸长髯的大汉，俨然是天鹰镖局总镖头魏天鹰。原来，今天早上，负责打扫狐仙祠堂的老妪，刚刚打开祠堂的门，就看到祠堂地面上不知什么时候生了一堆柴火。房梁上放着一个卷轴，刚想摘下来，卷轴自动打开，上面竟然画着魏天鹰的模样。老妪莫名其妙，就报了官。赵广泰也是一头雾水，便来天鹰镖局看看，正巧撞见魏天鹰被杀。于是赵广泰就把两件怪事牵扯到一起了。

司空虎看着两幅卷轴出神。按照笔墨趣味，这两幅卷轴明显是一人所为。

赵广泰显然想将司空虎一军，假惺惺问道："大理寺丞，这两幅卷轴，怎么没人碰它就自己打开的？你说是一场骗局，那么你可有更好的解释？"

司空虎道："赵大人，这两幅卷轴的疑点就是那堆柴火。魏总镖头的房间以及狐仙祠堂，为何都多了一堆正在点燃的柴火？看看这是什么？"手指甲在两张卷轴顶端的丝带上轻轻刮一下，然后把手指伸给赵广泰。

赵广泰一摸司空虎的手指，立刻有一种黏糊糊的感觉。

司空虎道："把画卷起来之后，用蜡把丝带封住。蜡干透之后，把卷轴挂在房梁上，紧接着生一堆柴火。柴火的热气蒸腾起来，把蜡融化，于是卷轴就打开了。这就是骗局的真相。"

众人恍然大悟。

赵广泰拱手道："大理寺丞名不虚传，本官佩服。下面如何查案，我们唯大理寺丞马首是瞻。府衙的一切人等，包括本官自己，听候大理寺丞调遣。"

司空虎道："第一，请郎中救活魏夫人，她是真正的目击者。第二，清查天鹰镖局附近，最近可有行迹诡秘的外地人出现。暂时就是这些。"

赵广泰一挥手，众衙役立刻出门去了。

忽然，司空虎听到"咕"的一声响，低头摸着自己的肚子。项龙城、小清，甚至赵广泰都受了传染，肠子相继响起来。大家尴尬地互相看看。今天一早就出了命案，众人一直饿着肚子，此时难免有点儿反应。

赵广泰提议，附近路边有一家馄饨铺，自己换身百姓的衣服，请司空虎等人吃馄饨去。

第三章　丧失记忆的人

所谓的馄饨铺其实是一个草棚，两张油渍麻花的桌子，六张同样油渍麻花的条凳，好在馄饨味道还不错。司空虎低着脑袋，往碗里撒胡椒面。忽然听到旁边桌子上的两个过路客商小声议论。

“今早天鹰镖局的命案，我怀疑是魏夫人有问题。那个男人把自己老婆卖给魏总镖头，总觉得不划算，纠缠不休，想要魏总镖头收他做一个账房，一直不能如愿，男人早就怀恨在心了。”

“有人还说，魏夫人和镖局三个镖头都不清不楚，说不定凶手是三个镖头之一。”

司空虎、项龙城、小清和赵广泰互相看一眼。

司空虎道：“兄弟，没凭没据的就说魏夫人和三个镖头有染，太草率了吧?”

对方笑了：“你是外地人，不熟悉内情吧?魏总镖头上了年纪，魏夫人却是如花似玉，她能耐得住寂寞?倘若不信，可以问问镇上的银铺，是否有人给魏夫人打首饰。”

司空虎低下头，若无其事地继续吃馄饨，等两个过路客商离开，便向赵广泰仔细打听天鹰镖局三位镖头的来历。一个五十多岁，资格很老，身体略胖，脸上总是带着油滑的笑意，因为屈居魏天鹰之下，所以人称云二爷；一个三十多岁，身上文着刺青，面皮黝黑，人称花三爷；最后一个二十多岁，脸孔白净，沉默寡言，曾经当过半年的和尚，人称四和尚。

赵广泰便回天鹰镖局搜查物证去了。司空虎坐在凳子上，挠挠头发，嘴角浮现出一丝笑意：“我一个人办案，有点儿无趣，想收个徒弟。龙城兄和小清，你们有兴趣没？”

小清立刻开心地拉住司空虎的手：“司空大哥你终于想起我啦！你快把平素写的办案秘籍给我看看，我早就想看了。”

司空虎一脸无辜：“第一我没把秘籍带在身上，第二我想收的徒弟是龙城兄。”

小清一脸无奈，在路边抱住一棵杨树，用脑袋撞树。

司空虎道：“龙城兄，你们江湖人都会易容吧？你和云二爷身材相仿，就用易容术假扮云二爷，浑水摸鱼。”

项龙城微笑会意。

当天正午，项龙城易容成了云二爷的样貌，背着手来到山下的小镇上。大家看到冒充的云二爷，都凑过来向他寒暄道：“云总镖头，多日不见。”

项龙城顺着话头，说道：“魏总镖头遇害，云某自当尽职，扛起天鹰镖局重担，大家一起发迹。如今我还是云二爷，你们管我叫云总镖头，我很难做人。”

对方都哄笑起来：“云总镖头何必装傻？你半年前就自创灵鹫镖局，自任总镖头，只瞒着魏天鹰一个。如今魏天鹰死了，你可以将两个镖局合二为一了。”

项龙城觉出有戏，急忙问道：“你们不要诬赖好人，灵鹫镖局在哪里，有何凭据说云某跳槽？”

对方笑得更厉害了：“云总镖头真会演戏？灵鹫镖局就在镇外西南三里，我们都知道的。”

项龙城套出情况，立刻向众人拱拱手，顺着山路，来到镇外。这里是山坳，小径崎岖不平。他来到灵鹫镖局，满身的肥肉都开始冒汗。

一个小院子矗立在树林中间，一面黑底旗帜，随风招摇。旗帜上面，绣着一只白色的秃鹫。项龙城挥拳，使劲砸门。

大门荡开，一个身材精瘦的镖师开门道："云总镖头，你终于来给我们发工钱了？你一连欠我们两个月工钱，你再不拿钱，我们就跳槽。"

项龙城道："你们问云某要工钱，不成问题，先把账簿拿来。云某要看看，你们每日点卯可曾懈怠。"

镖师从怀里拿出账簿递过来。项龙城仔细翻看，这里也有三个镖师和二十个下人，比起天鹰镖局毫不逊色。看来，云二爷是一个擅长挖墙脚的精明角色。项龙城拿出银子交给镖师，然后背着手，在院子里走走。其余的镖师和下人，听说云二爷来还钱了，兴奋异常，围着项龙城，嘴里像是抹了蜜糖。

云二爷在镖局里查看一遍，发现这里的院落布置和天鹰镖局如出一辙。同样一进门是议事厅，第二重院子是三个镖师的卧房，第三重院子是下人的大通铺。

项龙城道："云某自立门户，大家集思广益。天鹰镖局即将散伙，我们是否将花三爷和四和尚也请来？"

镖师们都笑起来："云总镖头糊涂了？你和花三爷交情尚可，但是最讨厌四和尚。"

项龙城道："云某平素和别人口角之争，不会放在心上。"

镖师们继续取笑："云总镖头和四和尚可不是口角之争，你平素骂他是太监。你上次得意忘形，说四和尚之所以出家，是因为在大明宫得罪了高力士，找地方避难。"

项龙城尴尬地笑笑，撒谎说魏总镖头死得突然，自己脑袋有点儿乱了，然后假称还有其他事务，赶紧离开了灵鹫镖局。

他想起那个过路客商的话，回到小镇，径奔银铺。银铺掌柜趴在柜台上打瞌睡，听到脚步声，就睡眼惺忪地抬起头来。项龙城继续使诈："上次我在这里订了一件银饰，我不想要了，麻烦你把银子退给我。"

掌柜拿起账簿，翻了好几遍："云总镖头你糊涂了，你什么时候来我这里订首饰了，这账上没有。"

项龙城更尴尬了："我说错了，是花三爷订的。"

掌柜仔细看看项龙城，低头再次查看账簿，道："还是没有。你们镖局来这里订银饰的，只有四和尚。"

项龙城愣在当场。

一个高力士手下的太监，竟然给女人定做首饰？掌柜把手在项龙城面前晃晃，他回过神来，伸手要过账簿，只见四和尚在银铺订了一只仙鹤纹样的银手镯。项龙城趁机把首饰图样要了过来，悻悻地离开银铺。掌柜像看怪物一样，目送他远去。

项龙城来到镇外，摘掉人皮面具，一边走一边想，怎么也想不明白。他看到司空虎和小清坐在树荫下闭着眼睛乘凉打盹，就把首饰图样扔过去，把今天的经历讲了一遍。

司空虎打开首饰图样，笑起来："案件的凶手只要有行动，就会有破绽。下面准备顺藤摸瓜就是了。"

小清问道："四和尚真的与魏夫人有染？"

司空虎摇头："不是。"

项龙城也问道："那他的银手镯是给谁的？"

司空虎道："这就是一条线索，他为什么要把事情弄得尽人皆知，你们想想。"

项龙城道："他和魏天鹰有仇，想挑拨夫妇二人的关系。"

司空虎刚要回答，这时候，一个他们很熟悉的身影从道路的尽头走来。这个人五十多岁，身材略胖，眉眼带笑，一脸油滑，分明是云二爷。云二爷向三人拱手作揖，打个招呼，然后往灵鹫镖局的方向去了。项龙城哈哈讪笑几声，心想自己闯大祸了，赶紧离开。

云二爷来到灵鹫镖局，掏出银子，打算给大家付工钱。谁知道所有人都像看疯子一样看他，道："云总镖头你糊涂了，你不是刚把工钱给我们了吗?"

云二爷心想，还有这种好事，有人专门替自己还债?但是大家一口咬定，付工钱是确有其事。他摸不着头脑，要了一瓢凉水，兜头一浇，证实不是做梦，想起镇上有一个自己常去的医馆，便跑到镇上，找郎中请教。

医馆里，郎中老乔不在，原来已经被知府赵广泰请去救治魏夫人了，只剩下一个小徒弟看门。云二爷是顺山路走来的，那个郎中老乔是坐马车去天鹰镖局的，所以没有碰到。云二爷哪有耐性等郎中回来，就把自己的遭遇对小徒弟说了。小徒弟从书架上翻出《神农本草》《千金方》等医书，查完一遍，指着一页纸，给他看，只见上面写着三个字：臆想症。

云二爷问："臆想症是什么?"

小徒弟答道："就是疯癫病的一种。"

云二爷大怒，一拳敲在小徒弟脑袋上："你才是疯子！再给我查!"

小徒弟抱着脑袋，委屈道："云总镖头你刚才的确顺着镇上的小路去了灵鹫镖局。我们都看到了。你不是臆想症，那就是健忘症。好多老年人都有这个毛病，是老糊涂的前兆。你还是轻的，好多老年人连自己亲儿子都不认得。"

云二爷听对方说他老糊涂，简直气得发疯，又在小徒弟脑袋上敲了一记，小徒弟急忙抓起算盘遮挡。一群看客围在门口看得津津有味。云二爷挥手，要众人滚蛋。大家众口一词，道："云总镖头是疯病犯了，要不然会乱打人?"

云二爷只好忍气吞声，向小徒弟请教。

小徒弟道："健忘症有好多原因，比如头部受过重击，导致颅内瘀血，血脉流通不畅，以至于健忘或出现幻觉。"

云二爷回想起来："我在三个月前走镖，与山贼打了一场，头部的确受过伤，但是为何今天才发作？"

小徒弟一脸同情地看着他："头部受伤与四肢躯干受伤不同，有一定的潜伏过程。二爷不要怕，我给你扎几针，让瘀血造成的肿块散开，就好了。"

云二爷心想，自己简直倒霉透顶，只能先把健忘症治好，再去找山贼算账，于是搬一个板凳，坐下来让小徒弟施针。不一会儿，他的脑袋就被扎成了一个刺猬头。门外的看客都忍不住发笑。

云二爷在镇上受罪，司空虎、项龙城和小清心虚，就回到天鹰镖局。上山路上，一个邋里邋遢的瘦削男人，手里拿着一个小坛子，小心翼翼地走过来："大理寺丞，我老婆的伤势怎么样？魏大胡子死了，我可以把她接回家吗？"

项龙城和小清看向司空虎。

司空虎道："原来兄台就是魏总镖头说的那个卖老婆的人。一年过去，你可有心悔过吗？"

男人道："小人诚心悔过。我在醋坊给人打下手，洗心革面。"

小清来到男人面前，仔细端详一番，伸出手："这坛子里面是你自己酿的醋？借我一下。"

男人不明就里，把坛子递给小清。小清抓过坛子，用力打在男人头上。对方没有防备，被打翻在地，坛子也碎在地上，摸着脑袋上渗出的血，惨叫起来："你这小丫头怎么不讲道理？"

小清怒道："本姑娘的道理就是，谁敢卖儿卖女卖老婆，本姑娘就要教训他！"

男人头上血流不止，惊惶道："为什么？"

司空虎叹口气："去年闹瘟疫，被卖掉的何止是魏夫人？我的老家也遭了灾。小清的爹娘因为瘟疫病死，二叔带她一路讨饭到长安城，觉得他是个累赘，就想拿她卖钱，多亏我路过，花五两银子赎下她。

所以，小清最恼恨人贩子了。”

男人大惊，用衣袖按住脑袋的伤口，快步逃走。

小清的嘴唇几乎咬破，双拳颤抖着捏紧，脚尖踢着地上的坛子碎片。

谁也没料到，这个男人的出现，使小清惹上了人命案。因为，当天晚上，男人伤重不治，一命呜呼！

第四章　凶器找到了

司空虎一行回到天鹰镖局。

时间已经是夜晚，一轮冷月静静地挂在天际。魏夫人已经被抬到一间偏房，一直昏迷不醒，经郎中老乔诊治，属于颅内瘀血所导致的神志不清。司空虎背着手，信步来到第三进院落的魏天鹰内宅。一群衙役负责看守，一个仵作在仔细检查魏天鹰的尸体。他向众人打声招呼，来到仵作身边。尸体的头部有好几处被钝器打伤，尤其是太阳穴和百会穴有着很明显的瘀血。

天气有点儿冷，司空虎看到房间壁炉的火堆一直烧着，便来到壁炉前面抄起一根烧火棍，蹲下身想把火堆拨旺一点儿。

似乎有什么不对。他用烧火棍，把火堆里的木柴拨开。

一个细长的物体出现在木柴堆里。因为火焰燃烧的缘故，这东西已经乌黑变形。司空虎用烧火棍把这个黝黑的物体挑出来，原来是一个铅块，因为怕烫，不敢用手拿捏，便问外面的衙役要过一把钳子，把铅块钳着放在桌子上。

“凶器找到了！”一个衙役喊起来。于是乎，天鹰镖局里的所有办案人等、镖局下人，包括刚刚回来的云二爷，都凑过来看热闹。

但是紧接着，一个极度诡异的问题钻进了众人的大脑。

这个铅块是怎么出现的？

今天早上，项龙城检查房间，也曾经仔细检查过这个壁炉，当时里面并没有铅块。房间其他地方也没有铅块。项龙城自然不会撒谎，看走眼的事情更不会发生。赵广泰眼睛盯在仵作身上，因为只有仵作一直站在房间里，是唯一一个可以避开衙役的眼睛，偷偷往壁炉里面扔铅块的人。但是魏天鹰的尸体是今天早晨发现的，当时仵作还在镇上。倘若是他，那么只可能趁着验尸的机会，丢弃铅块——何必多此一举呢？

赵广泰一挥手："来人，把仵作赵多福关押起来，留后审问！"

仵作大哭着跪在地上，抱住赵广泰的腿，哭喊："赵大人你不能害我！我赵多福跟随你多年，办案的时候，自己亲爹亲娘死了我都没有回家，你不能把我当成替死鬼！"

赵广泰傲然道："所有的凶犯都不承认自己是凶犯。赵多福，我们有你的行凶罪证，你就认了吧！"

仵作被衙役按倒，捆绑起来带走了。

这时，一个头发散乱、衣衫不整的男人撞进院子。大家回头看到此人面皮白净，下巴上光光的，是四和尚。他喊道："二爷、三爷，我遇上山贼，长衫和银子被抢走了，你们要替我报仇！"

云二爷凑过去，假惺惺地查看四和尚头上的伤势，叹息道："四爷伤得不轻啊，对方相貌如何？"

四和尚咬牙切齿地道："那个混蛋穿一身白衣服，少了一条左臂。他敢暗算我，就是欺负天鹰镖局无人！"

云二爷道："四爷头上有一道口子，看来对方是个硬茬。三爷房间里有上好的白药，先把伤口包扎起来，其余明天再说。"

四和尚骂骂咧咧，被花三爷架着，去房间里包扎伤口。

司空虎连连打哈欠，道："平素我很紧张，因为不知什么时候就会有案子发生，我要提起精神，仔细观察线索。一旦案件出现，我反而很轻松，比方说今天，我有点儿累了。"一边说，一边踱到院子一侧，在躺椅上坐下来，把手放在肚子上，闭上眼睛。

云二爷笑道："大理寺丞也不容易。"

司空虎蛮惬意地笑笑。

云二爷忽然觉得头上扎针的地方都痛起来，急忙用手指轻轻按摩："我今天遇到了怪事，大理寺丞可否帮忙断个明白？所有人都说我丧失记忆，还说我年纪大了，记性不好是常事。医馆的小徒弟给我扎了十几针，我只觉得痛。"

司空虎就怕他问这个，急忙道："那个小徒弟学艺不精，二爷可以找乔郎中看看。"

云二爷立刻去前院，找郎中老乔请教。司空虎和项龙城躲在客房里，悄悄商议。今天闯下大祸，云二爷很可能被医馆的小徒弟用针扎死或者扎残废。案件结束之前，不能让他再去扎针，否则后果不堪设想。

可惜，司空虎不是如来佛祖，也不是玉皇大帝，只是一个普通人，世事的走向，他说了不算。第二天一早，众人醒来，就看到云二爷坐在院子里，郎中老乔一本正经地施针。云二爷的脑袋，又变成一个刺猬头模样。

司空虎假惺惺地试探着问道："二爷的病重吗？"

郎中老乔一脸专注地扎针，头也不抬，道："后枕部有明显的血肿，是旧伤导致的血块凝聚不化，我用针把血块疏散开，再施以汤药，应该没有大碍。"

这个姓乔的郎中说得有条有理，颇为内行。司空虎咬着嘴唇想，此人是否也是一个江湖骗子？忽然听到脚步声从大门外传来，镖局门口的黑底白鹰旗下，一个衙役满头大汗正附在府尹赵广泰身边低语。两人鬼鬼祟祟的，还不时用眼睛瞟着司空虎。

赵广泰向司空虎拱手道："大理寺丞，你们昨天可曾遇到那个卖老婆的男人？"

司空虎道："对。"

“小清可曾用凶器袭击他，比如盛醋的坛子？”

“有过。”

“男人被小清打伤，回家之后，不治身亡。本官要将小清抓捕归案，以行凶杀人罪上交朝廷，大理寺丞也有管教不严之责。”

司空虎沉吟片刻道：“我要查看死亡地点。”

赵广泰便带着司空虎、项龙城和小清，坐马车来到了山坳里的一间酿造作坊。作坊不大，是用沙土砌成，屋顶盖着茅草。那个男人名叫王三斤，卖掉老婆之后，一直在给酿造作坊打下手，住处就在作坊后面的一个破草棚子里。一队衙役站在门前守护。赵广泰在前带路，径直走进破草棚子，只见王三斤躺在用茅草铺垫的地板上，地板上一股很浓重的醋味和血腥气。尸体已经僵硬，没有一丝体温，头部有好几条新鲜伤口，还在向外渗血，很明显是被利器割破的。司空虎自语道：“伤口长短不一，但是宽窄大同小异，应该是瓦罐或者坛子的碎片。”

赵广泰道：“大理寺丞承认了？”

司空虎冷冷道：“承认什么？”

赵广泰步步紧逼：“小清杀人，罪证确凿。”

司空虎道：“还有一个人，有杀人嫌疑。天鹰镖局的四和尚，昨夜也被打伤，伤口与王三斤如出一辙。倘若四和尚所言属实，那么打伤他和王三斤的凶手应该是同一人。赵大人可以发出缉捕令，缉拿一名身穿白衣的独臂男子。”

赵广泰根本不相信：“大理寺丞，你这是心存包庇。”

司空虎道：“赵大人既然不信，你公事公办，我不会干涉。”

那队衙役趁势拔刀出鞘，将小清围起来。司空虎站在角落，丢给项龙城一个眼色，用手指一指赵广泰。项龙城会意，将那群衙役打翻，用手指扼住赵广泰的咽喉，使其挣扎不得。众衙役见府尹被挟持，也不敢轻举妄动。于是项龙城和小清将赵广泰塞进马车，扬长而去。

司空虎假惺惺地骂道：“你们怎么办差的，一群人打不过一个人，眼看着他跑了？”

众衙役纷纷诉苦：“大人，那个龟儿子满身肥肉，拳头打在他身上，他觉不出疼，怎么抓他呀！”

司空虎背着手，心想如今只能靠自己了。忽然脚下碰到一物，低头看，是一片破碎的陶器残片，捡起残片，顺着痕迹来到屋后。这里是一个干草垛，他用力将干草垛推开，一堆坛子碎片躺在干草垛的后面。地面上也是一股醋味。司空虎已经明白王三斤的死亡原因和凶手是谁了。这干草垛里的坛子碎片，与小清打伤王三斤的坛子不一样，但是凶手杀人的动机又是什么呢？

第五章 神剑山庄

项龙城和小清带着赵广泰，驾着马车向山里行去。事出匆忙，他们难免无处投奔。项龙城看到不远处山气氤氲的雾霭，一拍脑袋，马鞭一挥，道："咱们去神剑山庄，那里不会有衙役找来的。"

神剑山庄坐落在山顶，此时已经成为一片废墟，人迹罕至，破败不堪。山门只剩下半边门框，隶书的匾额歪在一旁的草丛里，时时听到鸟雀的鸣叫声。项龙城把马车藏起来，在前面带路，走上了山庄门前的台阶。这里是他学艺的地方，显得既熟悉而又陌生，把赵广泰用绳子捆好，拿布条堵住嘴巴，然后自己充当向导，带着小清四处走走转转。

神剑山庄的大堂是神剑老人传授徒弟的场所，此时只剩下几根灰突突的柱子。顺着走廊绕过大堂，便是南山亭。南山亭坐落在一片断崖之上，出人意料地保存完好。四根红漆柱子，上方茅草覆盖。项龙城坐在亭子里，看着远处的云气蒸腾，此刻回想往事，再摸摸自己圆乎乎的肚皮，摇头叹息不止。

小清问道："项大哥，神剑山庄四位弟子，谁的武艺最高？"

项龙城回答道："自然是大师兄楚渔樵。大师兄拳法高明，剑法也是一流，为人随和，容易接近，师兄弟们都对他敬佩有加。"

小清略显诧异："神剑老人应该把掌门传给楚渔樵呀？"

项龙城挠挠头发："大师兄入门七年，我入门三年，我的武艺只比大师兄差一点儿，所以师父改变了看法。世人都说小胖子做不了侠客，应该去做厨子，小清姑娘也是这么想的吧？”

小清扶着他的肩膀，呵呵笑起来：“项大哥武艺高强，我不和你抬杠。刚才你打倒那群衙役，一边挥拳，身上的肉也跟着抖动，真好玩儿。”

天色已过正午，小清靠着柱子打盹，项龙城摸摸肚皮，打算找点儿野果充饥。忽然一只母鸡慢慢走来，撞个正着，觉出不妙，掉头想逃，项龙城擦擦口水，挽起袖子追上。

小清醒来的时候，四下无人，只剩下山风刮过。她头皮发麻，喊叫“项大哥”，却没有任何回应。

忽然脚下传来敲击声。小清蹲下身子，耳朵贴着地面，果然是项龙城的声音：“我就在这里，你不要像叫魂一样叫我！”

她莫名其妙，项龙城怎么钻到地里去的？用手掌试着敲敲地面，似乎是中空的。忽然地面开始松动，咔嚓一声，地板崩裂，整个南山亭轰然倒塌！

小清抬起头，发现身处一个密室之内。密室宽两丈，高一丈，四周向外冒着冷气。一道阳光，从头顶上方渗出。项龙城左手抱着母鸡，右手收回掌力。

小清心惊胆战地缩在一旁：“项大哥，你师父深藏不露啊！神剑山庄居然有一间密室，咱们找找，是不是保存着武学秘籍？见面分一半哦。”

项龙城道：“神剑山庄灭门，哪里还有什么武学秘籍？本来我也找不到这里，是母鸡带的路。我听到你喊我的名字，再加上迷路出不去，没那耐性，就把上方的石板拆了。”

小清伸出右手拇指。

项龙城仰头看着塌陷的石板，思忖道：“我在师门三年，师门居然有秘密对我保留？不提这个，我如果把小清姑娘扔上去，你不会受伤吧?”

小清吃了一惊，张大嘴巴怒道：“我怎么知道会不会受伤？我又没被人扔过!”

项龙城笑起来，要小清踩着他的肩膀，顺着密室的石壁往上爬。小清脚下忽然踩到一个圆溜溜的东西，项龙城惨叫起来：“你别踩我脑袋！我好歹是个大侠，你别害我英名尽毁!”

两人爬出密室，顺着石阶来到门前。

项龙城忽然停住脚步，伸手把小清护在身后。

只见府尹赵广泰浑身是血，倒在地上，已然气绝身亡。一个身穿白衣的清瘦男人，一副年轻英俊的脸庞，右手一柄长剑，站在山门前的石阶上。显眼的是，他左边袖子空荡荡的，随风摇曳。这个男人，正是项龙城找寻多年的仇家。

“叶继之，好久不见!”

“龙城兄，十年了。”

“十一年。”

“多年旧事，你还记在心上。”

“你害我师门遭难，我岂能忘却。神剑山庄灭门之后，你身上出了什么变故？你的左臂怎么没了?”

“与你无关。”

“你为何杀赵广泰？王三斤也是你杀的吧？天鹰镖局的四和尚也是你打伤的吧?”

“在下找人寻仇，不需要通报你。”

项龙城记恨对方多年，此刻手中长剑闪出寒芒，倏然刺出。对方长剑一扫，护住身形。两柄长剑的剑气迸发，附近的树木被震得簌簌作响。两人都各自后退一步。

项龙城怒道：“你十一年前，偷学神剑山庄武功，没想到如今依旧能融会贯通。”

“我没偷学，我本来就是神剑山庄的弟子。”

“我从未听师父提起过。”

“我师父是你师伯，多年前被赶出神剑山庄。当时你还没拜师，所以不认识我。”

“你一直藏在这里？”

“我给我师妹守坟。我的师妹，你一定见过了，那就是狐仙祠堂。”

“狐仙？”

“她叫叶小旭，是我的青梅竹马。多年前她死于非命，人们说她变成狐仙，但是骗局漏洞百出，只有傻瓜才相信。”

“十一年前，你和叶小旭都出现在神剑山庄，那么害死我师父的就是叶小旭了？”

“师妹没杀人，她也是神剑山庄一案的被害者！师妹死后，我生无可恋，就自断左臂，向师妹赔罪。龙城兄，你真不该回来。假如揭开神剑山庄灭门一案，你会后悔的！”

叶继之狂笑一声，掠上墙头，倏忽不见。

项龙城满腹狐疑，马上检查赵广泰的尸体。尸体身上的剑伤，每剑都没有刺中要害，是流血过多，活活痛死的，显然施刑者对其恨之入骨。看来赵广泰和叶继之早就认识，纠葛还不浅。

夜色渐浓，小清找来柴火，将母鸡去掉鸡毛和内脏，架在火堆上烧烤，不久便透出香气，撕下一根鸡腿递过来。

项龙城接住鸡腿，道：“小清姑娘，这只母鸡是叶继之的手笔。他用母鸡引开我们，然后到门口对赵广泰下手。”

小清也是苦着脸：“如今不仅要逃过衙役的追杀，还要解释赵广泰的死因，我怎么这么倒霉？”话虽如此，自己却把半只烧鸡塞进肚子，靠在墙边打盹。

项龙城睡不着，顺着石阶来到后山。

一片坟茔静静地立在这里。石碑上刻着一行隶书：神剑老人之墓。

坟茔上面的封土是新鲜的。他顺着坟茔，来到一旁的树下，只见一把铁锨倒在地上。

项龙城心中有不祥的预感，结结实实地向石碑磕了四个响头，抄起铁锨，挖开坟茔。墓穴里，神剑老人的棺材已经朽烂，他轻而易举地用铁锨撬开棺材盖，棺材盖轰然倒在一边。一股尸体的腐臭味道扑鼻而来。神剑老人已经成为一具枯骨，很不妥帖地躺在碎裂的棺材里。枯骨上面，布满剑痕。紧接着，大师兄楚渔樵和二师兄高运鸿的坟被挖开之后，尸骨上面也是布满剑痕。

项龙城喃喃道：“叶继之，你如此仇恨神剑山庄？”

脚步声传来。

司空虎出现在树丛后面，伸手擦着额头的汗珠，长出一口气，道：“把那些衙役支开，真不容易。我推想你们只有这一个地方避难，就来这里碰碰运气。我听云二爷说，小姑娘被调包的地方就在附近，咱们去看看。”

项龙城把三座坟茔上方的黄土依旧堆好，跟着司空虎往山麓的东侧走来。这里果然只有丛生的杂草，没有大型的树木。二人仔细拨开杂草，翻看树根。好多树根很宽大，在发生大火之前，应该是一片参天巨木。

司空虎笑道：“狐仙的骗局如我所料，但是魏总镖头的死因就要去问那个给狐仙画像的人。那个画师，一定见过凶手的真面目。你们躲在这里，我去镇上查查画师的底细。”

第六章　蓬莱阁

第二天一早，司空虎打扮成一个身穿长衫的学究，腮边贴着一贴膏药，身后背着一个书囊，走出了山坳。到了小镇，一个村民听说他打算卖画糊口，就伸手指着镇南边一个大院子，道："蓬莱阁的马大官人喜欢字画，兄弟可以找他。"

司空虎假作不经意，问道："狐仙祠堂的画像可是马府画师的手笔?"

村民道："你是问画师顾仙客？他病死了。"

司空虎眉毛拧在一起："病死了?"

村民一脸无辜："对呀，都快一个月了。"

司空虎悻悻地向村民道谢。

蓬莱阁掩映在浓密的树荫里，屋檐下是白粉墙壁，金字匾额，粉刷绿漆的院门干净整洁，门边一个四四方方的下马桩，显然主人有洁癖。司空虎站在门前的阴影里，整理一下腮边的膏药，放下书囊。刚要伸手敲门，院门打开，一个身穿长衫的精瘦汉子被家丁推出来，一脚踹倒在地。

精瘦汉子躺在地上，叫骂不绝："我顾二仙怀才不遇，你们狗眼看人低，迟早会后悔，错过良才!"

家丁一脸蛮横，拍打一下手掌，打算关门，回头看到司空虎："这位学究，有何贵干?"

司空虎从书囊里拿出两幅卷轴，笑道："小人卖画为生，久闻马大官人好客，想替蓬莱阁效力。"

家丁不理不睬，道："你快离开，我们不收江湖骗子。否则，这个顾二仙就是例证。"

司空虎道："无妨，小人愿意考试。"

顾二仙从地上爬起来："我也愿意考试，我有真才实学。"

这时候一个圆脸的男人走过来，脸孔白净，胡须仔细修剪过，一身蓝缎长衫，右手拇指处戴着一个玉扳指，不住地抚摸，高声道："老七住手。我就是马俊才，既然有两个人抢着做画师，那你们当场斗画，谁赢谁留下。"

司空虎心想，这个马大官人喜欢看热闹，便和顾二仙对视一眼，一口答应下来。临近的村民们听说蓬莱阁有人斗画，都兴致勃勃地赶来围观，把院子围得水泄不通。那个名叫老七的家丁摆好两张画案，铺上画毡和宣纸，摆好笔墨。

司空虎笑道："在下游历中原，广览名迹，大家觉得，画技何为最高？"

顾二仙则冷笑："画技自然是逼真二字为上。"

司空虎摇头道："不错，就画像来说，自然是力求逼真。但是，在下以为，画技是次要的，境界才是最重要的。当今天下，境界最高者是吴道子。吴道子是在下的忘年交，曾经有一次，他和李思训斗画。李思训画了半个多月，画好一幅青绿山水，但是吴道子只用了半天工夫，就画出一幅写意山水，论技巧，李思训不输给吴道子，但是论境界，就输给吴道子。"

马大官人狐疑："这位学究认识吴道子？"

司空虎撒谎道："吴道子指点过小人半年。马大官人想看，我身上就带着一幅吴道子的《送子天王图》。"

马大官人来了兴趣，急切道："可否给大家瞧瞧？"

司空虎把在长安城花十两银子买来的吴道子赝品从书囊里拿出来。卷轴展开，送子天王居中，天将分列两旁，衣袂飘举，正是人们常言的吴带当风。马大官人完全看不出真假，不住赞叹。众人也一起围观叫好。

顾二仙气得差点儿昏厥。

马大官人一挥手，命令家丁老七把顾二仙扔出大门，然后向司空虎拱手道："学究高人，请问名讳？对润笔可有要求？"

司空虎嘴角上翘，打算借用大理寺卿的名讳："鄙姓布，草字书仁，润笔自然多多益善。"

马大官人转身，面向着院子里的看客，朗声道："自今日起，布先生便是蓬莱阁的画师，润笔与顾仙客一样，每月二十两纹银。以后镇上的买卖，劳烦大家多多照顾！"

众看客起哄喝彩。

司空虎成功地在蓬莱阁当起了细作。他在客房里吃完午饭，捏着两个核桃，到院子里四处闲逛。别人都在午睡打盹，一片静匿。过道后面是一个偏院，隐隐传来铁链作响的声音。司空虎探头探脑地走过去，只见一个衣衫褴褛、披头散发的男人，被铁链锁着，坐在偏院的一角。男人闻声抬起头，露出惨白的脸色，两只眼睛放出凶光。

司空虎问道："这位老兄贵姓？"

男人不答，眼睛依旧恶狠狠的。

司空虎仔细观察对方，年岁在四十上下，身上的衣服虽然脏兮兮的，但是一双沾满污泥的手却没有老茧。他蹲下身子，撩起对方的袖子，看到骨瘦如柴的前臂。此人显然不是干力气活的，而是一个玩笔杆子的。

司空虎正在出神，冷不防男人扑上前来将他按倒，张开嘴巴，对准咽喉便咬。他奋力挣扎，右腿弯曲起来，一脚将男人踹倒在地。男人又想再次扑咬，司空虎就地一滚，来到偏院门口。

忽然，一条硕大的黑狗，眼睛血红地在偏院外面呜呜咆哮。

司空虎瑟缩道："你肚子饿吗？是不是没有吃午饭，我叫家丁他们帮你带一根骨头来？"心想再不来人施救，自己必死无疑。现在他已经语无伦次，不知所云了。

家丁老七提着裤子，嘴里吹着口哨，路过偏院，听到黑狗的咆哮声，回头一看，大吃一惊，急忙跑过来，一脚将黑狗踹开："好险！布先生怎么跑来这里？这条黑狗被马大官人娇纵坏了，我们平时都不敢招惹它。后来有一个厨师疯了，马大官人就把这条狗放在偏院，看管疯子。刚才要不是我去茅厕，根本没人来救你。"

司空虎听着家丁老七的话，坐到地上擦汗。

一天时间很快就过去了。

司空虎躺在自己住的客房里，看着屋顶，昏昏沉沉的。忽然他一个鲤鱼打挺坐起来，叫嚷道："撒谎，全在撒谎！"

一个蒙面黑衣的男人，站在床边。司空虎彻底清醒了。

蒙面男人用沙哑的嗓音冷冷道："大理寺丞，天鹰镖局的命案，你破解了多少？"

司空虎道："我知道了所有的犯案手法，犯案动机却只是想当然的猜测。"

蒙面男人道："所谓断案，你知道的越多就越危险，因为凶手可能把你灭口，比如像今天这样。"说完从腰里抽出一柄闪着寒光的短刀，用力刺来。

司空虎伸手抓过床上的被子，将对方兜头罩住，跳下床，赤足冲出房间。蒙面男人扯掉被子，紧紧跟上。

两人一追一逃，在小巷里周旋。

夜色暗沉，没有星光。一个更夫手里拿着梆子，撞个正着，看到来人蒙面持刀，大惊失色道："杀人啦！"蒙面男人一掌拍出，将其震出一丈远，尸体倒在地上，梆子也断成两截。

蒙面男人回头去找寻司空虎，但是只看到空荡荡的街巷，发作起来，将更夫尸体踢了几脚，冲进夜色里，消失不见。

司空虎从一侧的墙垣上探出头来。自己招惹了幕后真凶，只能回蓬莱阁找帮手。

马大官人和下人们听到喊叫声，披上衣服走过来，笑道：“布先生做了一个噩梦？”

司空虎道：“不是梦，确有其事。”

马大官人提议，去看看更夫的被害现场。

大家来到小巷，月亮从乌云后面慢慢透出，一切静悄悄，地面上没有更夫的尸体。众人面面相觑。

马大官人坦然道：“布先生刚来我们镇，水土不服，做噩梦是难免的。镇上有一位郎中，专治臆想症，明天我把他请来，给布先生诊治。”

司空虎回到自己房间，看到被子依旧落在地上，更加确信，这绝不是梦！

第二天一早，司空虎走出客房，就看到马大官人和郎中老乔站在院子窃窃私语。此人在天鹰镖局见过自己，势必要惹上大麻烦。郎中老乔反倒若无其事，拿出一个插着银针的布包，搬过一把椅子，道：“布先生请坐，小人给你切脉。”

司空虎一脸狐疑，把右手递过去。对方一边切脉，一边沉吟。切完右手，又切左手。两手脉象看完，又仔细检察头部，道：“臆想症无疑。布先生刚来本地，不服水土，再加上劳累过度，做噩梦是常有的事。我给你扎几针就好了。”

司空虎立刻想起云二爷的刺猬脑袋，这难道是自己恶作剧的报应？抬手一拳，将郎中老乔打翻在地，跳起来往门外冲去，但是一群家丁将他牢牢按住，用绳索捆起来，塞回椅子里。

马大官人一脸傲兀道：“给他施针！”

郎中老乔手里的银针不住颤抖，司空虎恶狠狠地盯着对方。郎中老乔见他不能动弹，胆子才大起来，开始在头上施针。司空虎的眼睛立刻变得很温顺，老老实实坐着，最后浑身瘫软倒在椅子里。郎中老乔施针完毕，退到一旁。马大官人走过来，俯身仔细观察，司空虎一脸傻相，嘿嘿地笑。

马大官人问道："你认识我吗？"

司空虎傻兮兮地道："天气不错。"

马大官人问道："你叫什么名字？"

司空虎依旧一副傻相："要下雨了。"

马大官人直起身子，拍怕郎中老乔的肩膀："老乔，你手艺不错，这几天你就留在府里，给两个疯子施针。那五十两金子的诊费，绝不会少。"

第七章　四个血手印

司空虎被捆得结结实实，送进了那个关押疯子的院子，和疯子用铁链拴在一起。这一次，那条黑狗叼着一根骨头，老老实实地趴在一旁，根本不理会他，不久干脆睡着了。司空虎和疯子互相对视傻笑。

到了傍晚，郎中老乔又来施针，马大官人站在不远处监视。司空虎依旧和今天早上一样，眼神呆滞地望着地面。月上九天，郎中老乔施针完毕，对马大官人道："两个疯子都是疯得可以，连他们亲娘老子都认不得了。布先生刚犯病，小人要留在这里看看进展。"

马大官人未加怀疑，离开了。

司空虎见四下无人，小声道："多谢郎中。"

郎中老乔呵呵笑道："大理寺丞真会演戏，难怪没有案子能够难住你。"

司空虎道："你虽然给我施针，但是针尖只扎进头皮，根本没有进入穴位，于是我立刻明白你的用意了，趁势配合你演戏。咱们下一步怎么办？"

郎中老乔正要开口，一旁的那个疯子插嘴道："大理寺丞，你能说出我是谁吗？"

司空虎嘴角浮出一丝笑意："顾画师，你叫我找得好苦。"

披头散发的顾仙客也笑了："大理寺丞，我等你也等得好苦。"

司空虎问道："顾画师，你是不是知道了马大官人的什么秘密，才被弄成这副模样?”

顾仙客道:“这就是我一直迷糊的地方,我也不知道自己为什么得罪了马大官人。要说奇怪,只能说一件事情很可疑。那就是,我有一次在马大官人的书房里翻看花鸟册页,翻到了一张莫名其妙的纸片。”

司空虎眼睛一抬:“哦?”

顾仙客继续说道:“纸片是《山海经》里面《西山经》的莱山一段,这并不稀奇,但是纸片上还印着四个血手印。那张纸片有些年头了,已经发黄变脆。我到现在也弄不明白,马大官人收藏四个血手印做什么。第二天,我随口向马大官人问起,孰料他变了脸色,以前的温和儒雅全没了,说我疯了,把我捆起来。”

司空虎道:“郎中被请来害你,但是他看出蹊跷,就假装给你施针,但是也只把银针扎进头皮,而不进入穴位。不久马大官人放出谣言,说你病死了。你在这里装疯卖傻,直到我的出现……那张纸片,在哪里?”

郎中老乔从袖子里拿出一张折叠着的纸片,递给司空虎:“顾画师把疑惑告诉我,我就偷偷将这张纸片藏起来了。马大官人见纸片不见了,以为是顾画师藏的,一直不敢杀他,他才活到现在。”

司空虎被捆着,只能将身子凑过去看。

这张纸片一尺见方,是很普通的熟宣,是《西山经》的莱山一段,内容是:凡西次二经之首,自钤山至于莱山,凡十七山,四千一百四十里。其十神者,皆人面而马身。更加显眼的是,上面有大小不一的四个血手印,显然都是右手。其中一个手印的力度很轻,手指细长,似乎是个捏笔杆子的;另一个手印的力度较重,似乎内力高深;第三个手印力度也很重,但是印得很草率,只有半边手掌在上面;第四个手印力度也很轻,手印的拇指处隐约有扳指的模样。

司空虎坐在地上,开始出神:“四个血手印,其他三人暂且不表,但是那第四个手印,上面的扳指印痕分明是马大官人。纸片单选莱山一段，也说明他有猫腻，因为他家叫作蓬莱阁！”

顾仙客道：“马大官人和其他三个人为什么印血手印？解开这个谜，就知道他在怕什么了。”

司空虎想起自己来当细作的目的：“顾画师，你被马大官人暗算之前，有没有人请你给天鹰镖局的魏总镖头画像？”

顾仙客摇头，一脸茫然。一旁的郎中老乔就把魏总镖头房间里的狐仙画像，以及狐仙祠堂里的魏总镖头画像，大略讲一下。顾仙客恍然大悟道：“我最近半年收了一个徒弟，叫芍药，她天分极高，可以把我的画仿得八九不离十。我出事之后，就见不到她了。”

司空虎点头。

三人商议已定，郎中老乔混进厨房，在蒸馒头的面粉里面掺上迷药，再去柴房放一把火，引开马府的下人。司空虎和顾仙客趁着夜色，翻墙爬出蓬莱阁。至于那条黑狗，太好对付了，郎中老乔在烧饼里掺了迷药，黑狗吃了烧饼，立刻趴在墙角，不再动弹。

当夜，蓬莱阁被火焰侵袭，马大官人和一群下人被馒头迷昏，自顾不暇，等到大火扑灭，蓬莱阁也烧掉了一半，觉出上当，去杀司空虎和顾仙客，早就不知去向了。

山坳的一片小树林，便是芍药的家。司空虎远远看到一个略显瘦弱的小姑娘身穿一身绿衣，搬着一个小桌案，放在院子里，铺上宣纸，手持一支狼毫毛笔，在画一幅折枝花鸟画。司空虎、郎中老乔和顾仙客来到院子外面的时候，已经筋疲力尽，再加上烟火熏烤，脸上都是黑黝黝的。芍药见了吓一跳，立刻跑出来，扶住顾仙客：“师父你不是死了吗？”

顾仙客摇头道：“为师九死一生，但是为师命硬，阎王不收我。芍药，我们饿坏了，给我们弄点儿东西吃。”

芍药答应一声，把三人让进院子，自己去厨房收拾锅灶，不一会儿，端出一锅米粥，再摆上三副碗筷。司空虎等人已是饥肠辘辘，一口气将米粥喝光。芍药对眼前的景象显然没有准备，站在一旁道："师父，马大官人干吗咒你死啊?"

顾仙客摇头道："不说这个，最近有没有人找你画狐仙的像，还有魏总镖头的画像?"

芍药点头道："有。"

司空虎、郎中老乔和顾仙客对视一眼。

芍药道："这件事很奇怪，一个月前师父出事，没过两天，我在睡觉，听到有人敲窗户的声音。我披上衣服，起床查看，发现窗台上面有一张字条和一个银手镯。字条上写着，要我给魏总镖头画一张像，再给狐仙画一张像。画完之后，让我放在窗台上面，有人来拿。那个手镯，就是润笔。我觉得这件事情很莫名其妙，但是那个银手镯上面雕刻着仙鹤，太漂亮了，我就按照字条上的话，画了两张像。"

司空虎跳起来："你是说，一个银手镯?"

芍药点头。

司空虎从怀里拿出项龙城在银铺要回来的银手镯图样，给芍药看。芍药看完之后，道："对，就是这个样子。"

顾仙客道："果然，是四和尚杀了魏总镖头!"

郎中老乔也是大吃一惊。

司空虎却一反常态，在那里发愣。

顾仙客拿手在司空虎眼前晃晃："大理寺丞是不是没睡好？咱们去找项龙城帮忙，缉拿四和尚。"

司空虎一字一句地说道："四和尚的确不干净，但是此事非常可疑。我们找四和尚谈谈，也没坏处。麻烦郎中去神剑山庄，把项龙城带到天鹰镖局。"

司空虎、顾仙客和芍药一起来到天鹰镖局。时间刚过正午，镖局的黑底白鹰旗帜在风中簌簌作响。在门口看守的两个衙役看到顾仙客，都吓了一跳。司空虎来不及解释顾仙客死去活来的内情，劈头问道："四爷在不在？"

两个衙役互看一眼，道："四爷说，自己认识一个神医，他去替魏夫人请教请教，看能不能把魏夫人救活。"

司空虎愤然道："一个武艺高强的镖师，一反常态被山贼打劫了衣服，你们不觉得可疑吗？一个长安城的公公，躲在这里避难，会这么好心去救人？"

两个衙役低下脑袋。

顾仙客劝解道："他们要是会断案子，能在这里给府尹打杂？"

司空虎问清楚四和尚离去的方向，又叫衙役准备一辆马车，自己跳上马车，紧追而去。

顾仙客和芍药知道此事非同小可，于是进到天鹰镖局，叫上云二爷和花三爷，大家一起去帮忙。

第八章　四和尚的秘密

云二爷和花三爷等人跟着顾仙客一起离开了天鹰镖局，镖局的院子一时显得空荡荡的。一个黑衣人手持一柄短刀，从房檐上跳下来，慢慢走进魏夫人养伤居住的偏院。屋门打开之后，魏夫人一脸苍白，睡在床上，对于近在眼前的危机毫无知觉。黑衣人右手抬起，手中短刀的刀刃，闪烁着冷森森的寒光。

"四爷，你很会演戏啊。"

黑衣人手中的寒光立刻收起，回头看去。司空虎孤身一人站在院子里，依旧是一副和蔼的笑嘻嘻模样，双手背在身后。

"大理寺丞，你不是离开了吗?"

司空虎脸色马上变得很严峻，冷冷道，"你会演戏，我就不会？你故意放出假消息，就是要把我们引开，你自己再趁着镖局没人，回来威胁魏夫人。我猜到你不会好心去帮魏夫人请神医，你要是有这个善心，早就去了，不会等到现在。所以，只能有一个解释，那就是你在撒谎!"

黑衣人摘掉蒙面的黑巾，一个面目清秀的脸孔展现出来，正是那个下巴光光的四和尚。司空虎的眼睛紧紧盯着对方，而四和尚反而有一丝轻松。

司空虎道："有我在这里，你就不会顺利犯案，于是我成了你的绊脚石。前天夜里，你蒙面闯到蓬莱阁，想把我灭口，阴差阳错杀了一个更夫，打草惊蛇，所以才有今天的举动。”

这时脚步声传来，顾仙客等人和衙役们已经回来了。众人都一脸狐疑地看着四和尚。

四和尚道：“大理寺丞是长安高人，自然不会被我的小伎俩迷惑。你推想一下，我在这个案子里有何作用?”

司空虎道：“王三斤是你杀的，而非小清。”

四和尚冷冷道：“小清用坛子袭击王三斤，是你证实了的。”

司空虎道：“我检查王三斤头部的伤口，的确是被碎陶片割伤不假。但是凶手有一个破绽，就是没有藏好凶器，也就是那些碎陶片，可能是惊慌过度所致。我在王三斤住的房子后面，一个草垛里看到了一堆坛子的碎片，这才是真正的凶器。”

四和尚道：“那你也安不到我身上。”

司空虎回头看一眼云二爷，道：“行凶之后，四爷回到天鹰镖局，谎称被山贼打劫了衣服。一个武艺高强的镖师，怎么可能被山贼打劫，那么你是否在掩盖什么呢？比如醋的味道？你用盛醋的坛子打伤王三斤，衣服上溅满了醋，只好把衣服毁掉。这是一个欲盖弥彰的破绽，你别无他法。”

四和尚怅然道：“我输了，但是我不后悔。袭击魏天鹰和魏夫人的是我，杀死王三斤的也是我。我以前和他们有旧仇，所以来到镖局埋伏，伺机下手。我唯一没料到的，就是大理寺丞也在这里。”

司空虎冷冷道：“你袭击魏天鹰夫妇的方法是什么?”

四和尚道：“我用铅块打了他们的头部，然后在门外把铅块扔在屋顶上，项龙城查看现场，没有查看屋顶，于是就被我骗过了。后来我趁仵作验尸的时候，把铅块扔进壁炉。”

司空虎的脸色愈加严峻，高声道：“你撒谎。”

四和尚道：“我没撒谎。”

司空虎从怀里拿出那张银铺的手镯图样，问道：“这可是你的手笔？”

四和尚道：“是我请银铺掌柜帮我打造的，银铺掌柜可以做证。我想芍药是个小姑娘，家里又穷，一定喜欢首饰，就用这个手镯做了画像的润笔。然后把两张画像分别挂好，想把事情栽在狐仙身上，解脱自己的嫌疑。”

司空虎拿出那张印着四个血手印的纸片：“你认识这个吗？”

四和尚鄙夷道：“一张破纸片，我认识它做什么？”

司空虎盯着四和尚的眼睛：“你撒谎！”

四和尚右手一抬，短刀寒芒闪烁：“事情是我做的，我不会抵赖。魏天鹰是我杀的，王三斤是我杀的，下一个就是你，大理寺丞！”大喊一声，向着司空虎扑来。

云二爷身影一闪，将四和尚一脚踹倒。

众衙役挥起手里的钢刀，乱刀砍去，血光过后，四和尚满身血污，倒在地上，气绝身亡。

众人七嘴八舌地议论起来。

司空虎背着手，只是摇头。

云二爷问道：“大理寺丞，案子破了，你不开心？”

司空虎依旧摇头：“二爷有点儿用词不当。第一，案子没破；第二，四和尚死了，只有他自己是开心的，其他当事人都不开心。我说得对吗，魏夫人？”

所有的人都是一怔。

房间里，魏夫人慢慢坐起来，穿上鞋子，来到院子里。

众人慢慢后退。魏夫人蹲在四和尚的尸体前面，用汗巾将尸体脸上的血污擦拭干净。

司空虎道：“魏夫人，你装睡这么多天，难免头晕，出来晒晒太阳也好。如今魏天鹰死了，王三斤死了，四和尚死了，你的亲人都没了。”

魏夫人低着脑袋，不予理会。

云二爷问道：“你是四和尚的姘头？不可能，他明明是高力士的手下！”

司空虎道：“二爷，你真没看出来，我们这位魏夫人和四爷的眉毛鼻子，有几分神似？”

魏夫人依旧低着脑袋，不理会司空虎。

司空虎继续道：“魏夫人，你弟弟和你失散多年，如今他替你顶罪，你不想说点儿什么？”

魏夫人终于开口了：“大理寺丞，你眼中的真相是什么？”

司空虎道：“四爷千算万算，留下一个破绽，就是那件银手镯。你早就计划杀人，然后栽在狐仙身上，于是你在深更半夜潜入芍药家里，留下一张字条，请芍药画像，同时在窗台上放上一个自己的银手镯，作为润笔。你弟弟知道了你的计划，就想替你顶罪。他按照手镯的图样，去银铺打造一副一模一样的银手镯，故意尽人皆知，就是希望让大家把他当成凶手。但是他疏忽了，他打造银手镯的时间，是在芍药得到银手镯之后，这成为本案最大的破绽！”

魏夫人道：“一个手镯而已，所有人都可以得到。”

司空虎道：“另一个破绽，就是案发当夜，没有听到魏总镖头与凶手的打斗声。这是因为，凶手是趁他熟睡之时下手。能做到这一点的，只有魏夫人。”

魏夫人道：“那么，我是如何丢弃凶器的呢？”

云二爷也问道：“大理寺丞，本案最大的疑点就是那个铅块，怎么案发后消失，又突然出现？”

司空虎大笑起来：“这种伎俩，在我看来无异于小孩子过家家。魏夫人先把一根木柴掏空，在里面塞进铅块，然后打死魏天鹰，再在自己的脑袋上也来这么几下，好摆脱嫌疑。最后，把塞有铅块的木柴扔进壁炉，就行了。至于那两幅画像，魏天鹰房间的那幅，是行凶后挂上的，狐仙祠堂的那幅是案发之前藏在狐仙祠堂的。”

云二爷恍然大悟：“原来如此！项龙城检查房间，只看到壁炉里面的木柴，无法看到木柴里面塞着的铅块。就算他想检查，壁炉里木柴那么多，他也不可能一根一根地拿出来的。后来木柴烧成炭，铅块才露出来。”

司空虎把那张印着血手印的纸片，放在魏夫人面前：“你一定认识这个吧？”

魏夫人点头。

众人屏住呼吸，眼睛盯住魏夫人。

魏夫人道：“这张纸片，一直放在魏天鹰收藏银两的箱子里。”

顾仙客一怔，转头看向司空虎。司空虎转身，跑进隔壁院落魏天鹰的卧房。其他人簇拥着魏夫人，也跟了过来。司空虎从那个塞银两的箱子底下，找到了一个隔层，打开来看，一张一尺见方的纸片，被折成两折，放在里面。

随着纸片的展开，上面是《山海经》里面《西山经》的槐江山一段，内容是：实惟帝之平圃，神英招司之，其状马身而人面，虎文而鸟翼，徇于四海，其声如榴。纸片上也是四个血手印，与从马大官人家里偷出来的纸片，如出一辙。

魏夫人一脸的诧异，道：“怎么会有两张？大理寺丞的纸片难道不是魏天鹰的？”

司空虎道：“我要向诸位请教，天鹰镖局里面，可有建筑与这段文字有关？”

云二爷回答：“我们的议事厅，本名槐江堂。”

司空虎自语道：“看样子，这张纸片，四个血手印的主人，应该各有一张，也就是一共四张。那么，另两张在哪里？”

脚步声忽然传来。

郎中老乔把项龙城和小清带回来了。

项龙城道："大人，另两张纸片，我知道其中一张的下落。"

司空虎回头道："龙城兄，让我推想一下。你和马大官人素来没交情，只认识神剑山庄的人……难道是十一年前，在你师父的藏书阁里?"

项龙城点头："不错，就在神剑山庄的藏书阁。"

司空虎道："案子越来越危险了。神剑老人应该有一个不能言说的秘密。真君子和伪君子，只有一线之隔。"

一旁的花三爷，一改往日的沉默淡然，开口道："大理寺丞、项侠客，实不相瞒，在下奉一个朋友的指令，在这里观察案件的走向。案子解开了一半，我可以带你们去见他了。"

项龙城回头，一字一句道："对神剑山庄感兴趣的人，只剩下断臂的叶继之。"

花三爷点头道："不错，诸位请跟我来。"

第九章 狐仙骗局

狐仙祠堂掩映在山谷的树荫里。花三爷带路，司空虎、项龙城、小清、云二爷、魏夫人、郎中老乔、顾仙客师徒以及衙役，闹哄哄地走过来。但是花三爷没有停下脚步，而是绕过祠堂，顺着祠堂后面的小径，来到一个山坳里。山坳里种满了幽香的花草，蜂蝶飞舞，一个没有墓碑的坟矗立在众人面前。

花三爷站在坟茔前面，击掌三下。

一个身穿白衣、面庞英俊的断臂男子从山坳后面走出来，身后跟着一个被捆绑得结结实实的瘸腿男人。叶继之不理会司空虎等人，将瘸子踢倒在地，径直来到坟前，出神地看着坟茔。

司空虎道："最不可能藏东西的地方，偏偏是此地无银三百两。敢情赵衡也与这件案子有牵扯?"

叶继之冷冷道："大理寺丞能够毁掉楚王的皇帝梦，瓦解大隋叛军，办这件案子，却如此曲折。"

司空虎道："案子解开了一半，我们来听神剑山庄的故事。"

叶继之斜睨道："我上次告诉项龙城，狐仙祠堂里的画像是我师妹叶小旭。在我讲故事之前，有一个条件。她是如何调包成狐狸的，大理寺丞能否解开其中蹊跷?"

司空虎笑道："这个骗局，最大的疑点就是叶小旭在棺材里变成狐狸之后，当天夜里起的那场大火。"

云二爷问道：“那场大火是叶小旭放的？她为何要放火？”

花三爷摇头道：“不是，当时她已经死了，放火的人是我。”

所有的人都开始窃窃私语。

司空虎却是一脸坦然：“我就知道，这件调包案，无法一人完成。当时村民们想把叶小旭埋起来，但是他们把棺材抬到坟地的时候，花三爷把他们引开，调包尸体和狐狸。多年习武之人，只要有一把小钳子，拔出钉子，再把钉子塞回去，并不难办到。村民们回来后，觉出棺材重量不对，撬开棺材，看到狐狸，觉得无法解释。那么叶小旭在哪里呢？就是那些树！我和项龙城查看现场，那些树根都很粗大，显然已经在那里上百年了，要是把一棵树掏空，藏人不难。当天夜里，花三爷带走叶小旭的尸体，烧掉树林，就是为了防止有人怀疑到树洞上面，可是这偏偏成了最大的破绽。”

花三爷点头：“不错，这是一个败笔，但我别无他法。”

司空虎高声道：“继之兄，你的条件我已经满足你了。请问，叶小旭是怎么死的？她和神剑山庄的灭门一案有什么牵扯？”

叶继之从怀里拿出一本古旧的线装书，扔给项龙城：“龙城兄，你不是想看吗？这就是那个害了神剑山庄所有人的东西。”

项龙城接过来，只见书的封面写着《山海经》的字样，这本书本来已经散落，后来又用线仔细穿好。翻开书页，前几页竟然是空白的。紧接着，出现了四面带着字迹的书页。

第一面有字的书页，是《西山经》的南山一段，内容是：又西百七十里，曰南山，上多丹粟。丹水出焉，北流穿于渭。兽多猛豹，鸟多尸鸠。

第二面有字的书页，是《西山经》的莱山一段，内容是：凡西次二经之首，自钤山至于莱山，凡十七山，四千一百四十里。其十神者，皆人面而马身。

第三面有字的书页，是《西山经》的槐江山一段，内容是：实惟帝之平圃，神英招司之，其状马身而人面，虎文而鸟翼，徇于四海，其声如榴。

第四面有字的书页，是《中山经》的虎首山一段，内容是：又东三十里，曰虎首之山，多苴口椐。

项龙城翻完整本书，仅此四页有字。

叶继之道："我师父临终前，要我和师妹到神剑山庄偷这本《山海经》，就是要找出这四个祸害。想让书页有字，很容易；想让书页的字迹消失，也不难。我偷到《山海经》，就用药汁浸泡书页，果然，其他的字迹消失，只剩下这四页。四面书页，四个地名，代表了四个人。"

项龙城翻看书页："这四个地名，指的是那四个血手印的主人？"

叶继之道："其他杂七杂八的文字，大家不用理会，只看地名即可。莱山，指的是马俊才的蓬莱阁；槐江山，指的是魏天鹰的槐江堂；至于那个排第一的南山尸鸠，龙城兄想来必有高见？"

项龙城合上书，喃喃道："南山尸鸠……南山亭……是我师父！"

叶继之戏谑道："自己师父是个伪君子，你很吃惊吧？大理寺丞经常查看大理寺的案卷卷宗，十五年前，蜀中有一桩大案。番邦送往朝廷的十万两白银，无故被劫，番邦使者无一生还，大理寺丞一定有印象？"

司空虎道："那桩案子是神剑老人四人所为？龙城兄告诉我，神剑山庄的南山亭下有一间密室，他却毫不知晓。想必是灭门之前，存储赃银之所？"

叶继之道："那桩案子，因为被我师父发现，结果神剑老人借故将我师父赶出神剑山庄。我师父穷其一生，清白做人，临终前，他要我偷盗这本《山海经》和那四张血手印，然后报送朝廷。"

众人屏住呼吸，仔细倾听。

司空虎狐疑道："朝廷没有收到你的通报啊。"

叶继之道："因为师妹的死，我变卦了。"

司空虎问道：“叶小旭的死因，想必与神剑山庄有关？”

叶继之道：“我潜入神剑山庄偷书，已经打草惊蛇。项龙城一路追杀我，小旭师妹只好再次潜入。果然，小旭师妹被神剑老人重伤。花三爷路过，抛出一阵烟雾，救出师妹，可惜无力回天。”

花三爷插嘴道：“当时我想把叶小旭的尸身埋掉，又害怕露出马脚，被神剑老人盯上。于是我想出调包计，造出狐仙骗局，让神剑老人弄不明白叶小旭去了哪里。”

司空虎道：“保护叶小旭的尸身，这个办法不错。叶小旭死后，神剑山庄灭门，又是怎么回事？”

赵衡低着脑袋：“师父和两位师兄是被赵广泰毒死的。”

众人都不作声，看着赵衡。

叶继之从袖子里拿出一张纸片，丢过来。只见上面是《山海经》的虎首山一段，也印着四个血手印。

“十一年前，我得到《山海经》，破解其中暗喻，立刻明白了四个地名。前面讲了三个，最后剩下一个虎首山，便是府尹赵广泰。因为他的书房，名叫虎首堂！”

司空虎看着纸片，沉默不语。

叶继之继续道：“这四个人一丘之貉，不如讹诈他们。于是我放弃了通报朝廷的打算，而是找到赵广泰，揭穿他。他投鼠忌器，对我礼敬有加，然后亲自到神剑山庄投毒。”

司空虎明白了：“赵广泰贼喊捉贼，自然可以胁迫仵作，伪造卷宗，欺骗世人。神剑山庄的投毒案是一场骗局。”

花三爷道：“大理寺丞说对了。这件事的内情，只有我和继之兄知道。继之兄的恋人死了，悲痛过度，自断一臂，从此之后就留在这里。”

司空虎问道：“神剑山庄一案，没想到十一年后才有分晓。只是你们为何将赵广泰留到今天？”

叶继之惨笑起来，已然近乎疯癫，眼睛血红，狂风席卷着空荡荡的袖管，道："我已身患重病，命不长久，为防他再害别人，只好杀死他。《山海经》……神剑山庄……师妹，我对不起你，让你独自面对神剑老人！师妹，我来陪你了！"

随着叶继之的狂笑，手臂一挥，那本《山海经》被抛上天空，继而成为碎片。他夺过身边衙役手里的钢刀，横在自己咽喉，血光迸溅，倒在叶小旭坟前。

众人都唏嘘不已。

司空虎道："案子查清了，我们去缉拿马大官人，交送朝廷。"

第十章　罪有应得

昨天晚上的那场大火把蓬莱阁烧掉了一半。不巧的是，马大官人存放银两的密室也被烧成废墟。他积攒多年的银两，全被烧成一个个的黑块，立刻变得一文不值。那些家丁落井下石，开口索要工钱，马大官人自然没有，于是大家一哄而散，投奔他处去了。

司空虎等人来到蓬莱阁的时候，马大官人一脸颓废，痴痴傻傻地坐在满是残垣断壁的院子里，一种解脱的感觉油然而生："大理寺丞，你回来了？"

司空虎道："马俊才，原来你也在演戏？我差点儿落入你的圈套，成为第二个疯子。那个更夫的尸体是你藏起来的？"

马大官人看着被熏黑的墙壁："是又怎样？我千算万算，还是棋差一着。你应该庆幸自己运气好，遇到了这个多管闲事的郎中。"

司空虎道："你们四个人血手印的主人，秘密已被揭开。我要带你回长安城，交由朝廷处置。"

马大官人指着身后冒烟的废墟，惨笑起来。他一夜之间遭遇巨变，打击太大，此时已经神志不清了："倘若把我关进大牢，倒是送给我一个吃饭的地方。你能揭穿我们四人的真面目，却无法收回那些烧成渣子的赃银。我输了，你也没赢！"

司空虎道："银子没了，可以再铸。名声丢了，就捞不回来了。"

马大官人看到魏夫人，冷冷笑道："魏天鹰是你杀的？"

魏夫人一脸愤恨道："王三斤把我卖掉，是魏天鹰做的一个圈套。那些天，我发现他每天回家都是伤痕累累、鼻青脸肿。后来我嫁给魏天鹰，渐渐听出蹊跷。原来一直殴打王三斤，逼迫他卖老婆的就是魏天鹰。王三斤卖掉我，自然可恨。你们这些伪君子，也应该得到报应。于是我嫁祸狐仙，打死魏天鹰。不料我多年失散的弟弟，杀了王三斤，然后为我顶罪。事已至此，我也无话可说。"

一月之后，长安城。

马大官人被捆绑结实，装在囚车里，押向了法场。看客们赠送的礼物是砖头瓦片和烂菜叶。他跪在法场上，最后的遗言是："多年养尊处优，如今连口断头酒都喝不到好的。"

魏夫人被关进大牢，不久便病死。

司空虎回到自己的小院子，继续撰写断案的手记。他在等待下一个匪夷所思的案子，但是心情矛盾，因为势必有人被害或者有人遭难。

项龙城继续行侠仗义，来去如风，身边依旧带着那柄长剑，并非是纪念师门，而是时刻警醒自己行事谨慎。

尾声

小清终于洗脱了罪名，自然一身轻松。回想她与司空虎相识的那一幕，仍会有丝感动。

那年，司空虎丢掉了探花，没有颜面回到家乡，就在长安城暂住。他在街上随便走走。因为中原刚闹了瘟疫，所以不仅人的脸上是苍白的，就连狗也都是下腹松弛，夹着尾巴。

不远处街道上，一群人在看热闹，他挤在人堆里，看到一个小丫头，骨瘦如柴，穿一身破破烂烂的灰布衣服，头上插着草标，跪在地上，眼神呆滞。一个彪形大汉，头上戴着草帽，站在一旁，似乎有点儿眼熟。

司空虎叫一声："陈二叔，你怎么做起人贩子了？"

大汉抬头，诧异道："探花老爷？老家流行瘟疫，我一路讨饭，来到长安城。这小丫头是个累赘，就把她卖了换点儿钱。钱不多，五两银子，你有兴趣没？"

司空虎想起来了，这个小丫头叫小清，以前自己小时候，她总是拖着鼻涕跟在大家身后，于是拿出五两银子递给大汉。大汉掂掂银子，转身想走，忽然被小丫头一口咬住右腿。众人大笑起来。

司空虎摇摇头，转身离开。

小丫头跟在后面，保持不远不近的距离。司空虎停下，小丫头也停下。司空虎转弯，她也转弯。

司空虎回头，皱眉道："你跟着我做什么？"

"你有银子。"

"我要去找差事，你投奔别人吧。"

"我给你打下手。"

司空虎知道自己被讹上了，眼见时近中午，便带小丫头去吃烧饼和面条。小丫头饿鬼投胎，吃掉了十个烧饼和五碗面条，把嘴一抹，道："司空大哥，你每天都能吃到烧饼面条吗？"

司空虎目瞪口呆地看着高高摞起的瓷碗，点头。

小丫头道："从今往后，我就是你的丫鬟和厨子，你不准找别人哦。"

司空虎问："你会做饭？"

"不会呀，但是我可以学。"

"陈小清，咱们本来就不熟。"

"从今往后，我不再姓陈，你可以随便给我安排一个姓。你把我买了，我就归你了。"

"救命啊！"

司空虎几近绝望。

从此之后，他身后多了一个小尾巴。

第四单元　传国玉玺

楔子

大明宫，早朝。

皇帝李隆基端坐在宣政殿上，文武百官分列两旁。一名太监快步走来，禀道：“启禀陛下，一名自称雁来国大臣俞天池的人，投奔大唐。他带来一件大唐皇室一直想得到的宝物，就是在太平公主叛乱时失落的传国玉玺！”

所有大臣都是一怔。

司空虎眼睛抬起，不置一词。

皇帝李隆基开口道：“那个雁来国大臣，朕不稀罕。不过，传国玉玺是真是假？”

太监道：“奴才鄙陋，但是那玉玺应该是真的。”

传国玉玺，本来是一块璞玉，也就是传说中的和氏璧。楚人卞和在荆山之下得到一块璞玉，认为是绝世珍宝，进献楚厉王。楚厉王请玉工检视，认为是假的，于是楚厉王大怒，砍断卞和一只脚。后来楚厉王驾崩，楚武王继位，卞和再次进献璞玉。谁知玉工依旧认为是假货，于是卞和的另一只脚也被砍断。楚武王驾崩，楚文王继位，卞和在山中大哭，以致泣血。楚文王见卞和如此执着，便打开璞玉，果然是传世奇珍。为了这块璞玉，卞和成了残废，于是后来就管这块璞玉叫作和氏璧。秦始皇灭六国，得到和氏璧，请玉工琢成玉玺，丞相李斯撰文“受命于天，既寿永昌”八字，成为传国之宝。后人都以此物为皇权的象征，只有得到它，才算是真正地得到江山，成为真正的中华正统。偏偏，大唐睿宗皇帝暮年传位之时，太平公主谋反，传国玉玺在兵变之时失踪。李隆基虽然登基，少了传国玉玺，总觉得缺点什么，一直命各处细作暗中寻找玉玺，但是杳无音信。没想到，今天传国玉玺被送到了大明宫！

一个身材魁梧的壮汉，浓眉大眼，蒜头鼻子，一张四四方方的嘴巴，唇边露出胡楂儿，手背上满是老茧，缓步走上殿前的石阶。他将手里的一个雕花木盒交给太监，三跪九叩，道："俞天池拜见大唐皇帝陛下！"

李隆基问道："俞天池，你在雁来国官拜何职？"

俞天池回答道："臣尸位素餐，位居刑部左丞。"

雁来国是塞外小国，此人背叛雁来国皇帝，还带来传国玉玺，明显是想立功，看来不大安分。两旁的文武百官难免用各种异样的眼光打量俞天池。

司空虎向皇帝李隆基看去。李隆基已经打开雕花木盒，拿出里面的传国玉玺仔细端详。玉玺是蓝田玉，其中一角在王莽篡汉之时被摔碎，后来用黄金修补。李隆基把玉玺放入木盒，还给太监道："玉玺确真无疑，仔细收好。俞天池，你为大唐立下大功，朕会给你一个好的报偿。你到驿馆歇息，明天朝参，再赐你爵禄。"

俞天池叩头，谢过圣恩，起身走出大殿。

司空虎一直冷眼旁观，这枚传国玉玺究竟是真是假？皇帝李隆基没有给众大臣仔细观看，是什么意思？是否害怕玉玺的真假露出马脚？所谓传国玉玺，只是一个流传了几百年的传说，皇帝只在乎能否得到，使自己的皇位成为正统，至于真假，反而并不重要。

出乎众人预料的是，传国玉玺当夜失窃，俞天池失踪！

第一章　白猿老叟

大明宫的夜色，透出一丝凉意。

皇帝李隆基站在御花园的一座楼阁上，负手迎风而立，俯瞰着往来巡视的宫廷侍卫和太监宫女。他在想，这传国玉玺，自己上次见到时还是一个年轻人，如今已是暮年。先皇睿宗、太平公主、姚崇、宋璟，已经是恍如云烟。

李隆基回头，来到桌前，捧起传国玉玺。蓝田玉的温润光泽，晶莹剔透，但是又带着几许沧桑。他嘴角上翘，将玉玺放回雕花木盒，转身离开。

忽而一道白色的影子，一闪而过。

这道影子，速度极快，就连巡视的宫廷侍卫都对其毫无察觉。

阳光投进南城的一条小巷，一片明灿。这条小巷虽然不起眼，但是这里却坐落着一个供王公贵族栖身的驿馆。上次四王进京，就是住在这个驿馆里面。如今这里的贵客，就是那个进献玉玺的俞天池。

这天晚上，项龙城坐在巷口的一个小摊上，桌上是一碗阳春面。每天晚上他习惯早睡，但是今天不同，因为要在这里暗中守护。

更夫敲梆子的声音传来，已是子时。

项龙城打个哈欠，心想今夜无眠了。要不是老朋友的交情，自己才不会管这闲事。他觉得无聊，就和面摊老板打趣：“黄老板，你这个小摊子，不卖酒也不卖肉，只卖阳春面，你岂不是要穷死？”

卖面的老板是一个胖乎乎的秃子，圆脸小鼻子细眉毛，袖子挽在肘部，腰间系一个白布围裙，打扮与市井中人并无二致，笑笑说道：“项侠客，酒肉有什么好？酒色财气，这四样是世间的万恶之源。至于肉，那明明是牲口的尸体。”

“尸体？你故意恶心我，害我倒胃口——对了，上次在你这里吃面，我对你说盐放少了，如今怎么更难吃了？”

“这一次，我放了好多盐，放了足足一勺。”

“放多了！你刚才差点儿把我咸死。”

“项侠客，你也太难伺候了吧？盐少了你挑理，盐多了你又挑理，我这买卖没法干了。”

“好，我也惹不起你，明天我自带酒水，自带牛肉。”

忽然，一声咳嗽传来。

项龙城一回头，看到一个身穿白衣、披肩白发、满脸白须的老头坐在身后，抬起两只炯炯有神的眼睛。项龙城立刻有一股不祥的预感，此人能够不被他察觉就出现在这里，武功一定极高，下意识为俞天池捏一把汗。

老头用手指敲敲桌面：“一碗阳春面。”

面摊老板很明显也在忌惮老头，手脚麻利地切面煮面，盛在碗里，递过去。老头接过阳春面和筷子，低着头把面吃光，连汤水也喝掉了。

项龙城打算探探对方的底细，起身拱手道：“这位老前辈，天气有点儿凉啊，呵呵。”

白胡子老头一摆手，道：“我对你没兴趣，找的是他。”

项龙城顺着老头的眼睛，看向面摊老板。

面摊老板讪笑几声，解下围裙：“师侄躲在这里卖面，已经五年了，没想到还是被师叔找到。师叔闭关多年，终于武功练成，师侄恭贺。”

白胡子老头一脸阴冷："老夫潜修三十年，与世隔绝，一心求得武艺的最高境界。我出关之后，听说你师父把掌门的信物玉扳指传给了你，就来找你聊一聊。"

面摊老板道："师叔，不过是一个扳指，何必呢？你老人家三十年的修为，已经是天下第一，无人能及。"

项龙城心中一沉，试探着插嘴道："原来是两位前辈，项某失礼。今天驿馆里住了一个麻烦人物，大理寺丞要求项某保护他，所以项某希望两位换个地方比武。虽说唐突，但是前辈修为高深，不会计较的吧？"

白胡子老头冷笑起来，眼神戏谑，从怀里拿出一个雕花木盒，丢在桌子上，桌子本就油腻，木盒翻倒，传国玉玺从里面摔出来："你是在保护这个东西？"

项龙城倒吸一口气："你进过大明宫？"

咣当一声，驿馆的大门打开，驿丞气势汹汹地走出来。他伺候那个俞天池，已经是一脑门子官司了，此时听到门口有人乱嚷，就打算出来赶人。驿丞刚要发作，忽然看到桌上的传国玉玺，大吃一惊："原来是个贼？快来人，抓贼啊！"

白胡子老头的胡须忽然飘荡起来，披肩的白发也随之鼓动着。

项龙城喊道："驿丞快逃！"

但是根本来不及，白胡子老头内力迸发，右手一抬，驿丞被一股强硬的力道震翻，整个身子摔出，重重地撞在墙上，将墙壁砸出一个凹痕。

面摊老板道："师叔，对不会武功的人出手，有失体面吧？"

白胡子老头大笑起来："人命如草芥，杀了就杀了。我有两件事要办：一件是打倒你，另一件是把传国玉玺带回雁来国。老夫天下无敌，谁能抵挡我？"

项龙城回头，冷冷道："前辈到大明宫行窃，原来是投靠了外邦？"

白胡子老头道："我和师侄聊天，没有你说话的份儿。"

项龙城站在白胡子老头面前："前辈杀人偷玉玺，项某虽然打不过你，但是也要向你挑战。"

白胡子老头大笑起来："老夫年轻的时候和你一样，不知天高地厚。那么，今天我让你长点儿见识。"须发鼓荡之间，右手内力迸发，一掌拍出。

项龙城用全身内力汇于掌心，双掌平推，和那股力道迎面撞上。他只觉得五脏六腑一震，眼前一黑，身子被摔在一丈开外，一口黑血吐出，昏死过去。

面摊老板摇头叹息："师叔，这个姓项的侠客也做过不少好事，死了太可惜了。"

白胡子老头满脸不屑："什么是善，什么是恶？这和我一个潜修三十年的老头，有何关系？我一生追求武学最高境界，只要武学登峰造极，其他与我无关。雁来国皇帝告诉我，只要把玉玺拿回去，他就送给我雁来国世代收藏的最高武学秘籍。"

面摊老板怅然道："雁来国的皇帝真是处心积虑。既然师叔要我死，师侄就和你拼一拼。"

两人四掌挥出，轰的一声，面摊附近方圆两丈的地面全都爆裂起来。

第二天，早朝。

皇帝李隆基将传国玺被盗一事，在朝堂上公布。与此同时，驿馆的店小二进宫，通报了两件事——驿丞被杀、俞天池失踪。文武百官议论纷纷，盗玉玺的凶手能在大明宫进出自如，必然武艺绝顶。俞天池不见踪迹，很可能也已经遭遇不测。

司空虎看着对面的店小二问道："店小二，本官昨夜要求项龙城保护驿馆，难道他也出了事？"

店小二擦汗道："小人当时在后厨，只听到轰的一声，就像打雷一样，然后整条街就炸裂了一半，驿馆的窗户也全碎了。小人一时害怕，躲在屋子的墙角没敢出来。等到没了声音，外面只剩下驿丞的尸体，根本不见项侠客踪迹！"

司空虎追问道："事发之时，驿馆外面还有什么人？"

店小二道："只有一个卖面的老头。"

皇帝李隆基冷笑起来："大理寺丞就不要包庇项龙城了。事发之时，只有他才能杀人越货，何况还是一个靠不住的江湖客。难道你们相信，行凶的会是一个面摊老板吗？来呀，给朕发出布告，全城缉拿项龙城，见到立斩，不留活口！"

司空虎心头一沉。

现在能救项龙城的，只有司空虎。他要想洗刷好朋友的罪名，就要破解玉玺被盗一案。但是，项龙城如今去了哪里呢？那个失踪的俞天池，又去了哪里呢？

第二章　一个疑点

司空虎整理一下官服，坐下开始审案，布书仁对他很放心，并不过问细节，也没有出现在大堂上。一群百姓站在大理寺外面看热闹，众衙役喊一声威武。司空虎一拍惊堂木，高声道：“驿馆命案，有三个关键人物，项龙城、驿丞和俞天池。如今一人被杀，两人失踪，那就先查看驿丞的死因。仵作何在?”

大理寺仵作侧身站在一旁的柱子下面，此刻来到面前。

司空虎道：“仵作，驿丞的尸体，可是你验看的？脉案里面，可有疑点?”

大理寺仵作拿出一张脉案，递过来：“大人，卑职从未见过如此毒辣的杀人方式。”

司空虎打开脉案，只见尸体死因是内脏破损，肋骨也尽数断裂，腹腔出血，可见死状极惨，可能还没觉察到痛苦，就断气了：“项龙城谨守江湖规矩，绝不会将如此凌厉的掌法，用在一个平民百姓身上。仵作暂且站到一旁，传驿馆的店小二上堂问话!”

店小二来到大堂上，跪下。

司空虎问道：“店小二，在案发之时，项龙城、驿丞和俞天池分别在哪里?”

店小二回答：“项侠客在小巷口的面摊上守护。驿丞因为俞天池很难伺候，憋了一肚子火，听到门外吵闹，出门发泄，孰料就听到了那声巨响。响声过后，项侠客和面摊老板失踪，驿丞的尸体倒在小巷口。”

司空虎立刻觉出蹊跷：“俞天池呢？”

店小二道：“俞天池嫌弃驿馆的酒菜，要求外出换换口味。我们劝他不要去，他不听，还骂骂咧咧。驿丞只好叫人带他从后门去了附近的慕云阁，结果他一去不回。”

司空虎脸上阴霾起来。

店小二的话暴露了一个疑点。昨夜案发之时，俞天池不在驿馆！驿丞的死和俞天池的失踪，根本不是同一个人所为。项龙城倘若见到杀人凶手，绝不会坐视不理，恐怕也是凶多吉少——站起来，吩咐备轿，查看现场。

等到司空虎来到驿馆所在的小巷，只见方圆两丈的街道已面目全非，地面被震裂，石板翻开，露出底下的泥土和草根，墙壁也是遍布裂痕。这种破坏力，绝非一般的武林人士所为。倘若真是人的内力所致，那么此人的修为可以说是登峰造极了。

二十名大理寺官兵，手持钢刀守护在残垣断壁之间。一群看客，站在远处窃窃私语、指指点点。司空虎来到看客面前，高声道：“本官奉旨断案，各位父老，昨夜可有什么蹊跷事情？此案查清之后，朝廷必有重赏。”

众看客摇头。

司空虎继续问道：“驿馆门前的小巷，一直有一个卖面的人，大家可知此人底细？”

一个老头回答道：“此人姓黄，他脾气很好，骂他打他都不气不恼，所以邻居给他起了个绰号叫黄老面。他在这里卖面已经五年多了，就是一个老实百姓，看不出哪里有蹊跷。”

司空虎笑笑：“这个绰号，一语双关啊。一来说他是卖面的，二来说他是一个面瓜。”道谢之后，转身离开。

随后，司空虎坐着轿子，来到了驿馆不远处那座高大的酒楼。慕云阁因为阻止楚王谋逆，名声大震，一向门庭若市，但是因为传国玉玺一案，变成门可罗雀了。飘扬的酒旗被人撕开一道口子。那副楹联也被鸡蛋和菜叶污损。

掌柜金不换过来打招呼。司空虎和他是好朋友，也就不多客套，随口问道："金掌柜，俞天池昨夜来到这里，具体是何状况？"

金不换道："那个俞天池一进门，就说他是陛下面前的红人，倘若不好好伺候，就关了慕云阁，把我们下狱问罪。然后他要了一桌酒菜，胡吃海塞。他吃到一半，从烤鱼的鱼腹里捏出一张纸条，看了纸条就起身离开，临走前说，喝酒的钱要我们找朝廷要去。这种吃白食的人太多了，我们也不敢得罪他，只能认栽。"

司空虎眉头渐蹙。

纸条？那张纸条上面写了什么，使得俞天池如临大敌？俞天池离开，一定是去找那个写纸条的人。

司空虎问道："厨子何在？"

一个身材高大、脑满肠肥、满脸横肉的厨子，腰间系一个白布围裙，低头走过来。司空虎仔细打量，发现对方不住地搓手心，立刻明白此人心中发慌，问道："你叫什么名字？昨天夜里，你准备酒菜的时候，可有蹊跷发生？"

厨子回答："小人姓钱，人称钱大头，在慕云阁干了半年，昨夜并无怪事发生。"

司空虎高声道："你牵扯命案，本官要带你回大理寺问话。"

两个官兵将钱大头用链子锁上，推搡着带走。司空虎眼睛四下扫视一番，对金不换道："一般无辜的百姓，被官兵抓住，都是哭喊冤枉，但是钱大头没有，而是低着脑袋，满脸颓丧。也就是说，此人有一个秘密。既然他不讲，我只能和他耗着。"

金不换也是狐疑道："钱大头跟我半年，从没有小偷小摸，不像杀人凶犯的样子啊。”

司空虎怅然道：“金掌柜，你门口的这副楹联，平仄暂且不提，但是蛮有意味。雪满千山寻路径，回首天外皎月明。大家寻遍千山，只要能够回头，自然可以看到希望。小弟班门弄斧，莫要怪罪。”一边笑笑，一边心事重重地离开。

第三章　俞天池之死

从慕云阁出来之后，司空虎坐在轿子里，心里盘算着项龙城可能躲藏的地方。熙熙攘攘的街道上，一座小巧玲珑的二层楼阁显得很精致。繁复的窗棂，门楣上方是四个字的金字招牌：烟柳茶社。这是长安城文人的聚居地，大家都喜欢来这里喝茶聊天，吟诗作对。

司空虎此时已经神态疲惫，就下轿进门，看看有没有自己的熟人。大堂里，排开了六张八仙桌，桌子上摆着茶水和点心糕饼。一群文人正在谈论唐诗的平仄格律。一个高个子文人嗓门很大，说："我反对把诗句强加上格律。诗本来就是天真烂漫的，比如乐府。我最喜欢朴拙之气，未加雕琢，才是真正的上品。"

一个圆脸的小胖子站出来反对："非也，凡事必有规矩，有规矩才有方圆。天真烂漫，本来不错，但是不懂规矩，便是乡野鄙俗之人，岂能登上大雅之堂？"

一个方脸大汉插嘴道："其实都对，所谓时也势也，乐府毕竟距今几百年了，规矩也该改改。"

司空虎找了一张桌子坐下来，向店小二要了一壶茶、一小碟牛肉和一小碟茴香豆，慢慢吃喝。他心里闷闷的，就听着那群文人斗嘴。自古以来，文无第一，武无第二，所以很多文人是互相不服的。

司空虎一边喝茶，一边用筷子夹起一片牛肉，这时候忽然一阵吵闹声传来，顺着声音抬眼望去，烟柳茶社的掌柜高云天正在对一个瘦削的汉子发火。

高云天指着那个瘦子叫骂："你们画师对自己的画不满意，这我不管，但是你把画好的画涂抹掉，我就得找你说道说道。相爷过两天要来，你要我如何交代？"

司空虎只听明白一半，过去拦住高云天："高掌柜，这个画师把画涂掉，和相爷有何关系？"

高云天看到司空虎，立刻矮了半截，收回脾气，哀求道："大理寺丞和相爷交好，一定要帮小人说几句好话。半年前，相爷去五台山游玩，回长安城之后，要我们在二楼的雅间给他画一幅壁画，内容就是五台山的景色。这个画师独孤飞羽虽来自民间，但是画技高超，长安城的其他画师都难以企及。于是我请他来画那幅壁画。"

瘦子低着脑袋，一言不发，白净的脸孔显出一丝颓唐。

司空虎跟着高云天来到二楼的一个雅间。这里一片狼藉，墙壁上本来是一幅青绿工笔山水，但是现在已经面目全非，被厚重的白粉掩盖了大半。

高云天指着说道："上个月刚刚画好一多半，眼看再画一个月就完成了，谁知他发疯，说那幅画画得不好，他要重新画一遍。我刚要去阻止他，谁知来不及，他已经将壁画用白粉全部涂改掉了。倘若相爷怪罪下来，谁能负责？"

司空虎笑笑："画师不满意，那就重新画。"

高云天骂完独孤飞羽，正巧旁边一个客人嚷嚷，说点心发霉。高云天急忙去给客人更换点心。

司空虎回到大堂，拉着独孤飞羽坐下，问道："独孤兄，你把画涂掉了，但是我从那些没涂掉的边边角角，也能看出你画技很高。不知你师从何人？"

"小人自幼喜欢画，平素慢慢琢磨，也没用心请教哪位高人。"

"那可未必，你天分很高，不用你请教别人，别人也会来请教你的。你看这长安城好像很大，其实很小。”

“是啊，长安很小，天下也很小……确实很小。”

司空虎觉得，对方好像话里有话，但是不方便细问，只好端起茶盏，放在唇边嗅着香味。他觉得很累，今天发生了太多事情，兵来将挡，水来土掩，不妨看看下面的进展。一只苍蝇飞来，他挥手赶走。

一名大理寺的官兵闯进烟柳茶社，径直来到司空虎身边，道：“大人，俞天池死在了不远处的一间城隍庙里。布大人已经带着仵作去了城隍庙，要小人前来报信。”

司空虎并没有太多惊讶的感觉，今天一早他就猜出俞天池凶多吉少。他付了茶钱，转身出门，钻进轿子，迎接他的，是一个极其蹊跷、但又极其平常的悬案。

来到城隍庙，这是一座去年刚刚翻新的庙宇。里面供奉的是一位样貌慈祥、身穿白衣的老妪。

这得从去年冬天的一场大雪说起。当时长安城附近的高粱村，突然传染了瘟疫。皇帝李隆基担心瘟疫传到城里，就封锁了高粱村，不准百姓出村。就在大家关门闭户等死的时候，大雪漫天而下，一个慈眉善目、身穿白衣、纤尘不染的老太太走进了高粱村，给大家施药，治好了瘟疫。大家问她住处，她回答：“老妇住在城隍庙里啊。”

老太太走后，高粱村的百姓不仅不再生病，而且村里的庄稼颗粒饱满，卖出了好价钱。于是十里八乡的商队都跑到高粱村收购庄稼。高粱村的村民感激老太太救了他们的命，还保佑大家发财，于是认为她是神仙，再加上她说自己住在城隍庙里，便附会成了传说中的城隍奶奶。

于是村民凑钱，翻新了城隍庙，祭祀香火。

司空虎为人最讨厌装神弄鬼的骗子，当上大理寺丞之后，便一直盯着城隍庙。

大理寺卿布书仁蹲在庙门口，一只手扶着墙，满脸惨白，旁边还有一摊秽物。司空虎走出轿子，问道："布大人身体不适？"

布书仁摆手道："俞天池的脑袋被斩首了，场面太恶心，你最好也别进去。庙祝，你给大理寺丞讲讲情况。"

那个五十多岁的庙祝走过来，身材伛偻，脸颊凹陷，唇边露出参差的胡楂儿，满脸谄媚的笑容。

司空虎问道："俞天池被杀的详情如何？"

庙祝擦着额头上的冷汗："禀报大人，昨天夜里，这个人扛着一个麻袋走进城隍庙，就再也没出来。今天早上发现他被割掉脑袋，横尸在城隍奶奶的塑像前面。小人到衙门报官，但是因为说不清楚死者身份，没人搭理。今天正午，大理寺前来验尸，才知道死的就是那个进献玉玺的俞天池。"

司空虎问道："你确定死者进门之前，直到发现尸体，城隍庙里没有其他人？"

庙祝道："小人拿性命担保。"

布书仁插嘴道："这才是最蹊跷的地方，没有凶手，难不成俞天池自己把脑袋割掉？"

布书仁和庙祝在门口瞎猜，这时司空虎走进城隍庙。大理寺的仵作已经守在俞天池的尸体前面，尸体用一条白被单盖好。司空虎蹲下身子掀开白被单，惨不忍睹，他自己也觉得恶心至极，急忙放下白被单。司空虎站起来，正好和那尊城隍奶奶的塑像脸对脸。城隍奶奶笑嘻嘻地与他对视，恐怖的是，塑像上面也溅满了血渍。

司空虎挠挠头发，眼睛在城隍庙的地板上扫过："仵作，地板上的脚印，可有疑点？"

大理寺仵作回答："小人到来之前，这里只有一行新鲜的脚印。根据小人检查，这行脚印是死者自己的鞋子踩上的。庙祝也说，他昨天下午用清水洒扫过地面。依小人看，进出城隍庙的只有死者自己。"

司空虎追问道："那个麻袋去了哪里？"

大理寺仵作摇头："小人只看到尸体，麻袋不知去向。"

司空虎道："各位，我拿出三个线索，就算是给大家提个醒。脚印、麻袋、斩首。我们把这三个线索联系起来，便知端倪。"

布书仁哪里有这个耐性，来到门里，虎着脸训斥道："你卖什么关子，直接说就是了！"

司空虎回头道："卑职入仕之后，布大人提携我不少。布大人也是朝廷命官，可以自己断案的。诸位稍等，我看看有没有第四个线索。"一边说，一边来到墙边，用手摩挲墙壁。墙壁上没有脚印，也没有任何撞击的痕迹。旁边有一把梯子，他搬过来，顺着梯子爬到屋檐上。屋檐上露出青草和苔藓。

等到司空虎检查完墙壁，顺着梯子爬下来。一群好事的看客，挤在门口指指点点，议论纷纷。

布书仁问道："找到凶手了没？"

司空虎阴沉着脸说："第四个线索出现了。"

沾满血渍的塑像正冲着司空虎绽放着诡异的笑容。

在众人的议论声中，司空虎钻进轿子里。

布书仁看着他的轿子渐行渐远，也是一脸无奈。案发之时，城隍庙里没有出现其他形迹可疑的人，脚印也只有俞天池自己的，难不成是死者自杀？假如有其他解释，那这一次的戏，可就好看了。

第四章　市井高手

项龙城被重伤之后，一直昏迷不醒。迷蒙之中，忽然觉得胸口剧痛，紧接着黄老面的声音响起。

“秦秀才，你给项龙城接骨接错了！他被打断的是左边三根肋骨，你把下边的骨头接到了中间，中间的骨头接到了上面，你到底识不识数?”

“黄老面，是你告诉我的，自上而下两寸一分的地方，我哪有错?”

“我说的是自锁骨往下，你是自第一根肋骨往下，你会害死人的，你这个庸医!”

“这可就难了，如今只能把接口掰断，重新接骨。”

“这一次，项龙城没被打死，也得痛死，算他倒霉!”

又是一阵剧痛，项龙城昏死过去。等他醒来的时候，只觉得脑袋昏沉，五脏六腑都在剧痛。他坐起来试着运功，但是内力尽失，立刻知道要面对什么了。从此之后，自己将会是一个普通人，与多年练就的武功无缘了。四下看看，夜色渐浓，窗外透出稀疏的星光。床边的桌案上摆满了文房四宝，倒像是一个书生的家。

项龙城仔细听，外面传来吵闹声。

“黄老面，你惹祸上身，不要连累我好吗?”

“秦秀才，咱们可是同乡。”

“当时你来投奔我，可没说你会武功，更没说你在被人追杀。”

“秦秀才，那个白猿老叟已经盯上我了，迟早会找到你这里。你不陪我演戏，你也好不了。”

项龙城走出房间，门外是一个局促的大堂，摆放了六张木头桌子和六张条凳。他发现这是长安城的一间私塾。黄老面和一个高高瘦瘦、十指修长、脸上没有血色的教书先生蹲在门口吵架。回头看到项龙城，他俩都站起来。教书先生得意扬扬道：“黄老面，你说我学艺不精，接骨接错，项龙城这不是照样活蹦乱跳。”

黄老面急忙捂住对方的嘴巴。

项龙城拱手道：“黄前辈，没想到你深藏不露。”

黄老面苦笑道：“我也是没办法，躲灾避难，只好隐姓埋名。打伤你的是我师叔白猿老叟。因为他隐居时间太长，江湖中人鲜有知晓。我师父临死前，说白猿老叟是个武痴，醉心武艺，不懂人情世故，要我躲着他，于是我来到京城卖面为生。谁知老东西阴魂不散，还是把我找到了。”

项龙城皱眉道：“此人不懂人情世故也就罢了，麻烦的是，他偷走了传国玉玺，我们如何迎战？”

黄老面吓了一跳：“迎战？你疯啦？你捡了半条命，应该吃顿好的庆祝一下。我要是你，赶紧逃走，越远越好。驿馆决斗之时，要不是我跑得快，扛着你健步如飞，咱们就要在黄泉路上见面了。”

秦秀才揶揄道：“项侠客，黄老面刚才要我帮他演戏，是想主意逃命呢。”

黄老面理直气壮：“我和秦秀才是同乡，自当互相照应。”

秦秀才道：“所以你连家都不敢回？”

黄老面变回以前的嬉皮笑脸模样：“你们真以为只有刑部和大理寺才会断案子？我也会。最安全的地方最危险，白猿老叟有备而来，肯定知道我家在哪儿，此刻一定在守株待兔。同样的，最危险的地方最安全，秦秀才是个书呆子，谁也想不到我会躲在这里。”

秦秀才不搭理黄老面，从墙角抓起一个布包袱，扛在肩上就要溜走：“那我把私塾送给你，我先躲躲，山水有相逢，咱们他日再见了。”

黄老面一把揪住秦秀才：“那可不行，我们的戏还没演完呢。你要是溜走，明显是此地无银三百两，更说明你可疑，倘若死于非命，不要怪我。”

秦秀才回头去掐黄老面的脖子：“你讹上我了是吧？我反正活不了，干脆和你拼了！”

项龙城急忙把两人分开。

秦秀才气鼓鼓地蹲到门口不吭声。

黄老面嘻嘻笑道：“秦秀才，白猿老叟偷走了传国玉玺，我们要是能够抢回玉玺，朝廷必有奖赏。你看看，你这私塾年久失修，要是墙倒了砸伤学生怎么办？到时候那些孩子他娘、孩子他爹、孩子他爷爷奶奶、孩子他外公外婆来找你报仇，你还想活不？不如跟我联手，去赢回奖赏。一来替你扬名，二来修修房子。”

秦秀才白了黄老面一眼：“我横竖是个死了，对吧？”

黄老面和项龙城十分肯定地点点头。

秦秀才抹泪道：“我的命怎么这么苦啊！”

三个人蹲在门口，开始商量对付白猿老叟的招数。白猿老叟迟早会找到这个私塾，那就干脆在这里等他。到时候，随机应变，把传国玉玺偷回来。

第二天一早，秦秀才打开私塾的门，陆续有学生来到私塾。秦秀才拿着戒尺，坐在孔夫子的画像前面，心不在焉地给学生们讲课。

项龙城和黄老面躲在存放米面粮食的地窖里，听着外面的声音。秦秀才觉得今天的脑子不太灵光，可能是过于紧张：“各位学子，今天学习《离骚》。屈原，本名屈平，字原，是楚国的贵族，后来因为个性耿介，不容于朝廷。大家跟我念：帝高阳之苗裔兮，朕皇考曰伯庸。摄提贞于孟陬兮，惟庚寅吾以降……”

一个学生插嘴道："夫子，你说得不对。'朕皇考曰伯庸'，这个朕字只有皇帝才能用。你说了这个字，那就是犯上作乱。"

秦秀才本来就憋火，站起来，一记戒尺敲在学生脑袋上："你是夫子，还是我是夫子？有本事你来教我？反了你了！"

其他学生幸灾乐祸地笑起来。

秦秀才继续讲："惟庚寅吾以降……惟庚寅吾以降，下面是什么来着？也罢，不学《离骚》了，我们学崔颢的《黄鹤楼》。大家跟我念：昔人已乘黄鹤去，此地空余黄鹤楼。黄鹤一去不复返，白云千载空悠悠。晴川历历汉阳树，芳草萋萋鹦鹉洲。日暮乡关何处是，烟波江上使人愁。"

众学生跟着念诗。

一个白衣白须白发的老头，不知什么时候坐在了门外的一棵柳树下面。老头眯着眼睛，听着私塾里的书声琅琅，似乎很惬意。秦秀才知道白猿老叟来了，右手本来抓着戒尺，此时手心开始冒汗。但是老头只是坐在那里看热闹，没有任何异样的举动。

秦秀才继续讲："各位学子，读书是好事，但是不能读死书。比如这首《黄鹤楼》，黄鹤在里面出现了三次，明显是不符合格律规范的，但是格律是次要的，意境才是最重要的，所以这首诗成了上品。"

秦秀才一边讲，一边回头看去，那个老头不知道什么时候已经离开了。他才吐出一口气，觉得腿有点儿软。

时至正午，私塾关门，学生们都回家去了。秦秀才坐在地上喘着粗气，一边擦着额头上的汗。

项龙城和黄老面从地窖里爬出来。黄老面揪住秦秀才，大骂道："都是你，害我功亏一篑！"

秦秀才莫名其妙："老东西不是走了吗？"

黄老面依旧怒不可遏："你刚才念那首《黄鹤楼》做什么？"

秦秀才更加莫名其妙了："不就是一首诗吗？"

黄老面拿手指着秦秀才，再指指自己：“我的道号，就是黄鹤道人。你念那首诗，简直不打自招。老东西迟早会找回来！”

秦秀才几乎昏厥过去：“那我还是一个死啊！”

黄老面看着私塾的白粉墙壁，道：“咱们假装逃走，迷惑白猿老叟。只要他离开，就万事大吉。今天夜里，我点火把这个破私塾烧了，老东西肯定上当。”

秦秀才惨叫：“你要我倾家荡产？”

黄老面用手挠挠头发：“把你的私塾烧了没什么，但是连累其他人家也被烧着，似乎不合适。我们把这个私塾的房梁拆断，房子塌了，我看白猿老叟去哪里找我们。”

三人计议已定。

当天夜里，私塾旁边的邻居听到一声巨响，私塾的房梁垮塌下来，烟尘弥漫之间，这里成为一片废墟。白猿老叟并没有出现，黄老面、项龙城和秦秀才躲在地窖里，安心不少。

第五章　雁来国皇帝

大明宫，早朝开始。

一个太监走进宣政殿通报，有一个名叫俞异人的雁来国使者进宫面圣，目的是索要传国玉玺。李隆基坐在龙椅里，眼中全是阴霾。大臣们也都窃窃私语起来。

李隆基道：“宣雁来国使者俞异人觐见。”

一个满面风霜、古铜肤色的中年汉子，胡须修剪得很齐整，眼睛闪出咄咄逼人的光彩，身穿一件宽大的衣袍，腰间系一个温润的龙形玉佩，走上大殿。

此人架子极大，站在原地，也不下跪，只是一脸傲兀地看着皇帝李隆基：“皇帝陛下，我雁来国的传国之宝失窃，听说被大唐的细作盗走，我主万岁派微臣前来索回。”

皇帝李隆基冷冷道：“传国玉玺在中原流传有序，历尽无数朝代，何时成了雁来国的传国之宝了？俞天池进献玉玺，是他自己的想法，与大唐何干？你今天入宫发难，简直荒谬至极。”

中年汉子面不改色道：“传国玉玺是中华正统的象征，我们雁来国的皇帝得到了玉玺，说明我们就是中华正统的继承者。大唐皇帝连传国玉玺都没有，根本不算中华正统。你们偷了别人的东西，自然要物归原主。俞天池盗窃玉玺，一定有人指使。指使他的，自然是受益者大唐皇帝！”

李隆基气得脸色发青，一掌击在龙椅的扶手上。

司空虎一直冷眼旁观，眼前这个雁来国使者伶牙俐齿，能够拿着不是当理说。尤其是对方认为，得到玉玺的雁来国，也是中华正统的继承者，明显是在挑衅！但是有一个疑点，司空虎本想挑明，心中觉得唐突，不如静观其变。

一旁的宰相李林甫道："雁来国使者，传国玉玺不论是否丢失，都不会送还给你，真是辛苦你白跑一趟了。"

中年汉子呵呵冷笑起来："我国皇帝俞连城，已经准备好三万铁骑，随时发兵，进攻中原。所以，微臣绝不会白跑一趟。"

众文武百官面面相觑。

中年汉子立刻狂野地大笑，背着手，转身离开。

皇帝李隆基猛地站起来，走出大殿。

文武百官一边小声议论，一边慢慢离开。

宰相李林甫忽然满脸堆笑，一拍司空虎的肩膀，低声道："咱们找个地方，聊聊这个雁来国使者。"

司空虎会意，点头一笑。

烟柳茶社大堂上，一个歌姬在吟诵李白的《蜀道难》。一群文人停止谈论文章，都在仔细听。李林甫和司空虎换下官服，只穿着长衫进门，找一张干净桌子坐下，店小二手脚麻利地送上茶水和小菜。李林甫端起茶盏，轻啜一口，咂咂嘴："好茶，好茶……大理寺丞，你我同殿为官许久，第一次和你品茶谈天，有点儿失礼。今天朝参，那个雁来国使者似乎有点儿奇怪？"

司空虎神神秘秘地压低声音道："相爷，下官怀疑他根本不是什么雁来国使者，而是雁来国皇帝呀！"

李林甫简直不敢相信自己耳朵："是俞连城？你可不能乱说。"

司空虎回答："第一，雁来国使者进殿之后，没有三跪九叩。不是他不想下跪，而是身份尊贵不允许；第二，俞异人这个名字也有破绽，异人的谐音是一人。国中一人，自然非皇帝莫属；第三，他腰间的龙形玉佩，只有王族才能佩戴。”

李林甫狐疑道：“我们都没见过雁来国皇帝，你的猜测未免太大胆了。”

司空虎道：“此人迟早露出马脚，相爷叫人盯梢，看他有什么异常举动。倘若真是雁来国皇帝在这里，相爷就找个由头把他抓了。这一次，好处大得很。”

李林甫嘴角上翘，狡狯一笑。

大堂上，那个歌姬开始吟诵李白的《将进酒》。众文人纷纷点头称道。其中一个文人趁着酒意，抓起一支秃笔来到墙边，在墙上用狂草挥毫写着《将进酒》的诗句。众文人不再关心歌姬，而是仔细盯着墙上的笔走龙蛇。

楼上又开始吵闹。

司空虎叼着筷子，想起昨天的事情，觉得那个画师独孤飞羽虽然脾气古怪，有点儿书呆子的疯傻，但人品没什么问题，打算上楼看看，给他劝劝架，于是给李林甫大略讲了独孤飞羽的事情。李林甫心生好奇，两人顺着楼梯来到二楼。

二楼又是面目全非。昨天泼洒在墙上的白粉，今天又泼洒了一层朱砂。高云天已经气得半疯，揪住独孤飞羽，张牙舞爪地大骂道：“都是你这个坏蛋！画了一个月的五台山图，昨天被你给涂掉了，我本来想找几个帮手，来帮你重新画，可是你又泼上一层朱砂！你诚心和我过不去，我和你拼了！”

司空虎笑着把两人分开。高云天见李林甫也跟在后面，立刻赔着笑脸。李林甫四下看看狼藉的墙壁，莫名其妙道：“来去自由，他画不出来，高掌柜何必勉强？”

高云天已经恨透了独孤飞羽，于是从怀里拿出一锭二两银子，丢过去："滚，别让我再看到你！"

独孤飞羽收起银子，顺着楼梯，一脸颓丧地离开烟柳茶社。司空虎摇头叹气，两只苍蝇从他鼻子前面飞过，急忙挥手赶开："高掌柜，天气有点儿凉，你这里怎么好多苍蝇。"

高云天道："就是因为天气凉了，这些苍蝇才都跑到房子里。不光我们，大街上都是这种情况。"

回到大堂，司空虎和李林甫继续喝茶。

李林甫忽然想起来一件事，问道："怎么没看到小清姑娘？"

司空虎道："下官审理驿馆一案，要她暗中打探项龙城的下落，就再也没见到她。让小丫头多跑跑，省得养胖了嫁不出去。"

李林甫笑笑，慢慢抓起茶盏出神。

两人在烟柳茶社门口分手。

李林甫饿了一上午，就想找一个地方祭祭五脏庙。慕云阁酒楼就在不远处，因为大理寺的担保，此时已然重新开张，新换了个山东厨子，拿手好菜是清蒸河蟹、油炸河虾、爆炒蛤蜊，味道都很鲜美。李林甫打算去解解馋。

进了慕云阁，店小二把李林甫带到二楼的天字号雅间。这是掌柜金不换专门留给朝廷官员和至交好友的，闲杂人等免进。李林甫坐下，叫了一盘清蒸河蟹、一盘油炸河虾、一盘爆炒蛤蜊、一壶黄酒，慢慢品尝。

隔壁的地字号雅间，有人在乱嚷嚷。

李林甫支起耳朵，仔细听。这个声音很耳熟，好像是那个雁来国皇帝俞连城。俞连城骂人的大概意思是，中原的酒菜他吃不惯，他想要一只烤全羊，再来半斤炒猪肝，但是厨子根本不会做烤全羊，于是俞连城吵闹起来。

李林甫张大嘴巴，丢下手里的一只螃蟹腿，来到门边，用唾沫沾湿窗纸，鬼鬼祟祟地向外偷窥起来。

一个身材矮胖的年轻汉子，挺着肚腩走进地字号雅间。

李林甫大吃一惊，这人明明是项龙城。

紧接着，一个身穿石青色长衫的白白净净的男人，走进地字号雅间。

李林甫开始迟疑，这人正是司空虎。

然后，一个高个子男人也走进地字号雅间。

李林甫觉得像在做梦，这个人竟然是他自己！

三个人走进地字号雅间之后，李林甫继续偷听。

俞连城的声音很得意："都来了？朕要你们假扮司空虎、项龙城和宰相李林甫，简直就像一个模子里刻出来的。这两天你们先躲一躲，然后朕下旨，你们就趁着朝参的机会，杀了皇帝老儿。到时候，大家只会骂司空虎他们，不会怀疑到雁来国头上。"

假冒的司空虎道："陛下，我们的装扮和易容术都没问题，只是我们不认识进大明宫的路，如何刺王杀驾？"

俞连城笑起来："上早朝的不光你们，还有好多文武百官，你们跟着他们后面走就是了。朕的三万铁骑已经准备待命，只要皇帝老儿死了，朝廷大乱，朕即刻发兵，继而取代大唐。"

一个又一个的朕字敲在李林甫的耳膜上，只把他听得头皮发麻。没想到，司空虎又说对了一次！如今俞连城有备而来，朝廷势必有大麻烦。

李林甫掏出汗巾，擦拭头上的冷汗，一不小心，撞歪了一把椅子。隔壁地字号雅间的俞连城耳朵灵，立刻噤声。李林甫也屏住呼吸，不敢声张。紧接着脚步声远去，俞连城等人从地字号雅间离开。

第六章　独孤飞羽之死

长安城，朱雀大街。

正午的阳光有点儿刺眼，但是这里人潮涌动，好多人都在观看两张布告。其中一张是朝廷缉捕项龙城的消息。布告里有四个字，是皇帝李隆基的原话——“不留活口”。众人议论纷纷，看来传国玉玺一案，皇帝想让项龙城当替罪羊。

另一张布告，是当今宰相李林甫无故失踪，朝廷悬赏寻人。众看客更加狐疑了，李林甫老奸巨猾，是个地道的老狐狸，怎么可能无故失踪？

大家对李林甫的猜测是对的。李林甫此刻已经换了一身粗布衣服，扛着一担柴火，脚下踩着草鞋，扮作樵夫坐在街道的角落，静观事态发展。昨天他偶然间听到了俞连城的阴谋，担心被灭口，连家都没敢回，在城墙底下躲了一夜。李林甫看完布告，觉得总算是占了先机，下一步得找个地方避难，直到案子结束。

眼见得日上三竿，李林甫肚子里一点儿油水也没有，钱也花光了，只好顺着大街没头没脑地乱撞。一个熟悉的瘦削身影坐在一旁的小摊上吃烤山芋，原来是那个画师独孤飞羽。李林甫凑过去坐下，独孤飞羽抬起头，立刻一怔。

李林甫贼兮兮地小声道：“别吭声，待会儿你帮我找一个住的地方。”

独孤飞羽点头，擦擦嘴巴，把饭钱放在桌子上，站起来往前走。李林甫扛着柴火，低头跟在后面。一路上还有人打听柴火价钱，他哭笑不得，假装没听见。两人相隔一丈远，来到一条小巷前面，停住脚步。小巷的尽头是那座城隍庙。

独孤飞羽道："相爷，这里稳妥。"

李林甫抬眼看看城隍庙："这是你住的地方？多晦气！"

独孤飞羽黯然道："小人手头拮据，正巧庙祝想找人壮胆做伴，所以小人花了很少的价钱就住下了。"

李林甫拍着对方的肩膀，虚情假意地叹息道："你也是难得的奇才，可惜境遇不佳，委屈你啦。案子结束之后，本相爷一定向朝廷报功，请陛下把你招进翰林院！"

李林甫觉得很满意，最危险的地方最安全，最晦气的地方也最安全的，俞连城绝不会找到这里来，是一个绝佳的避难所。于是在城隍庙选了一间宽敞的房间住下。昨天夜里他一宿没睡，此刻难免犯困，睡眼惺忪，倒在床上鼾声大作。

当夜亥时，司空虎正在家里睡觉，忽然有人擂鼓般地敲门，披上衣服开门，只见是一个大理寺的官兵急报："大人，出事了，城隍庙又死人了，死的是画师独孤飞羽！"

他立刻清醒了。

独孤飞羽居然出现在了城隍庙，而且被杀？

司空虎急忙换上官服，紧随官兵而去。

城隍庙门前，大理寺卿布书仁对着宰相李林甫点头哈腰，一脸谄媚地赔不是。大理寺的仵作手里举着一只灯笼，低眉顺眼地站在一边。李林甫穿着一身平民百姓的粗布衣服，脚下草鞋，这更使司空虎一头雾水。

原来，今天夜里，庙祝睡不着觉，在城隍庙里四下转转，忽然看到城隍奶奶的塑像前面倒着一个人，上前细瞧，差点儿吓死。只见画师独孤飞羽身首两处，地板上和塑像上全是殷红的血渍。庙祝立刻跑去报官。布书仁没睡好觉，一脸怒气，带着官兵气势汹汹地闯进庙门，看到一个樵夫打扮的人从客房里走出来，立刻上前按倒。对方抬起头，竟然是李林甫。

李林甫大怒，指着布书仁叫骂："本相爷微服私访，查看案情，竟然被你们当成凶犯！"

布书仁急忙解释："绝无此事！"

司空虎插嘴道："相爷息怒，下官先查验现场。"

李林甫依旧怒不可遏，皱眉撇嘴，摆摆手走到一边。只见城隍庙里的情形与上次一样，地面上是独孤飞羽的尸体，上面盖着白被单。司空虎忍着恶心，掀开白被单，发现尸体的锁骨处，有一处结疤不久的刀伤。

大理寺仵作道："大人，这道伤疤很新鲜，看来死者不久前曾与人打斗过。"

城隍庙附近的邻居听到争吵声，渐渐聚拢来看热闹，挤在庙门口指指点点。司空虎抬起头一看，城隍奶奶的塑像上面再次溅满了血渍。他从仵作手里接过灯笼，仔细检查地面，这一次依旧只有死者和庙祝的脚印，再顺着梯子爬到屋檐上，一刻钟后回到院子里。

李林甫在一旁阴阳怪气地问道："大理寺丞，这一次的案子不难破解吧？"

司空虎道："确实不难，只是找不到凶手。相爷可能觉得下官卖关子，可是很多情况下，没有确凿的罪证，不能打草惊蛇。倘若相爷想听听犯案的方法，下官这里就有好几种。"

李林甫对断案好奇，眼睛露出笑意："哦，说来听听。"

司空虎道："下官随便举两个例子。比如，凶手杀了死者，把尸体装进麻袋，然后打扮成死者的样子，进到院子之后，再把衣服穿回死者身上。下官曾经在这里说过，有三个线索——脚印、麻袋、斩首。

倘若是调包计，凶手可以隐藏自己的脚印，也可以用到麻袋，也可以将死者斩首。”

李林甫抬头看着挂满星斗的夜空，手指拈着胡髭：“调包计？有这种可能。”

司空虎道：“但是凶手没用这种方法。因为用这种方法，进到城隍庙容易，出去可就难了。如果相爷想继续听，下官再说一种。比如，贼喊捉贼。庙祝对案发现场做了手脚。这座城隍庙里，除了死者的脚印和庙祝的脚印，没有其他人的脚印，庙祝最可疑。”

庙祝哭喊道：“大人，我虽然贪财，但是你不能讹我！”

司空虎眼睛闪出冷光：“贪财？你贪了谁的财？”

庙祝怔在原地，自知露馅儿。

司空虎狐疑道：“庙祝，我只是说可能，没说就是你。刚才我说的两种犯案手法，凶手没用第一种，因为凶手换回自己的衣服之后，无法离开庙祝看管的城隍庙。我本来想说，凶手也没用第二种。你如今自露马脚，是怎么回事呢？”

布书仁立刻挥手道：“拿下！”

门外的大理寺官兵一拥而上，将庙祝扑倒在地。庙祝惨叫起来：“我说实话！俞天池死前，小人看到他扛着一个麻袋进门，案发后，悄悄检查他丢在地上的麻袋，发现里面是满满的银锭。小人一时财迷心窍，就把那袋银锭藏到了柴房，但是我并没杀人！”

司空虎笑道：“多谢庙祝，解清了本案的一个疑点。既然麻袋里是银锭，自然不能用于调包计。本官曾经讲过，在城隍庙里，还有第四个线索。看来，我的设想是对的，死者被害时，城隍庙里没有其他人在场。”

庙祝问道：“难道真的是城隍奶奶显灵？”

司空虎不悦道：“别瞎说！”

城隍奶奶的塑像依旧向着众人微笑。

李林甫突发奇想，自己无处避难，干脆到大牢里躲躲："不管凶手是谁，本相爷都是凶案的见证，那么本相爷应该去大牢暂住，等候审问。"

司空虎狐疑更甚。李林甫先是悄然失踪，然后假扮樵夫出现在凶杀现场，确实很难解释清楚。对方心态焦急，似乎盼着去大牢里，这更使人觉得奇怪。

李林甫不依不饶，布书仁没办法，只得叫官兵把他带走。

当晚子时，李林甫身穿囚衣进了大牢。布书仁找人收拾好一间干净的牢房，还从自己府邸送来一床新被子和一个荞麦枕，然后带着司空虎，去大明宫觐见皇帝。

丹凤门前，斑白头发的高力士已经守候多时。布书仁拱手作揖道："相爷进了大牢，不敢瞒着陛下，劳烦阿翁帮下官美言。"

高力士笑道："两位大人运气好，陛下今夜失眠，正在和御医聊天，专候两位。"

布书仁吐出一口气，跟在高力士身后。

司空虎一直保持缄默，突发奇想，倘若自己开始数数，等见到李隆基，脚下走的步数是单数，那就去洗脱李林甫的罪名。倘若是双数，自己就作壁上观。他低着脑袋，嘴里小声数数，布书仁嫌他不稳当，瞪他好几眼。到了皇帝寝殿，司空虎发现自己走的步数是单数，只好笑笑。

李隆基坐在床榻之上，脸色暗沉。他那暗黄的脸色，映衬着松弛的脸颊和腮边的黄褐斑点，眼睛盯着御医："朕多日失眠，吃鹿茸和蜂蜜也不管用，究竟是何缘故？"

御医小声道："陛下忧心国事，劳精费神，不如多休息。"

李隆基道："朕年逾六十，想和贵妃生一个子嗣，但是一直不能如愿。这是贵妃的心意，也是朕的心意，你们要仔细。"

高力士觉出话头不对，走进寝殿笑道："陛下多虑了，太子是陛下的皇子，自然也是贵妃的皇子。御医你是怎么为国尽忠的，不仅不尽心，还惹陛下担忧，快滚出去！"

御医如蒙大赦，向李隆基磕头之后，退出寝殿。

李隆基盯着布书仁和司空虎，冷冷问道："李林甫又在耍什么幺蛾子，居然惹上了人命官司了？"

布书仁哪里答得上来，回头看看司空虎。

司空虎道："相爷是一宗杀人凶案的见证人。相爷行事光明正大，为防他人口舌，到牢里暂住，仅此而已。"

李隆基"嗯"了一声："当朝宰相进了大牢，让人笑话。朕给你三天期限，断清传国玉玺和城隍庙的案子。你在大理寺为官近一年，这种案子，不算难为你吧？"

司空虎跪下叩头："臣领旨，三日之内，一定断请案子，倘若失败，臣愿意削职为民，永不断案！"

李隆基摆摆手，示意布书仁和司空虎离开。

高力士看着二人的背影，笑道："陛下最近肝火失调，御医开的方子里面，鹿茸和蜂蜜又全是上火的，难免不对症。老奴另换一个方子给陛下，一定管用。"

李隆基随口答应，靠在床上闭目养神。高力士慢慢退出寝殿，转身离去。

第七章　追杀

司空虎断案，暂且不表，先去说被白猿老叟追杀的项龙城、黄老面和秦秀才。

三个人躲在秦秀才私塾废墟的地窖里，待了整整两天。秦秀才哪里受过这种罪，趁着夜色，打算出去转转，顺便看看白猿老叟离开没有。

黄老面说道："我在长安城还有一个朋友，人称杨小刀。他是左金吾卫的参军，很讲义气。我修书一封，秦秀才帮我送信。"

秦秀才把黄老面的书信揣进怀里，溜出废墟。谁知他出门一个时辰，一去不回，把黄老面急得团团转。黄老面认定秦秀才凶多吉少，只好自己去打探消息。项龙城已是废人，只得在地窖里等着。黄老面离开半个时辰，秦秀才领着一个身材高大的官兵回来，原来这就是杨小刀。

杨小刀进到地窖里，开始乱嚷嚷："黄老面呢？老东西没死吧？"

项龙城道："黄前辈见秦秀才一去不回，就自己去找杨前辈了。"

杨小刀笑道："我不是什么前辈，也不是江湖人，是朝廷左金吾卫的参军，管理市井中的治安，和黄老面比较谈得来。没想到，姓黄的还是个江湖高手。你说黄老面去找我，一路上怎么没碰到他？"

项龙城、秦秀才和杨小刀面面相觑。他们觉出不对，假如黄老面出了事，那就只有一个可能——遇上了白猿老叟！杨小刀撸胳膊挽袖子，嘱咐二人不要离开地窖，自己去救黄老面。

杨小刀出了秦秀才的私塾，开始犯愁。黄老面能去哪里呢？他决定去黄老面的家碰碰运气。隐身在四周住家的墙垣的阴影里，他偷偷摸摸地来到黄老面住的小巷口。这里是一个四面漏风的小棚子，轻轻一推，门板立刻歪在一旁。他下意识地后退一步。门里一片静谧，床板被翻倒，桌椅板凳全部倒在地上，面板、擀面杖和面粉也都横七竖八地歪在一边。

看来白猿老叟来过了！他似乎在找什么东西。黄老面藏了什么，使得他大费周章？

一阵气浪，排山倒海而来。杨小刀回头，看到一灰一白两道影子从不远处的屋檐上掠过。这两道影子速度极快，只能是黄老面和白猿老叟。

杨小刀离开小巷，向着那两道影子所去的方向狂奔。

这里是一个石牌楼，白猿老叟和黄老面站在牌楼下面，互相对峙。杨小刀调整呼吸，躲在远处偷窥。

白猿老叟依旧是一副傲视天下的表情："交出来！"

黄老面道："师叔，不就是一个玉扳指，你想要就给你，何必如此逼我？"

黄老面一边说，一边从袖子里拿出那枚掌门信物玉扳指，扔过去。孰料想，对方依旧不依不饶："玉扳指不重要，如今我要的是传国玉玺！"

黄老面莫名其妙："传国玉玺不是你偷的吗？"

白猿老叟一脸愠怒："那天夜里，老夫杀了驿丞，重伤那个吃面的侠客，与你对掌。但是你耍赖，抛出一阵烟雾。烟雾过后，你和那个侠客不见了，那枚传国玉玺也失踪了。从来没有人敢偷走我的东西，你真有胆色。"

“师叔，玉玺不见了，你有没有在附近找过？”

“我先去抓你，但是没抓到。我也想，是不是掉在废墟里了，可是我回到那条被毁掉的小巷，碰到一群老百姓在看热闹。我偷听老百姓讲话，他们也没看到那枚传国玉玺。如果他们真找到玉玺，肯定去官府请赏。所以，玉玺只可能是被你顺手牵羊了！”

“你这不是讹人吗？”

白猿老叟手掌一翻，衣袖鼓荡起来，随着他的手掌挥出，那座石牌楼的东南一角被打碎，黄老面急忙用袖子遮挡脸孔，以防被碎石击伤。

远处躲藏着的杨小刀目瞪口呆，对方果然是绝世高手。

白猿老叟阴冷着脸孔，逼近黄老面：“交出来！”

黄老面急中生智，喊道：“师叔手下留情，说不定是一个百姓偷拿玉玺，想私下里去找朝廷要赏银？你想，他倘若被别人发现，别人肯定会抢他的赏银的。”

白猿老叟狐疑片刻，道：“有几分道理，老夫去大明宫附近埋伏，有可疑人物出现，我就夺回来。倘若是你撒谎，你知道后果。”

白猿老叟身子一晃，立刻像是一道白色的影子，消失不见了。

黄老面长出一口气。

杨小刀走过来，拍拍黄老面的肩膀。

黄老面回头：“原来是小刀兄啊。”

杨小刀骂道：“你真会装蒜，上次有地痞找你讹钱，你向我求助，把地痞赶走。没想到，你自己就会武功，而且是个高手！你怎么不上戏台去唱戏？”

黄老面尴尬地笑笑，他现在人未亡、家已破，只好跟着杨小刀回了秦秀才的地窖。

忽而一阵细碎的脚步声传来。

杨小刀笑道：“听脚步声是一名年轻女子，而且不会武功。小清姑娘，你追我们，累惨了吧？”

小清出现在小巷尽头，扶着墙，喘着粗气道：“何止累惨了，我都快累死了！司空大哥给我一个差使，暗中寻找项大哥。我打算碰碰运气，就在黄老面住的小巷里躲了好几天。刚才我听到声音，黄老面没回来，却碰见杨小刀。杨小刀去追那两道影子，我就跟在后面，终于赶上你们了。”

杨小刀笑笑：“小清姑娘，你还得接着跑。你快去请大理寺丞，到秦秀才私塾的地窖来见面，大家谈谈传国玉玺被盗一案。”

小清立刻浑身无力地蹲在地上……

一个时辰之后，小清把司空虎带到秦秀才的私塾。大家挤在地窖里，开始谈论案情。

司空虎道：“传国玉玺再次丢失，有利有弊。说它是好事，是因为玉玺不在白猿老叟身上，我们不用找他打架；说它是坏事，是因为这成了一件无法破解的悬案。玉玺肯定被人捡走，捡玉玺的人迟早找官府索要赏钱。然而此人样貌如何、何时现身，我们毫无头绪！我们必须要在白猿老叟动手之前，找到那个人。否则，一切无法收拾。”

杨小刀出主意：“咱们来一个打草惊蛇，把白猿老叟出现的事情大白于天下。这一次，老东西势必无处躲藏。全长安城的百姓去找他一个人，事半功倍。”

大家计议已定，天边已经泛出鱼肚白了。

第八章 传国玉玺的下落

长安城的百姓们出门吃早饭，白猿老叟偷走玉玺，还把项龙城打成残废的事情，已传遍了大街小巷。好多看客围在朱雀大街观看布告，那张缉拿项龙城的布告已经被摘下，取而代之的是悬赏一百两金子，寻找传国玉玺的下落。

看客们议论纷纷，都说传国玉玺已经被白猿老叟盯上，自己就算是得到了传国玉玺，那一百两金子也是有命赚没命花。

司空虎百无聊赖，来到了烟柳茶社。大堂里的文人依旧不消停，一个极其熟悉的身影出现在视线里。古铜皮肤，身材壮硕，一张四方大脸，是雁来国皇帝俞连城。俞连城正在津津有味地品茶，盯着大堂上的歌姬，不时露出赞赏的神色。

司空虎“吭”了一声。

俞连城回头看到了司空虎，就端着茶点过来坐下，继续假装雁来国使者，道：“大理寺丞，我国皇帝陛下脾气不好，我们这些做臣子的没少挨他的鞭子。假如我不能把传国玉玺带回雁来国，皇帝一定杀我。”

司空虎冷笑，心想这个俞连城很会演戏，恶作剧似的问道：“下官孤陋寡闻，不知道雁来国皇帝长什么样子？你有雁来国皇帝的画像吗？”

俞连城听了，几乎气得半死。对方显然识破了他的身份，故意言语戏弄。好在自己反应快，没有露出破绽：“我们皇帝很少见外人，就算是微臣，见到皇帝也是下跪，绝不敢直接用眼睛看皇帝的，否则便是不敬。”

司空虎继续恶作剧：“原来你们雁来国有下跪的礼节？那么你在大明宫为什么不给大唐皇帝下跪？你这是对我们大唐的不敬，我希望下一次，你能给大唐皇帝三跪九叩。”

俞连城暗骂这个司空虎真是一个鬼难缠。对方这个问题，他必须回答，至于如何回答，又是一个极大的难题！要么去大明宫三跪九叩，要么暴露自己是雁来国皇帝的身份。

烟柳茶社的掌柜高云天带着几个下人，正在往外搬运独孤飞羽的遗物。独孤飞羽离开匆忙，没有来得及带走行李，本来说好第二天来取行李，谁知横尸在城隍庙。

司空虎站起来，向高云天打个招呼，要求他带自己去独孤飞羽的卧房看看。俞连城正巧解了围，便站起来告辞，出门去了。

独孤飞羽的卧房在茶社后院，干净整洁，纤尘不染。司空虎鼻子嗅嗅，有一股烧东西的煳味。他蹲下来，看到床底下有一个瓦盆，便把瓦盆拿出来，里面果然是一张熟宣。画面上是一个白衣老妪，样貌慈祥，整张画已经被烧得只剩下一小半纸片。老妪的脸孔也被烧掉了左半边，但依旧能看出，是那个城隍奶奶。

司空虎嘴角露出笑意，道：“这幅画像有可能关系到独孤飞羽的死因。我怀疑，三年前救治高粱村瘟疫的城隍奶奶，并未走远。”

高云天吃惊道：“大理寺丞，你说城隍奶奶杀人？人吓人，会吓死人的！”

司空虎只顾看着画像：“谁说那个老太太是妖怪？高粱村的村民，见过她在天上飞来飞去吗？见过她施展法术吗？她对人说，自己住在城隍庙里，我看没什么不对呀。独孤飞羽和相爷，不也在城隍庙里住过吗？”

高云天张大嘴巴："村民穿凿附会。"

司空虎还在看画像，一个官兵闯进来。官兵道："大人，传国玉玺的案子有眉目了！"

司空虎合上画像，高兴起来："传国玉玺在哪里？"

官兵回答道："一个叫祝三的木匠来报官领赏，说那个盛放传国玉玺的盒子突然出现在他家桌子上，但是里面是空的，玉玺不在里面。"

司空虎跟在官兵身后，快步走出烟柳茶社。

回到大理寺，司空虎身穿官服，坐在桌案后面。桌案上，除了摆放着大印、令箭、文房四宝，还有那个用来盛放传国玉玺的雕花木盒。

司空虎拿起木盒端详许久，这个木盒确真无疑，俞天池进献玉玺的时候，自己就在旁边，绝不会看错。可是玉玺在哪里呢？难道是百姓捡走玉玺之后，把这个无用的木盒丢掉？

一个身穿破旧衣服的男人跪在堂下。此人便是前来报官领赏的木匠祝三，家住南城小河边。司空虎问道："祝三，赏银可以给你，但是这个木盒是怎么出现的？"

祝三回答："这个木盒，我也不知道怎么出现在我家的。朝廷办过很多稀奇古怪的案子，这件案子可能是其中之一。"

司空虎沉默了。

众官兵互相看看。大家也难得遇到这种怪事，但是因为是在大理寺，于是都噤声，小心翼翼地观看进展。

司空虎继续问道："玉玺丢失那天夜里，你在做什么？"

祝三回答："我老婆跟人跑了，和儿子相依为命。那天儿子吵闹着要吃城里的点心，我只好进城买点心。买完点心回家，那个木盒就摆在我家的桌子上。今天一早，村里的保长来我家串门，他看到木盒，要我来碰碰运气。"

司空虎自语道："这就怪了，就算是小偷扔掉这个没用的盒子，怎么会摆到你家的桌子上？只有一个可能，就是那个偷玉玺的人，去过你家。”

祝三更加惊惶，叩头不止：“小人冤枉！我想发财，但是从不敢偷东西，更不敢和小偷打交道！”

司空虎笑了：“我没怀疑你，那一百两金子如数奉送。我猜出是怎么回事了。传国玉玺的确去过你家，只不过你不知道而已。咱们去你家看看。”

司空虎带着一队官兵，来到了南城小河边的那个村落。一群百姓都围在祝三家门口，议论纷纷。司空虎进屋打量，房间里堆满了打造一半的家具，没有任何可疑之处，随口问道：“各位父老，木匠祝三人品如何?”

一个妇人回答：“此人老实巴交，就是太过溺爱儿子。他儿子八岁了，一点儿规矩也没有。”

“那天夜里，祝三家里可曾出现蹊跷?”

“祝三给儿子去买点心，不久之后，他家的油灯就熄灭了。我以为他儿子睡觉去了，所以灭灯。谁知道，祝三回到家之前，他家的油灯忽然亮起。这件事，我一直觉得奇怪。”

司空虎心道，这果然符合自己的推断：“把祝三的儿子叫过来。”

妇人指着河边玩耍的一个男孩子。男孩子样貌顽皮，有点儿不知轻重，听到招呼声，就扭着身子跑过来。司空虎把右手按在小孩儿肩上，怅然道：“小兄弟，你可知道你闯了多大的祸？那天夜里，你爹去给你买点心，你是不是偷偷跟在他后面?”

男孩子道：“我怕他骗我，就跟着去看看。大人，我很聪明吧?”

司空虎哭笑不得：“你的聪明把朝廷的案子搞糟了。你跟着你爹去点心铺，但是半路上去了别的地方。那个地方，是城南驿馆!”

男孩子道：“我听到轰的一声，跑过去看热闹，那条小巷的石板都碎了，一个盒子躺在碎石里面。捡起来看，里面是一块绿色的石头，我想拿回家当玩意儿，就带走了。”

“你如今把传国玉玺放在哪里?”

“什么传国玉玺?”

“就是那块绿色的石头!”

“我把那块石头玩够了，发现一个角被修补过，根本不值钱，就扔进河里了。木头盒子倒是不错，我爹是远近闻名的木匠，也做不出那个盒子，我把它放在桌子上，想叫爹卖个大价钱。第二天我和村里的孩子玩，一直没来得及提起。”

司空虎高声道：“案子总算有点儿眉目了。弟兄们，麻烦大家找些渔网，在附近河里打捞，一定要把传国玉玺找回来。”

众百姓和官兵恍然大悟。祝三离开家之后，祝家的油灯灭了，是因为他儿子也离开了。然后儿子抢先回家，于是油灯亮起来。

官兵们从百姓手里借来渔网，在小河边仔细打捞。日头偏西，阳光渐渐微弱，一个官兵忽然觉得手中的网线一沉。

随着渔网的拉起，水草和烂泥包裹着一个绿色的方形物体被打捞上岸。司空虎上前翻开渔网，捧出传国玉玺。玉玺上面沾满了泥垢，但是完好无损。蓝田玉，一角被用黄金修补，刻着“受命于天，既寿永昌”八个字。

司空虎捧着传国玉玺，坐在地上。传国玉玺被窃一案，竟然如此简单地破解了，看来真是老天保佑。其他官兵围在一旁，也是如释重负。

此时，一个白须白发白衣的苍老身影，出现在远处的屋檐上。

司空虎立刻心头一沉。

白猿老叟一脸傲兀：“大理寺丞，螳螂捕蝉，黄雀在后，昨夜你从大明宫出来，我就跟踪你，没想到你真的找到了我的东西，老夫没有看错人。”

司空虎身子退后，那群官兵纷纷亮出明晃晃的钢刀。

白猿老叟道：“大理寺丞，咱们做笔交易。你把传国玉玺还给我，我留下你们性命。你不还，只要我杀光所有人，玉玺照样还是我的。你自己选。”

司空虎面色阴霾，把传国玉玺丢给白猿老叟。老头哈哈大笑，从屋檐上掠走。

官兵们纷纷责备道：“大人，你太㞞了！”

司空虎若无其事：“雁来国皇帝俞连城，就在长安城。只要白猿老叟把传国玉玺交给雁来国皇帝，咱们再从雁来国皇帝手里抢回玉玺，诸位觉得很难吗？”

大家这才如释重负。

司空虎鬼使神差地在月光下走进烟柳茶社。大堂里挂起灯笼，茶客不降反增，显得热闹异常。他一边喝茶，一边听歌姬们吟咏当今名家的诗作。

俞天池被杀一案，司空虎已经胸有成竹。画师独孤飞羽被杀一案，也不难破解。这两名死者的死亡方式相同，都是被割掉头颅，问题是杀人动机何在？俞天池是雁来国大臣，独孤飞羽又是什么身份？司空虎顺着楼梯，来到二楼雅间。

雅间里的壁画已经全部用白粉涂料遮盖，两个画师蹲在墙边画着新的五台山图。蹊跷的是，一群苍蝇在雅间里面盘旋。司空虎怎么也赶不走那群苍蝇，忽然灵光一闪。那群苍蝇，揭示了一个关于凶杀案的破绽！他走下楼梯，快步离开烟柳茶社。

夜色越来越浓，司空虎奔向了城隍庙。

城隍庙里，五个大理寺的官兵正在守护现场，低声议论今天玉玺得而复失的事情。司空虎失魂落魄地闯进院子，大家急忙过来探问。随之而来的，是一群苍蝇飞向天际，盘旋片刻，重新落在地面上。

司空虎喃喃自语道：“就是苍蝇，就是苍蝇！苍蝇比我还要高明，我干脆把大理寺丞的官位让出来，送给苍蝇做好啦！”

官兵们如坠五里云雾，觉得他是不是精神紧张，或者受了什么刺激，有点儿疯魔了。

一个小瘦子试探着问道："大人，凶杀现场有血腥味道，引来苍蝇，不是很平常的事情吗?"

司空虎依旧一副疯疯癫癫的模样："引来苍蝇不难，问题是如何不引来苍蝇，掩盖现场！我终于明白是怎么回事了，连环杀人案，是有人将计就计。你杀他，他杀你，有点儿意思。明天一早，我去找那位雁来国皇帝陛下谈一谈。"

第九章　两个凶手

昨天，白猿老叟抢回传国玉玺的事情，雁来国皇帝俞连城已经听说了，但是对方一直没有露面。今天早朝，俞连城决定带着假冒的司空虎、项龙城和李林甫，进宫刺王杀驾。李隆基被杀之后，大唐朝廷势必大乱，雁来国军队就可以乘虚而入，进兵中原。

太监尖厉的嗓音传来："传雁来国皇帝上殿面圣！"

俞连城心头一沉。他一直假装雁来国使者，现在太监却称他为雁来国皇帝，说明他的身份暴露了。原有的计划被打乱，自己很可能成为大唐皇帝的人质！不过他不怕，毕竟那三个假货已经在大明宫里，大家互相照应，杀了皇帝老儿，赶紧趁乱逃走。

俞连城阴沉着脸，两手低垂，腰间的龙形玉佩叮当作响，缓步走上宣政殿。

假冒的司空虎、项龙城和李林甫，就站在大殿柱子旁边，随时准备动手。

李隆基道："雁来国皇帝，你骗得朕好苦。"

俞连城依旧是一脸傲兀，面前的虽是大唐皇帝，但也不过是一个年逾六十的糟老头，干脆不认账："陛下误会了，微臣不是雁来国皇帝。大理寺丞可以做证。"后面这句话，是他和三个假货商定好的暗语，意思是动手杀人。

就在这时，一个身穿官服、头戴幞头巾的年轻男人，缓步走上大殿。嘴角低垂，眼睛却炯炯放光，是真正的司空虎到了。

俞连城心头一沉，觉出不妙。

司空虎道：“雁来国皇帝，你想冒充我们刺王杀驾，可惜棋差一着。”

俞连城立刻一脸阴霾：“差在哪里?”

司空虎忍不住笑起来：“那个假冒的司空虎，昨天夜里去慕云阁喝酒。酒客们提出一个案子，想向他请教。假货当然是一问三不知。这件事传到我那里，我立刻明白，你们想玩调包计，以假乱真，其目的，无非是行刺皇帝。相爷装扮成樵夫，后来干脆躲进大牢，也是想躲避杀身之祸。”

俞连城阴险地冷笑道：“两个司空虎，一模一样，你凭什么说你是真的，他是假的?”

司空虎自信满满，指着那个假司空虎：“本官喜欢断案子，给百姓解答疑难，当然稀奇古怪的案子也遇到不少。比方说俞天池的被杀案，烟柳茶社画师独孤飞羽被杀案，这个假货能解答出来吗?”

俞连城：“百姓都说，杀人的是城隍奶奶。”

司空虎道：“故弄玄虚!”

所有人都围过来，露出期盼的目光。

司空虎高声道：“各位，本官曾经对相爷讲出了两种杀人方法，一种是调包计，一种是监守自盗。如今，我要讲出第三种杀人方法，那就是凶手没有进入城隍庙!”

一旁的布书仁插嘴道：“俞天池和独孤飞羽死后，现场没有留下凶手的脚印，只能是因为凶手没有进入城隍庙，但是凶手如何犯案，才能砍掉被害者的首级?”

司空虎道：“这就要依靠我在城隍庙找到的第四个线索。我在屋檐上，发现缝隙里的杂草被压倒了。我就想，会不会是凶手躲在了屋檐上呢？这样推测，谜底就呼之欲出了。凶器是一个大家都司空见惯的东西——草原上牧马用的套马杆！凶手把套马杆头上的绳子套摘掉，换上一个圆形的铁环。被害者出现时，凶手甩出套马杆，将铁环套在被害者脖子上，就可以割掉对方的头颅。”

布书仁拈着胡须，道：“这个犯案方法入情入理。你直接说，杀死俞天池的真凶是谁？”

司空虎嘴里蹦出四个字：“独孤飞羽。”

布书仁问道：“那个疯子画师？”

司空虎道：“烟柳茶社的掌柜高云天说独孤飞羽是疯子，原因是他把自己辛辛苦苦画了一个月的青绿山水，也就是那幅五台山图的壁画用白粉涂抹掉了。独孤飞羽的借口是，他对画作不满意。后来没多久，独孤飞羽再次在墙壁上涂抹朱砂，以致高云天要和他拼命。这很奇怪了，他在掩盖什么？真的是掩盖出现败笔的画作吗？其实独孤飞羽不是疯子，他把壁画涂改掉，是为了遮盖屋子里的血渍。”

布书仁皱眉道：“凶杀现场不是城隍庙吗，怎么又成了烟柳茶社？”

司空虎道：“烟柳茶社不是凶杀现场，而是抢劫现场。独孤飞羽演了一出戏，他把自己收藏的银锭故意被俞天池看到。俞天池贪财心切，就在烟柳茶社的二楼将其打伤，抢走银锭，然后想找一个收藏银锭的地方，就顺着街道来到了附近的城隍庙。独孤飞羽却偷偷跟在后面，手里还拿着动了手脚的套马杆。”

布书仁道：“原来烟柳茶社的血渍是独孤飞羽的。”

司空虎点头：“不错，苍蝇喜欢血腥味道，一直在烟柳茶社徘徊，终于让我看出蹊跷。至于独孤飞羽的凶手身份被识破，是因为他也住进了城隍庙。那袋银锭被庙祝贪心私藏，独孤飞羽只能在庙里借住，才能找寻银锭。”

布书仁继续问道：“独孤飞羽杀了俞天池，那么他自己是怎么死的，总不能是畏罪自杀吧？”

司空虎指着面前的雁来国皇帝俞连城：“杀独孤飞羽的凶手就

是他!”

所有人都看向俞连城。

司空虎继续讲解案情:“俞天池和独孤飞羽都是被斩首身亡。于是我怀疑,两个人之间一定有某种联系。再加上独孤飞羽不是本地人,我就推断,他来长安城之前,是否就是雁来国的人呢?雁来国的恩怨,那就只能去问雁来国皇帝陛下。”

俞连城知道自己身份被揭穿了,心中反而更加坦然,大声道:“很好,大理寺丞说对了。俞天池是被独孤飞羽杀的,朕为了惩罚独孤飞羽,就照葫芦画瓢,用同样的方式杀了他。那个套马杆,已经被朕毁掉了。杀人案破了,但是你和大唐皇帝的阳寿已尽——你们三个还愣着干什么?动手!”

假冒的司空虎、项龙城和李林甫露出一副凶相,扑向皇帝李隆基。忽然四个宫廷侍卫,拉着一张铁丝编成的巨网,从屋檐上覆盖而下。三个人被巨网笼罩,倒在地上,动弹不得。

俞连城转身向大明宫外跑去,但是紧接着就站住了。因为,他看到一个身穿白色长衫、披散着白发、留着白色长须的老头,手捧着传国玉玺,站在对面。

白猿老叟笑道:“陛下休慌,有我帮你,没人能损你一丝一毫。传国玉玺在此,你答应我的,雁来国王族世代相传的武学秘籍,可否给我?”

俞连城道:“你先救朕,其他以后再说。”

白猿老叟不依不饶:“老夫现在就要,难道你还想让我跟你回雁来国?”

司空虎大笑起来。眼前这个白猿老叟,果然不懂人情世故,这是一个七十多岁的老人不应该出现的状况。都是因为他潜修三十年,与世隔绝的原因。

“前辈,你被骗了!雁来国从来就没有什么绝世的武学秘籍。你刚才看到了，就连俞连城也只会逃跑。难不成，你想问他索要一本逃跑秘籍?”

白猿老叟立刻暴怒，一把揪住俞连城的领子，把他提到半空中。俞连城拼尽全力挣扎，但是毫无用处，渐渐双脚悬空，脸色发青，几乎窒息。

白猿老叟:“你敢骗我，我要你知道下场!”

司空虎急忙阻止道:“前辈，此人杀不得。我知道你武功天下第一，无人是你对手。但是你杀了雁来国皇帝，那么所有的雁来国军队就会合力追杀你。你能一次打倒十个武林高手，或者二十个武林高手，但是你能抵抗成千上万人的车轮战吗?到时候，你会活活累死，得不偿失的。”

白猿老叟只得把俞连城重重丢在地上。

俞连城捂着自己咽喉，不住咳嗽。

司空虎道:“雁来国皇帝，这一次可是我救的你。不过你暂时不能回雁来国，我还有一些关于案子的疑点向你请教。”

大明宫的宫廷侍卫按住俞连城，用绳子捆起来。俞连城因为惊吓过度，已经丧魂落魄，四肢瘫软，失去反抗能力。

白猿老叟来到皇帝李隆基面前，白须白发随风飘荡着:“陛下，你还认识我吗?”

李隆基道:“你是白侍卫。安乐公主和韦皇后毒死中宗皇帝，当时朕和太平公主去追杀她们，偏偏韦皇后最器重的侍卫统领逃走。那个逃出生天的人，就是你。太平公主和先皇睿宗找了你多年，一直不知你的下落。”

白猿老叟道:“那次政变之后，我就寄身江海，做了一个江湖客。朝廷不容我，师门也不容我，我万念俱灰，一心钻研武学。”

李隆基点头笑道:“很好，很好。朕身边的故人都已经离朕而去，今天能够遇到白侍卫，也算是与老朋友谈谈往事。白侍卫，你真的老啦！”

白猿老叟道：“陛下，你也老了。”

这时，大殿角落的高力士立刻向宫廷侍卫丢一个眼色。宫廷侍卫准备拔刀，李隆基抬手阻止：“朕和老朋友叙旧，你们不要乱来。白侍卫，朕就在大明宫，你可以随时找朕报仇。”

白猿老叟从怀里拿出那枚掌门信物玉扳指，仔细端详道：“年轻时候，总觉得人活着要有点儿奔头，我曾经官居侍卫统领，后来用三十年追求武学最高境界。其实现在看来，没啥意思。朝廷费尽心机去得到传国玉玺，黄鹤道人也是一心守护这个玉扳指，但是在老夫看来，都是无用之物。”

白猿老叟把玉扳指抛向天空，手掌一挥，玉扳指成为碎片。白猿老叟狂笑起来，转身离开大明宫。

皇帝李隆基一脸黯然。白猿老叟毁掉玉扳指，其实就是抛弃尘俗的欲望。只不过，这个做法，只有李隆基才能看懂。所谓知音，并不一定是朋友，敌人也可以成为知音，就像是白猿老叟和李隆基。

司空虎捡起被众人遗落在一旁的传国玉玺，玉玺完好无损。看来白猿老叟对中华正统也没概念，玉玺在他这里就是一块破石头。可就是这块破石头，千百年来使得多少英雄费尽心机，甚至丢掉性命。司空虎捧着传国玉玺，交给李隆基。

白猿老叟走了，但是案子没有完。那就是，杀人地点为什么是城隍庙，难道仅仅因为城隍庙和烟柳茶社位置临近？

第十章　城隍奶奶

司空虎在大明宫讲述完案情，已经精疲力竭，肚子也快饿扁了，打算回家填填肚子。

回到家，只见小清坐在地上，两眼无神，显然受到了极大的惊吓，右手还捏着一个信封。司空虎把手在她眼前晃晃，她痴痴呆呆地把信封递过来，只见里面的信笺上写着：“大理寺丞断清雁来国一案，余万分钦佩，烦劳大人移步城外七里溪山村一见，城隍奶奶。”

司空虎眼睛紧紧盯着落款的“城隍奶奶”四个字，知道小清为什么差点儿吓死了。

司空虎拍拍小清的肩膀：“你还活着吗？这封信是从哪里来的？”

小清站起来道：“今天一早，司空大哥出门不久，忽然听到敲门声。我打开门，外面没有人，只有这封信。你招惹神灵，不要连累我好吧。”

司空虎笑道：“雁来国一案，都发生在城隍庙。我去见见这个城隍奶奶，或许能够弄清她和雁来国的牵扯。你要是害怕，那就去找黄老面和项龙城壮胆。”

溪山村掩映在茂密的树丛之下，一条小溪蜿蜒曲折，潺潺流过，村落因此得名。司空虎孤身一人来到村口，随便问了个村民，打听是否有一个样貌慈祥的白衣老妪在此居住。果然，村民指着村口的一个道观，要他去碰碰运气。

司空虎来到道观门口，发现路上遇到的鸟雀都在鸣叫，但是道观里却是一片静谧，他立刻明白，里面有人埋伏。他上前敲门，高声道："大理寺丞求见，劳烦开门。"

大门敞开，一群如狼似虎的士兵守在院子里。大堂之上，端坐着一名白衣老妪——低垂的眼角，松弛的脸颊，噘起的嘴角，与城隍庙里的塑像如出一辙。

司空虎进到院子，大门轰然关闭，一个络腮胡子手持一柄钢刀，横在他的肩上。

白衣老妪摆摆手，示意络腮胡子将钢刀拿开："大理寺丞能来见哀家这把老骨头，胆略可见一斑。哀家是雁来国的太后，两年前俞连城发动政变，把哀家赶出雁来国。哀家无处投奔，就栖身于此，躲灾避难。"

司空虎问道："太后娘娘避难，何必冒充神灵？"

白衣老妪道："哀家从没说自己是城隍奶奶，只不过当时在城隍庙暂住而已。村民牵强附会，再加上当时的庙祝病死，哀家无法分辩，只能由他们去。今天一早，哀家遣人送信，不方便讲出真实身份，就假借城隍奶奶之名，希望大理寺丞莫怪。"

"下官请教，俞天池和独孤飞羽早有仇怨，可是因为政变？"

"俞天池是俞连城的党羽，当时的皇帝便是死于他手。独孤飞羽是哀家的侍卫长，和哀家失散，他听说城隍庙的塑像与哀家如出一辙，就顺着线索找到这里，后来成了哀家在长安城的细作。"

"俞连城和俞天池在政变之时就是独孤飞羽的对手，难怪和独孤飞羽互相记恨。请问娘娘，独孤飞羽卧房里的那张画像，可是娘娘留给下官的线索？"

"当时很凶险啊！哀家的侍卫到烟柳茶社放下画像，俞连城就紧随而来。俞连城本想烧掉画像，大理寺丞凑巧也来到了烟柳茶社，万幸的是，画像没有烧尽，也算哀家助大理寺丞一臂之力。"

“多谢娘娘帮我。”

司空虎敬仰对方帮助村民医治瘟疫的事，此刻得知画像的秘密，心中愈加钦佩。白衣老妪站起身来，带着他来到后院。司空虎四下张望，这里和普通农舍一无二致，墙边堆放着农具和稻草，绝不会有人猜到异国王族隐身其间。穿过后院，是一个断崖，夕阳将断崖染成血红。

白衣老妪看着夕阳出神：“你在大唐，屈居大理寺丞，大材小用，不如做哀家的臣子，助哀家夺回江山。你在雁来国可以做到大理寺卿，或者尚书仆射。”

司空虎回答：“娘娘抬爱了，有人喜欢大鱼大肉，下官喜欢萝卜青菜，高官显爵不符合下官的胃口。”

白衣老妪狐疑起来：“为何?”

司空虎指着远处的山峦：“越高的地方越难攀登，就算爬上去，能否全身而退，也是个疑问。下官在娘娘面前胡说一番，难免放肆，娘娘不要计较。”

白衣老妪笑起来：“你是讽刺哀家在政变之时，无法全身而退?”

司空虎低着脑袋，不吭声。

白衣老妪从袖子里，拿出一个小瓷瓶，道：“好吧，太阳落山了，你回去吧。哀家请大理寺丞前来见面，其实是想医治项龙城的内伤。哀家能够治好瘟疫，大理寺丞可以信赖我的医术。这瓶药丸，项侠客每天服用三次，一次两丸，即可恢复武艺。”

司空虎跪下，接过那瓶药丸：“多谢娘娘恩德!”

白衣老妪依旧是一副慈眉善目的样子，转身继续看着夕阳。司空虎缓步离开道观，那群士兵未加阻拦。

司空虎顺着山路，来到村口的小溪边，蹲下身子，用溪水洗把脸。忽然一阵鸟雀惊飞的振翅声传来，他蓦地站起身。

螳螂捕蝉，黄雀在后。

司空虎明白，自己被利用了！他来溪山村，有人跟踪他！急忙顺着山路，向道观狂奔。只见一群大明宫的侍卫，围绕在道观门口。花白头发的高力士和大理寺卿布书仁，一脸得意地回过头来。

司空虎不搭理高力士和布书仁，闯进道观。道观里一片狼藉，那群雁来国士兵横尸当场，白衣老妪也已经浑身鲜血，气息奄奄了。老妪指着司空虎，怒声责问道："是你带他们来的?!"

大理寺卿布书仁走向白衣老妪："本官到属下家里串门，小清把你写的那封信给我看了。本官觉得奇货可居，就通报了阿翁。你们雁来国的恩怨与我无关，但是娘娘随身带着士兵，难免威胁圣驾，本官只好斩草除根，一了百了。"

白衣老妪惨笑起来："哀家果然无法全身而退……哀家虚度光阴六十余载，竟然不如二十出头的年轻人见识深远！"脸上的血色越来越少，终于气绝身亡。

司空虎看着满地的尸骸，不住地摇头叹息。

高力士道："大理寺丞，这一次你立下首功，老奴会替你向陛下请赏的。"

司空虎仍不语。

高力士继续道："你想继续在大理寺担任官职，老奴请陛下封你做少卿，如何?"

司空虎仍不语。

高力士笑着打趣道："难不成，你看中了大理寺卿的位置?"

司空虎依旧沉默。

那个小瓶子从司空虎的袖子里滑出，掉到地上。布书仁捡起小瓶子，问道："这是什么药丸？你生病了吗？司空虎最近疲劳过度，失魂落魄，阿翁莫怪。既然阿翁抬举他，他怎能不识相呢。"

当天下午，布书仁整理衣冠，端坐大理寺大堂之上，露出威严之气，开始审案。司空虎低着脑袋坐在一旁，面色晦暗，神情沮丧，似乎身处另一个世界。

布书仁高声道："传厨子钱大头上堂问话！"

那个满脸横肉的钱大头走过来，跪在地上。

布书仁道："钱大头，你如何认识画师独孤飞羽的？"

钱大头道："独孤飞羽刚到长安城，因为没有生计，就在南城卖画。小人当时在南城给人杀猪卖肉，和他刚好是邻居。驿馆命案发生那天夜里，小人看到独孤飞羽进了慕云阁的厨房。当时他鬼鬼祟祟、偷偷摸摸，我以为他是偷吃的，就没在意，谁知道出了大事。"

布书仁问道："独孤飞羽在烤鱼的鱼腹之内塞进一张纸条，把俞天池引到烟柳茶社。纸条的内容不得而知，但是假意叙旧，实则寻仇，这是毋庸置疑的。俞天池前去赴约，见财起意，抢了独孤飞羽的银锭。后来的事情，大理寺丞已经解开了。大理寺丞，你可还有补充？"

司空虎低着脑袋，不吭声。

布书仁只好摇头："也罢，看在你救驾有功，本官不和你一般见识。本案结束，退堂！"

司空虎依旧一脸淡漠。

尾声

皇帝李隆基站在大明宫的回廊边上，往池塘里撒放着鱼食。池塘里的锦鲤争抢鱼食，李隆基嘴角上翘，溢出一丝笑意。高力士和司空虎站在不远处。

李隆基撒尽鱼食，拍打一下手掌，回头看着司空虎，笑问道："大理寺丞带路剿灭了雁来国在长安城的细作，朕很开心。至于那群雁来国的叛军，一听说皇帝俞连城被朕扣押都退回雁来国争抢皇位去了。朕命大理寺丞三天破案，你果然没有让朕失望。朕送你一件礼物，你可喜欢?"

高力士急忙一抬手，两个太监抬着一面遮盖着红绸的牌匾，走过来。高力士掀开红绸，牌匾上四个金字"长安智囊"，高声道："大理寺丞追回传国玉玺，立下大功。这四个字本是大理寺卿布书仁的一个玩笑，但是陛下觉得你当之无愧，特赐牌匾，以彰其德。"

司空虎跪下谢恩："臣惶恐，谢陛下错爱!"

司空虎离开大明宫，就去大牢里探监。

宰相李林甫身穿囚衣，坐在大牢的门房里，正在和守门士兵聊闲天，看到司空虎进门，就笑着打个招呼："大理寺丞能耐不错啊！本相爷早就知道你一定不负众望，解开本相爷的冤屈。这一次，陛下一定给你加官进爵。说说看，你是升到了大理寺少卿，还是迁到刑部任职啊?"

司空虎从包袱里拿出李林甫的官服，道："陛下送我一块写着'长安智囊’的匾额。下官来这里，一是带相爷离开，二是探视雁来国皇帝俞连城。”

李林甫立刻觉得有一丝戏谑：“你没升官？不过这块匾额，比起升官还要荣光，你不要身在福中不知福。既然本相爷澄清了嫌疑，那么我就去你家看看那块匾额。”

李林甫说完，脱下囚衣换上官服，快步离开门房。司空虎摇摇头，顺着走廊往前走。这时一阵叫骂声传来，他听出是雁来国皇帝俞连城的声音，便循声走过去。

俞连城被关在一间单人囚室之内，看到司空虎就扑过来，紧紧抓着铁栅栏，喊道：“大理寺丞，你来救朕啦？你跟大唐皇帝求情，朕交出五万两金子赎身，你们放朕回雁来国，如何？这个价钱可不少，你们不能敲竹杠！”

司空虎道：“下官只是告诉你，你已经不是雁来国皇帝了。你的王族开始内讧，争抢皇位。你对他们来说，就是一个绊脚石。你的余生，只能在这里待着了。”

俞连城吼叫起来，大骂李隆基和司空虎。司空虎不再理会，转身离去。

等到司空虎回到家，鞭炮声立刻响起。只见那面“长安智囊”的匾额已挂在院子里。牌匾下面，坐着高力士、宰相李林甫和大理寺卿布书仁。一群官员围在旁边，连连称赞。小清、黄老面、杨小刀和秦秀才也坐在一旁看热闹。

秦秀才的私塾塌了，朝廷送他两百两赏银，重新修建了一个更大更宽敞的私塾。大家都是一脸欣然。

司空虎抬头看天，忽然觉得，不管是大唐皇帝李隆基、雁来国皇帝俞连城，还是所谓的“长安智囊”，无非是“枉与他人作笑谈”罢了。

忽然咔嚓一声，后院一棵杨树断裂开来，轰然倒地。原来是项龙城在练内功，他服用药丸之后，内力恢复很快，依旧是龙城飞将。只是谁还会提起那是城隍奶奶给的药呢？

第五单元　荒原王孙

楔子

野草离离，风声萧萧，夜色中的草原忽然下起了倾盆大雨。就在此时，一队官兵从远处走来。当先的轿子里端坐着宰相李林甫。轿子旁边的高头大马上是已经被淋成落汤鸡的侍卫头领秦玉。

秦玉眼见大雨势头越来越大，看到前面有一个茅草棚子，急忙高声对轿子里道："禀报相爷，弟兄们都已经淋透了，小人斗胆，我们可否到前面小棚子避避雨？"

宰相李林甫从轿子里探出头来，叹息道："这鬼天气！弟兄们也不容易，我李某出巡，大家跟我受苦。咱们快去躲躲吧。"

众官兵如蒙大赦，急忙快步钻进茅草棚子，把长安城的威风体面抛到脑后。

李林甫站在茅草棚子里，看着天上的雨势，心想，自己要不是想到中原各地游玩，才不会领取出巡的差事，一路上山川景色看了无数，凄风苦雨也受了无数。长安城的人养尊处优，绝不会料到自己躲在一个破茅草棚子，□□惶惶。李林甫回头，官兵们都站在角落，用力拧着衣服上的雨水。

侍卫头领秦玉看着阴霾的天空，道："相爷，这雨一时半刻下不完，小人骑快马到前面青原镇去找本地的地方官，要他们来接应相爷，总好过在这里受罪。"

李林甫随口道："是个主意，快去快回。"

秦玉跳上马，扬起马鞭，向着西南方奔驰而去。

青原镇县衙内，一个盛满热水的木桶里面漂荡着花瓣，一张俊俏的白净脸孔从热水里冒出来。此人本地县令罗有才，为人讲究，每天香汤沐浴，春夏秋冬从不间断。他沐浴完毕，在脸上扑上香粉，正在用小剪刀修剪胡须突然一阵击鼓声传来，吓得他手一滑，脸颊上割破一道血痕。他气得起身大喊道："是哪个不识相的，打搅本县令剃须？衙役何在？不管告状的是谁，给本官先打二十大板解解气！"

那群衙役素来欺压良善，立刻抓起水火棍，快步将县衙门口击鼓的秦玉围起来。县官罗有才正欲挥手叫手下打人，忽然看到对方身着官服，身材魁梧，似乎有点儿来历，便问："你是？"

秦玉道："罗县令好大的官威啊！"

罗有才听对方口气，果然不是善茬儿："本官管辖一方百姓，自然要令行禁止。不知老兄官居几品，在何处发财？"

秦玉从腰间拿出进出大明宫的腰牌，给身边的衙役展示："本官是大明宫侍卫头领秦玉，奉陛下圣旨，保护相爷出巡安危。今夜大雨，相爷被困在县衙东北方的草原上，你快准备雨伞、斗笠和蓑衣，跟我搭救相爷！"

罗有才早就听说宰相李林甫会经过此地，但没想到如此仓促，急忙招呼衙役，准备好了雨具，众人闹哄哄地奔向东北方的草原。到了草原上的茅草棚子，里面竟然空无一人。宰相李林甫和那群官兵，全都消失不见了！怪异的是，秦玉和罗有才一路行来，没有遇到一名形迹可疑的闲杂人等。

这时，吱吱呀呀的声音传来，一架堆满稻草的马车缓缓行过来，一个老头坐在上面，衣服也已经被淋透。老头看到罗有才和衙役，急忙勒住马缰绳道："县老爷，你们怎么深更半夜出现在我家的草料棚里？"

罗有才认出这是青原镇附近村里的一个老光棍，平素依靠出卖稻草和放羊为生，便道：“杨老七，你这一路上可曾遇到一群官兵，打头的是一个身穿紫色官服的人?”

老头回答：“天这么黑，雨这么大，怎么可能有人走路?”

罗有才用袖子擦一下脸上的雨水：“看来相爷一定是离开去了附近村子避雨，咱们四处找找吧。”

秦玉咬着嘴唇，有一种不祥的预感。

后来发生的一切，使他明白，这是早有人设好的圈套，目的是一个更大的阴谋。当夜，罗有才和县衙的二十多个衙役找遍了附近的山村，就是没有李林甫和官兵的踪迹。李林甫的失踪成了一件无头公案，村民们都传说草原受到了诅咒，把李林甫和官兵吞噬了！

第一章　狐王孙的挑战

长安城，朱雀大街。

一张布告高高地悬挂在白粉墙上。这张布告，不是大唐朝廷贴上的，也不是老百姓贴上的，布告内容是：久闻大理寺丞擅长断案，今有青原镇受到诅咒，宰相李林甫和十六名官兵在草原凭空消失。李林甫和官兵消失的幕后主使，便是区区在下。今发出挑战书，希望大理寺丞青原镇一行，某恭候大驾。

落款是狐王孙。

司空虎一身便服，坐在一旁的小摊上，满脸阴云。他把一根麦秆叼在嘴里，出神许久才起身离去。

司空虎回到家，看到高力士坐在院子里的石桌边，端着一个朱漆盘子，满腹心事地吃点心。其他人等，包括小清，全都回避。

司空虎问道："阿翁屈尊寒舍，一定是与相爷的案子有关。"

高力士放下点心盘子，招呼他坐下来，回答道："这件案子，老奴不想管，但是不管又不行。这关系到皇室秘闻，可以说是如履薄冰。你猜那个向你挑战的狐王孙是谁？"

司空虎试探道："阿翁认识此人，此人的外号又叫狐王孙，难道他是皇室中人？"

高力士点头："此人是多年之前已经死去的一个人，谁知会再次出现。直说了吧，你可记得当年的吴王？"

司空虎想起来了。

那是先皇睿宗时期的一桩皇室秘闻。当时，吴王与朝廷的程侍郎联姻，迎娶程侍郎的独女。谁知横生枝节，程侍郎的女儿被太平公主看到，太平公主见对方相貌倾城，就举荐给了先皇睿宗。先皇睿宗横刀夺爱，封程侍郎的女儿为婕妤。半年之后，吴王失踪。紧接着，程婕妤因为一个秘密被先皇睿宗赐死，当夜有一名刺客入宫行刺，被宫廷侍卫重伤。后来这件行刺案便不了了之。

这件事，司空虎只听大理寺卿布书仁讲过一个大概。

司空虎问道："阿翁，难道狐王孙就是吴王？"

高力士点头："那件事情，众人只知其一不知其二。程婕妤是因为给先皇的宠妃凌贵妃下毒，才被先皇赐死。后来发现，程婕妤身怀龙胎，而凌贵妃不能生育。真相大白，先皇发现是一桩冤案，但是皇帝是不能认错的，所以将此事封存。那个入宫的刺客，就是想带程婕妤私奔的吴王。先皇怎么可能杀死王族中人，更何况理屈，就把吴王放走。吴王就此失踪，大家以为他死了。今天，朱雀大街的那张布告，行文方式和字迹老奴一眼就看出是吴王的！奇怪的是，他回来复仇，不找其他人，单单向你挑战？"

司空虎道："狐王孙的挑战书，说相爷和十六名官兵凭空消失，而非被杀，所以下官想去青原镇看看。倘若狐王孙真是吴王，下官尽量化解恩怨。"

高力士叹息道："如此最好。"

五天之后，三人出发，司空虎走在前面，项龙城扛着包袱和长剑，小清跟在后面。他们来到青原镇外的一间客栈门口，店小二笑脸迎出来。项龙城四下看看客栈墙上写的菜谱，发现只有三样——羊肉汤、阳春面和糖蒜。项龙城问道："小二哥，怎么只有这些？看来你们这里不是经常有人光顾吧？"

店小二回答："老兄说对了，相爷凭空消失，大家都说我们小镇受了诅咒，有点儿晦气，不仅没有人来，反而好多人搬走了。"

司空虎要了三碗阳春面，一碗羊肉汤，三头糖蒜。店小二喜滋滋地从后厨端面回来的时候，看到司空虎正在翻检包袱，抽出那张从朱雀大街摘下来的布告。司空虎接过阳春面，问道："小二哥，你帮我看看这张布告，上面的字迹你认不认识？我猜这个人在小镇里应该挺出名的。"

店小二接过布告，立刻一怔，瞪眼睛仔细看看司空虎，再仔细看看项龙城和小清，兴高采烈地叫道："这不是狐王孙的字吗？你是长安城来的大理寺丞司空虎，另外两位一定是你的跟班！"

司空虎沉吟道："狐王孙的挑战书，在这里已经尽人皆知？"

店小二依然难掩兴奋，道："自从相爷失踪，大家都说草原受到了诅咒，相爷和官兵被草原吃掉了。后来狐王孙出现，向你挑战。我最喜欢听人断案子，对大理寺丞久闻大名，如雷贯耳，一直没机会见面，但是我猜你一定能破解草原吃人的案子。三位，今天的饭菜我请客，只要你们能破案，可以每天来我店里吃白食。"

司空虎愕然，回头看看项龙城和小清。他没想到自己成了一个热闹，或者戏台上供人耍笑的猴子。大家虽是看重他的能力，但是内心总觉得不舒服。

司空虎一行三人吃完面，喝光了羊肉汤，离开了客栈。店小二趁机起哄，大声喊叫起来："大理寺丞来啦！狐王孙向大理寺丞挑战，大理寺丞如约应战。各位不是说他不敢来吗？如今一定要见个分晓！"

门外的路人听说是大理寺丞前来应战，立刻围过来，高声起哄。司空虎被众人指指点点，恨不得找个墙角钻进去，此刻只能剥开糖蒜，往嘴里塞进一瓣蒜瓣。司空虎手里捏着糖蒜，项龙城和小清跟在后面，众看客一直在不远处指指点点，那场面有些滑稽。

项龙城小声道："大人，要不要我打出一条路来？"

司空虎急忙摆手："别胡说。"

小清伸手一指前面的一个院落："这不就是衙门吗？"

项龙城飞身上前，伸手拍打门环。

大门吱呀一声打开。

项龙城还没愣过神来，只听当啷一声，一件物什丢在他的脚下。紧接着一个身体从门里摔出来，差点儿砸到项龙城身上。大家退后一步，只看到一个胖乎乎的男子倒在门槛上，头朝地面，已人事不省。

项龙城蹲下身子，用手指按在男子的颈部，发现已经没有脉象了，但是尸体尚未僵硬，显然是刚死不久。项龙城转过头，看着脚下的物什，是一柄带血的匕首。

那帮看热闹的人乱叫起来：

"死的是县丞冯胖子！大理寺丞的跟班杀了县丞冯胖子！"

项龙城简直百口莫辩。

忽然一阵咣咣的锣声由远及近。众看客回头，看到一队衙役走过来，一乘轿子停在衙门口。一个身穿官服、头戴幞头巾的男人从轿子里探出头来。众看客急忙给男人跪下。

司空虎与对方一照面，立刻一种很油滑的感觉。男人油头粉面，胡须也是仔细修剪过，上面还抹了油脂。

"冯胖子呢？"

没人回答县令罗有才的问话。

县令罗有才莫名其妙，问司空虎："你们是何人，来衙门有什么事？"

一个看客叫道："他是来向狐王孙应战的大理寺丞。那个小胖子，就是杀死冯胖子的凶手。"

县令罗有才捻一下胡须，急忙拱手道："没想到大理寺丞如此年轻！你们来应战！怎么惹上了人命官司？"

司空虎摇头苦笑："没想到狐王孙先下手为强。罗县令，狐王孙的案子暂且搁置，先审理一下冯胖子的死因吧。”

两刻钟后，小镇的衙门升堂了。

主审案子的就是刚才这位有点儿不靠谱的七品县令罗有才。司空虎坐在罗有才身边，小清站在司空虎背后，喜滋滋地打算看好戏。罗有才用力拍惊堂木：“本官坐镇县衙，请县丞冯有道代理小镇事务。现今冯有道死于非命，可有证人在场？”

那帮看客闹哄哄地举手。

“你们都是证人？那冯胖子是怎么死的？”

众看客齐声道：“被谋杀的。”

“凶手是谁？”

众看客乱纷纷指向项龙城。

“凶器呢？”

项龙城低头，捏起那柄带血的匕首。

罗有才一脸纳闷，看看司空虎，再看看项龙城和小清。

司空虎道：“罗县令，既然龙城兄有杀人嫌疑，那就公事公办。”

罗有才笑嘻嘻道：“大理寺丞是天皇上差，您只管叫卑职老罗就行了。”此时项龙城听司空虎的话，已经乖乖站到大堂下面，于是罗有才再拍惊堂木，“项龙城，你做何营生？”

“江湖游侠。”

“你可见过冯有道？”

“见过。”

“何时见过？”

“两刻钟前。”

“你与冯有道可有仇怨？”

“并无仇怨。”

“凶器可是那柄带血的匕首？”

“是。”

“那柄匕首当时可是在你身边？”

“准确地说，是被人丢在我脚下。”

“你身边是否有其他可疑人等？”

“没有。”

“案犯项龙城与死者冯有道本无仇怨，案发之时也无口角瓜葛，估计案犯多时闲居，技痒难耐，一时冲动，行凶杀人，按大唐律法，当依法处斩！来呀，给案犯画押！”

项龙城莫名其妙：“我怎么没听明白？”

小清哈哈大笑：“这个县官说你因为手痒，杀了冯胖子。”

项龙城觉得这件事简直荒唐透顶，自己被这个糊涂官当成了杀人凶犯，而且有口难辩，要是江湖朋友听说自己因为手痒杀了人，岂不笑掉大牙！抬眼看去，发现司空虎正在对他使眼色，于是项龙城低下脑袋：“我手抽筋。”

“案犯手有残疾，无法画押，暂且监禁起来。大理寺丞，您可有指教？”

司空虎不吭声。

“本县县衙距小镇路途遥远，此处没有牢房，将案犯暂且关押到后院柴房，择日再判，退堂！”罗有才一拍惊堂木，站起身来。

众看客一哄而散。

第二章　仆役和管家

衙门外面高高挂起一张布告，一群百姓过来围观：长安城游侠项胖子谋害青原镇县丞冯胖子，已被关押。大理寺丞没有项胖子清白的证据，谋害冯胖子一案应属实情。本官明镜高悬，倘若本地百姓有项胖子清白的证据，或者项胖子谋害冯胖子的证据，即刻前来报官，以免项胖子含冤受屈，冯胖子白白送命。

众百姓被一个接一个的“胖子”看得眼花缭乱，晕晕乎乎，怀疑罗有才在发神经。

此时项龙城已经被关到柴房，司空虎和小清在街道上乱走，想找村民打探一下狐王孙的来历。他们走到哪里，都会有一群看客指指点点。司空虎郁闷极了，看客这么多，就算有村民知道线索，也不敢透露的。

忽然，一块用信笺包着的石头从不远处的屋檐上飞来，掷在他的脚下。司空虎捡起石头，打开信笺。信笺上写着：镇外东南方向三里，如梦馆。狐王孙恭候大驾。

司空虎把信笺塞进袖子，带着小清回到县衙，找县令罗有才借马车，然后顺着草原，来到镇外东南方向三里处。

这里是一个很僻静的山坳。只见高耸的屋檐，两扇绿漆大门，门楣上一个黑底红字的匾额。大门没锁，两人走进院子。小院子里十分清净，显然时常清扫，但是却没有人，十分静寂。

司空虎朗声道："大理寺丞应约而来，狐王孙可否现身？"

从大堂里传出回答："大理寺丞应约而来，狐王孙可否现身？"

司空虎和小清面面相觑，小清问道："司空大哥，他干吗学你说话呀？"

大堂里继续传出声音："司空大哥，他干吗学你说话呀？"

司空虎立刻明白怎么回事了，对小清使个眼色，两人快步走进大堂。大堂正中是一个桌案，桌案上摆放着一个牌位，上书三个字：狐王孙。门后面挂着一个鹦鹉架，架上一只绿皮鹦鹉。司空虎来到鹦鹉架前："就是你，对不对？"

鹦鹉叫道："就是你，对不对？"

小清忽然想搞一次恶作剧，看到墙根有一根鸡毛掸子，就抓起来指着鹦鹉："你给我老实回答问题，否则叫你好看。"

鹦鹉道："你给我老实回答问题，否我叫你好看。"

小清抡起鸡毛掸子，痛打鹦鹉。

司空虎摇摇头，来到桌案前面，仔细看着"狐王孙"的牌位。牌位下面是一张洒金信笺。信笺上写着：大理寺丞远道而来，某有事不能奉陪，着请仆役代为接待。狐王孙谨拜。

司空虎刚刚放下信笺，就有一声咳嗽传来。司空虎和小清回头，只见一个脸上戴着面具的男子，拿着一根长长的扫帚出现在院子里。那副面具一边是银白色，一边是红色，煞是显眼。

面具人开始慢慢地扫院子，用沙哑的嗓音道："你们两个也真是奇怪。好朋友项龙城被当成了杀人凶犯，你们就不担心？"

司空虎道："我从不担心项龙城，他在那间柴房里，像是小孩子过家家。你就是狐王孙的仆役？"

"不错，贱名妖面。"

"你在镇上居住，肯定是用假身份了。"

"大家都以为我是外地搬来的镖师。狐王孙要我代为传话，大理寺丞既来之则安之，假如不能破解食人草原一案，他可以帮你。”

“怎么帮?”

“我们可以让食人草原再吃一次人，比如小清姑娘、县官罗有才，或者其他任何人。”

“项龙城已经被你们陷害，身陷囹圄，倘若小清和罗有才失踪，狐王孙真想要我成为孤家寡人?”

“就是这个意思。”

司空虎扬起手里的信笺，重重拍在桌案上。

戴着面具的男人狂笑起来：“我就在这里等候大理寺丞的解答。你可以找罗有才抓我，但是破解不了宰相李林甫的失踪一案，你照样输给狐王孙。”

司空虎也跟着笑起来：“在解答相爷的案子之前，我先解答你的身份。你故意装出哑嗓，说明我们以前见过，你在担心被识破。你身上油盐酱醋味道很重，说明你经常下厨，再加上客栈可以打探消息，其他还用多费唇舌吗，小二哥?”

面具男人一时怔住，缓缓伸手将面具摘下。青原镇客栈店小二的脸孔马上显露出来。

司空虎面对着店小二，一阵风吹过来，衣袂簌簌有声。

店小二讪讪道：“没想到，我这么快就栽在了你的手里。狐王孙一向步步为营，你来如梦馆，我的另一位朋友去了衙门。他的对手是项龙城。”

司空虎问道：“狐王孙有多少手下，可以给我介绍一下吗?”

店小二道：“狐王孙手下是我们结义三兄弟。我是仆役妖面，去找项龙城挑战的是管家阿刽，还有一个主簿霍斯仁。我们三人，你会陆续见到的。”

衙门的柴房里，看守柴房的两个衙役，觉得事情有点儿古怪。

刚才项龙城说肚子饿了，两个衙役不搭理他。谁知道不久就听到柴房里有人撕扯鸡腿的声音。进去一看，项龙城果然抱着一只烧鸡在啃。项龙城离开柴房去偷鸡，两个衙役竟然没有觉察到，难免头皮发麻。等到关了柴房的们，衙役发现自己留着解馋的黄酒也不见了，身后的柴房里传出喝酒的滋溜声。两个衙役再回到柴房里，那个装黄酒的酒壶分明躺在项龙城的脚下，壶里却是空的。两个衙役怀疑自己是遇到鬼了，但是又不能说出去，否则别人知道项龙城在看守眼皮底下进出自如，自己担待不起！

夜色渐浓。一声咳嗽从屋檐上传来。

一个刀疤脸的男人，手持一柄鬼头刀，站在柴房对面的屋顶上。两个衙役吃了一惊，拔出钢刀，站起来挡在柴房门前。

“我对你们没兴趣，我是来会朋友的。”

两个衙役互看一眼，然后回头望向项龙城。突然，两块断砖飞过来，将两个衙役打昏在地。

项龙城看着屋檐上的刀疤脸，摸摸肥肚腩，打个饱嗝：“我项胖子根本就不认识你，何谈朋友？”

刀疤脸大笑起来：“以前不认识，如今不就认识了！”

项龙城苦笑，心想自己是解释不清了，等到衙役醒来，难免有一番纠缠。

刀疤脸从墙头落在院子里。项龙城觉察到此人轻功极好，落地无声，便站起来打开柴房的门，走到院子里。

刀疤脸举起手里的鬼头刀，对准项龙城。

项龙城的长剑被衙役收走，只好折下一根树枝，权作兵器：“何方神圣，报上名来！”

刀疤脸：“我叫阿剑，狐王孙的管家。”

项龙城道：“狐王孙感兴趣的不是我，是大理寺丞。把我关起来，是想让大理寺丞失去帮手。你如今来找我，一定是大理寺丞和狐王孙交过手了。”

刀疤脸大笑起来：“司空虎为人机智，轻松解开了我一位朋友的真实身份。小清就有点儿不靠谱，她不管你的死活，玩心大发，差点儿把狐王孙的宠物鹦鹉玩死。”

项龙城不语，伸出手，做出一个请的姿势。

刀疤脸大喝一声，手中的鬼头刀砍向项龙城。项龙城闪身躲过，鬼头刀立刻跟上，院子里的灰尘扬得满天都是。项龙城左手伸出，抓住鬼头刀的刀背。两人一起用力，鬼头刀停在院子中央。刀疤脸右腿一沉，左腿踢出，项龙城伸左腿接住，两人下盘功夫都不弱，一时难分胜负。刀疤脸的鬼头刀被制住，一时慌张，忽然项龙城右手的树枝探出，用力敲在刀疤脸的额头。

刀疤脸左手抓住树枝，谁知道一根硬邦邦的物什紧接着飞向刀疤脸的嘴巴。眼看自己牙齿不保，他急忙张口咬住，立刻满嘴油腻腻的味道。在项龙城的笑声中，刀疤脸把嘴里的物什掏出来，原来是项龙城刚才吃剩下的一根鸡骨头。

“你戏弄我！”

项龙城慢慢地回到柴房里，一屁股坐下：“狐王孙绑架李林甫，何尝不是在戏弄朝廷？我这叫以其人之道还治其人之身。你的刀法不错，以后找我切磋，在下随时奉陪。项胖子今天赶路累了，碰到一个糊涂官，刚才又被你打搅，没休息好，不送啦。”

刀疤脸把鸡骨头掷在地上，伸手摸着额头的包：“我轻敌了。我这一次找你较量，是想打探一下你的虚实，并非狐王孙的命令。下一次，可就没这么草率了，你要小心。”

不一会儿，柴房里传出项龙城的鼾声。

刀疤脸转身掠上墙头，消失不见了。

等到两个衙役醒来，看到院子里一团乱糟糟，刀疤脸不知去向，项龙城在柴房里睡觉。两个衙役想去找县官罗有才禀报，但是自己看守不力，犯人在院子里进出自如，他们只会在糊涂官那里得到一顿臭骂，干脆装糊涂。

夜空下，小镇外三里处的如梦馆。店小二负手而立，仰望苍穹。

刀疤脸走进院子，讪讪道：“我栽了。我平素难遇对手，看到高手到来，就想和他切磋一下，谁知技不如人！”

店小二叹息道：“我栽得更惨。我身份暴露，只能躲起来，那间客栈暂且关门。我跟随狐王孙观星，练就一手绝顶的观星术，从未失手。这里不久就会下雨，咱们准备下一步的计划。”

夜色苍茫，唯独没有星星，一场大雨，即将如期而至了。

第三章 放羊老汉的秘密

第二天一早，司空虎在衙门里翻看小镇的案件卷宗。宰相李林甫和十六名官兵在小镇附近的草原上凭空消失。草原上没有任何的遮蔽物。在场的人证都是衙门的差役，心智正常，不会出现幻觉，更不会撒谎。这简直匪夷所思！

司空虎拿着卷宗出神，忽然手指停在了卷宗里的七个字上面——放羊老汉杨老七。杨老七就是那座茅草棚子的主人。

司空虎打算去杨老七所居住的村子看看，于是和小清离开衙门。县官罗有才害怕他们出事，想叫衙役跟着护卫。司空虎觉得人多眼杂，自己不能暴露身份，就说是打算出门散步。

青灰色的云彩越来越近了。

等到司空虎和小清来到杨老七住的村子，向村口的人问路，那人立刻莫名其妙道："还有人敢来找杨老七？他不是失踪快一天了吗？你们是什么人?"

司空虎笑道："我们是外地人，想来找他买几只羊羔。"

那人似乎明白了："真会做买卖呢！你们消息好灵通，知道他惹上官司，打算搬家，想把手里的羊羔廉价出手？你们是宰相失踪之后，来找杨老七的第三拨牲口贩子了。他家就住在前面拐弯的地方，如今交给侄子杨九斤打理。"

司空虎正中下怀，心想自己冒充牲口贩子算是冒充对了！于是向那人拱手道谢，转身离开。

杨老七的家是一个挺大的院子，听到拍打门环的声音，一个高大魁梧的长脸汉子走过来开门。

“外地客商，想来找杨老七买几只羊羔。”

“我是杨老七的侄子，兄弟请进。”

司空虎和小清跟着杨九斤走进院子。四下看看，院子东侧是柴房，堆满了草料，绕过柴房，拐一个弯，就看到一群躁动不安的山羊站在栅栏后面。司空虎拍了拍一只山羊的脑袋，翻看一下牙口：“杨老七对于这些山羊很上心啊，卖掉可惜了。”

杨九斤叹息道：“自从相爷失踪之后，村民对七叔避之不及，他只好卖掉羊群，远避他乡。”

司空虎笑嘻嘻道：“我们有点儿口渴，能不能给我们一碗茶喝?”

杨九斤这才想起，自己只顾做生意，有失礼数，急忙呵呵一笑，请司空虎和小清进堂屋歇脚。堂屋很整洁，东墙上挂着一幅书法，是地道的欧体楷书。司空虎立刻明白，杨老七爱好风雅，不是一般的放羊老汉。

司空虎喝着杨九斤送上来的茶，觉得这茶香气扑鼻，长安城都喝不到，连连赞叹。杨九斤解释道，这是青原镇本地人从山坡上采摘的山茶，外地的达官贵人觉得山茶不入流，不屑一顾，所以小镇的人就自己采茶自己喝了。

司空虎看着墙上挂的书法，随口道：“这字不错。我朝学子研习楷书，无非虞世南、欧阳询、褚遂良和薛稷。欧阳询的《九成宫醴泉铭》结体险峻，成就很高。可惜杨老七不在，否则在下一定向他请教书法。”

杨九斤道：“兄弟是内行，倘若七叔在家，一定和你投缘。”

小清一边喝茶，一边向司空虎挤眼睛偷笑。

这时，一阵急促的敲门声传来，杨九斤去开门。一个衙役闯进院子，叫嚷道：“杨九斤，你惹上官司了！杨老七被人杀了，县老爷要我抓你去问话……大理寺丞也在啊?”

杨九斤回头看司空虎。司空虎眼见得无法掩饰身份，只好尴尬地笑笑，问衙役道：“杨老七怎么死的?”

衙役回答：“杨老七被发现死在了邻村的山坡上，但是他身边没有凶手的脚印。罗大人无法断案，又找不到大理寺丞，只好叫小的来抓杨九斤。”

司空虎只好道：“劳烦带路。”

天空阴霾得更厉害了。

司空虎和小清来到邻村的山坡。县官罗有才和一群衙役守在这里，看到救星赶来，急忙招手。司空虎上前，罗有才指着已经无法醒来的杨老七。只见尸体倒在地上，胸口插着一柄匕首，尸体旁边只有一群山羊。

罗有才讲解道：“今天早上，大理寺丞刚出门就有村民来报官，说杨老七死了。下官来查案子，发现附近根本没有凶手的脚印，只有一群山羊。大理寺丞足智多谋，断案如神，这次一定要帮我。”

司空虎四处走走，案发现场保护得很好，草地上果然只有山羊的羊蹄印，其他一概没有，难怪罗有才犯难。司空虎笑道：“罗县令，凶手就是那些羊蹄印啊。”

罗有才怀疑自己听错了，一脸迷茫。

司空虎道：“这些羊蹄印，其他的很轻，但是有一行很重，所以不是山羊留下来的。罗县令见过春节闹龙灯的时候，杂耍艺人脚下踩的高跷吧？凶手找一个一尺来高的小高跷，把高跷的底部修改成羊蹄的形状，然后踩上高跷，杀死杨老七，自然可以浑水摸鱼了。”

罗有才一拍脑袋，道：“多亏大理寺丞在这里，长安城来的天皇上差，果然不同凡响!”

司空虎道：“杨老七一定是被狐王孙灭口的。他是本案唯一的证人，我们办案可能会曲折一点儿。”

罗有才一挥手，命令两个衙役把杨老七的尸体抬走，然后指着不远处的草原，道："这里不远处就是相爷失踪的地方，大理寺丞可有兴趣查验现场？"

司空虎早就想查验现场，如今有本地县令做向导，当然答应。罗有才在前面带路，两刻钟后，他们来到了那个破旧的茅草棚子。因为案发之时，天降大雨，所以挣扎和打斗的痕迹全都被毁。司空虎拍拍茅草棚子，转身走到外面。这片草原和其他草原并无二致，有几个浅浅的水坑，里面还有一两条细细的草鱼游来游去。有鱼的水坑显然不能藏人。司空虎在草原上跺脚，地面结实，没有任何疑点。

忽然，司空虎的眼睛回到了茅草棚子。

罗有才问道："怎么了？"

司空虎冷冷道："草棚外面是草地，里面偏偏是泥地。附近村民肯定有锄头，劳烦罗县令借两把锄头过来。"

罗有才问道："大理寺丞怀疑地下埋着东西？"

司空虎道："比如尸体。"

罗有才道："人多眼杂，我们去借锄头，反而打草惊蛇。我叫弟兄们用刀试试。"

司空虎闪到一边，罗有才招呼衙役，拔出腰刀，将茅草棚子下面的泥土地面掘开。果不其然，泥土是松的，不久就有一个身穿侍卫官服的尸体显露出来。那群衙役好事，挖得更带劲了。

司空虎摆手道："到此为止，大家心中有数就成。倘若挖出来，就真的打草惊蛇了。咱们先把尸体埋回去。"

罗有才问道："相爷生死不明，我们不确认一下？"

司空虎抬头看天："相爷没事，否则狐王孙拿什么向我挑战呢？"

罗有才觉得也对，于是命令衙役们将茅草棚子的泥土地面重新填埋好。司空虎怅然，那个狐王孙，也就是吴王，到底长什么样？此人神龙见首不见尾，自己和他的较量一直处于上风，且看案子下面如何发展。

第四章　疑窦丛生

司空虎和小清回到衙门之后，司空虎觉得很累，就趴在客房的桌子上打盹，他刚迷糊过去，就听到外面县官罗有才的叫骂声："你们干什么吃的，连个人都看不住?"

一群衙役跪在地上，面面相觑。

其中一个衙役纠正罗有才道："老爷，不是人，是个死人。"

罗有才简直怒不可遏："死人不是人啦？大白天有人来县衙偷尸体，你们一群废物，没一个管用的!"

原来冯胖子的尸体不见了。昨天晚上，负责看守停尸房的衙役，因为惧怕尸体，于是喝酒壮胆，一时醉酒，直到今天中午才醒，醒来就发现尸体不见了。罗有才回到衙门，立刻怀疑是项龙城所为，来到柴房一看，项龙城摸着肥肚腩，正在呼呼大睡，地板上一堆鸡骨头和一个空酒壶。

罗有才认定衙役讨好凶犯，给凶犯买酒买鸡。两个衙役自然不敢明说项龙城武艺高强来去自如，于是把昨天出现的那个刀疤脸抬出来："大人，昨天有一个刀疤脸从墙上掠过，此人武艺高强，行迹诡秘，一定是他偷走了尸体。"

罗有才正在胡思乱想，看到司空虎站在门口，干脆把烫手山芋推给司空虎："大理寺丞，你来帮我了？你是断案高手，今天早上的杨老七被杀案和茅草棚埋尸案都是你破解的。这件尸体失踪案交给你，你一定觉得易如反掌。”

司空虎看向地上跪着的衙役。衙役们也都看向司空虎。

司空虎早就习惯了孤身一人面对敌手。他刚一点头，众人立刻如释重负。大家站起来，拍拍身上，准备散开。

司空虎冷冷道：“谁敢离开，以玩忽职守罪论处。”

众衙役互看一眼，低下脑袋不敢作声。

司空虎马上去见项龙城。

院子里尽是打斗过后的凌乱痕迹，项龙城手里不知什么时候多了一个猪肘子，一副悠闲自得的模样。

司空虎笑道：“好兴致啊。”

项龙城道：“那两个看守我的衙役耳力不行。我趁他们背过身子聊天喝酒的时候，悄悄拧开门锁，出门后再把门锁拧上，然后跑到厨房看看。衙役就算有所察觉，看到门锁一直拧着，也完全猜不到柴房里面已经没人了。我从厨房偷了东西回来，衙役只顾聊天，也没注意到我在他们身后拧开门锁，回柴房后再把门锁拧上。昨天两个衙役像是见了鬼一样。找这种废物看守我，罗有才是不是故意的？”

“我去查案，你也没闲着，昨天和别人比过武艺了？”

“一个刀疤脸，自称狐王孙的管家。”

“狐王孙的管家从你这里讨不到便宜的。你的剑法，已经独步我朝了。”

“大人这么抬举我，是有难题找我帮忙吧？”

“冯胖子的尸体不见了，你觉得是否是那个管家所为？”

“狐王孙叫人偷尸体？一具尸体有什么用？”

司空虎咬着嘴唇，默默思忖。凶手杀人盗尸，只要知道冯胖子尸体的用处，就能知道狐王孙的算盘了。

就在此时，一个衙役闯进院子，说县官罗有才要见司空虎，有重要案情。

司空虎赶到衙门大堂的时候，看到一名身穿水绿衣裙的安静温婉的年轻女子站在堂下。罗有才端坐在桌案后面，满脸得意，招呼司空虎坐下，然后一拍惊堂木，高声道："黄氏，你把刚才讲的事情再讲一遍给大理寺丞听。"

年轻女子道："民女姓黄，闺名一个雨字。相爷失踪的第二天一早，有一名身穿官服的男子身负重伤，倒在民女家门前。民女看他可怜，按照道义，更不能见死不救。于是民女把他抬进客房，请郎中救治，他醒来之后，自报家门，说他是相爷身边的侍卫统领秦玉。"

司空虎高兴起来了："秦玉幸免于难，他如今人在何处？"

年轻女子道："村里一个恶霸，想强抢民女做小妾。昨天夜里，恶霸进门纠缠，被秦侍卫一掌打死。秦侍卫说要去救出相爷，也不想连累我，于是趁着夜色离开了。民女知道相爷的案子非同小可，害怕秦侍卫出事，听说大理寺丞到了青原镇，就来衙门求助。"

司空虎叹息道："你应该早来找我。如今秦玉去找狐王孙挑战，我们偏偏不知他的下落，如何帮他？"

年轻女子跪下叩头道："秦侍卫和相爷能否生还，拜托大人了！"

司空虎一脸为难之色。

忽然，一个衙役闯进大堂，喊道："禀报大人，县丞冯胖子的尸体被发现倒在镇外东南方的一棵柳树下面。"

司空虎和罗有才对视一眼。

冯胖子的尸体消失之后，出现在了镇外，这一定与狐王孙有关。更何况，镇外东南方正是去往如梦馆的方向。

众人闹哄哄地来到镇外，按照衙役所指，找到了那棵柳树。这柳树枝条纤细，茎干婀娜，与其他柳树并无不同。县丞冯胖子的尸体完好无损地倒在树下。冯胖子依旧是心口处一道窄窄的伤口。此时伤口被泥土渗入。除此之外，并无其他致命伤。

罗有才问道："把冯胖子带到这里的，一定是狐王孙！可是狐王孙为何把尸体丢在这里?”

司空虎道:“凶手动作越多,破绽也就越多。案件的谜底就在这些破绽里面。”

第五章 凭空消失

司空虎等人回到衙门。冯胖子的尸体依旧被放在停尸房。仵作净过手，仔细检查冯胖子的尸体。司空虎和罗有才站在一旁观看。仵作道："尸体因为被丢在泥地上，衣裤和尸身都是潮湿的，不过尸体保存完好，没有文身和胎记。肠胃是空的，死者没有吞食异物。"

司空虎脸色阴霾，走出停尸房。

前面就是关押项龙城的柴房。两个衙役正在吃葵花子，看到司空虎，便站起来。司空虎说要探监，他们乐得把项龙城这个丧门星丢给别人，便扔掉葵花子，离开了。

项龙城问道："大人可是有疑难无法破解？你找个迎风的地方，吹吹风或许管用。"

司空虎觉得这是个馊主意，但还是顺着梯子爬到屋顶上，踩着瓦片坐好。

项龙城在柴房里问道："大人在愁什么？"

司空虎看着远处渐近的乌云，道："我愁狐王孙动手太少，破绽不够多。"

"大人何不找狐王孙挑战，看他能否让我和小清失踪？"

"我没有把握。"

"你把我弄出去，我帮你。"

两人计议已定。司空虎便去找县官罗有才，要罗有才放人。罗有才自然不肯。

司空虎眼睛一转道："罗县令，你说过项龙城手有残疾。一个手有残疾的人能行凶杀人吗?"一句话差点儿把罗有才噎死，对方没办法，只得以证据不足为名，释放项龙城。但是不准项龙城离开青原镇，随时听候召唤。

司空虎、项龙城和小清从衙门借了一辆马车，来到镇外东南方向三里，如梦馆静静矗立。院子里依旧静悄悄，小清来到屋里，径直去找鹦鹉。鹦鹉看到小清，立刻想要飞走，奈何被一条细细的链子拴在架上，急忙挣扎道："坏人来了！救命啊!"

司空虎来到桌案前面，抓起毛笔，蘸了墨汁，拿起一张洒金信笺，写道：承蒙吴王千岁错爱，司空虎准时践约。倘若千岁能使项龙城或小清消失，在下会在三日内将其寻回。倘若司空虎无法破解，必定回乡归隐，永不断案。立字为据。

司空虎写完信笺，丢下毛笔，转身走出院子。项龙城和小清快步跟上。司空虎迈出门槛的时候，看到后院身影一闪。

果然，店小二手持扫帚，从院子后面走出来。

鹦鹉叫道："救我，我快被玩死了!"

店小二来到桌案前面，捡起司空虎的那张信笺，粗略一看，嘴角立刻微微翘起。司空虎这次以退为进，事关重大。狐王孙总是一股曲高和寡的寂寥感觉，此刻遇到敌手，他一定会很开心的。

店小二自语道："大理寺丞，既然你想看着身边的朋友消失，那我们就成全你，请你做好准备吧!"

项龙城赶车，司空虎和小清坐在车篷里，一路无话。就在此时，苍茫的天色忽然有雨水淅沥而下，不久就变成滂沱大雨，将马车的车篷淋湿了一半。

突然一粒石子飞来，打在马的眼睛上。马立刻惊了，嘶鸣一声，狂奔起来。项龙城叫一声"跳车"，司空虎和小清先后跳下马车，摔在地上。司空虎抬头一看，原来已经到了李林甫失踪时的那片草原。

雷声低沉，雨水更大了。

司空虎的衣服已经湿透，鞋子也被草原上的泥水浸湿。

夜色渐浓。项龙城和小清不知去向。

司空虎立刻有一种不安的感觉，四下一看，杳无人迹。

一刻钟后，项龙城从草原尽头赶车回来。那辆马车只顾疯跑，项龙城又不能把衙门的马匹打伤，只好用尽全力勒住缰绳。等到马没了力气，项龙城也是筋疲力尽。司空虎和项龙城一碰面，两人倒吸一口冷气。

小清不见了。

草原之上，没有任何的房舍、树木等遮蔽物，只有漫天的雨水和翻滚的雷声。

第六章　主簿

司空虎和项龙城在草原上四处乱找，四周根本没有住家，只有遍野的荒草和水坑。雷声滚过之后，天空渐渐明朗，雨水也渐渐减弱。一队衙役快步跑来，围住司空虎和项龙城，七嘴八舌地问东问西。项龙城急得抓狂，他以为狐王孙会找他下手，孰料倒霉的是手无缚鸡之力的小清。项龙城来不及多说，撇下众人，运起轻功，一个人奔向草原尽头。

司空虎问衙役要过一根木棍，在草原上戳戳点点。等到司空虎在草原上转了一圈，依旧愁眉不展。他回过头，看到几个积满雨水的水坑，又用木棍在水坑里戳几下。

那群衙役不明就里，本着一股看热闹的心态，跟在司空虎身后。一个衙役问道："大理寺丞，您找什么呢？"

司空虎道："这水坑很结实啊。"

那衙役撇嘴道："当然了，水坑里面怎么可能藏人，你没看到水里还有鱼呢。"

司空虎点头道："你们留下几个人，把项龙城找回来。其他人跟我回衙门。我们要尽快找到狐王孙的马脚。"

项龙城四下找小清不见，急得直抓头皮。夜色渐淡，东方露出鱼肚白的时候，看到前面有一个披头散发的人，身形诡异，在密林之中忽隐忽现。项龙城快步走过去："这位兄台，尊姓大名啊？在下姓项，草字龙城。"

男人头一转，抬起脸来："龙城飞将？"

项龙城此时已经看清对方的脸了。

这是一个白色面皮的老年男人，瓜子脸，但是眼睛里却在向外渗着血渍。

"你被人打伤了？是谁干的？"

"狐王孙的管家阿剑！"

"那你又是何方高人？"

"我名叫霍斯仁，是狐王孙的主簿。"

"仆役、管家和主簿，你们三个结义兄弟，我总算都遇上了。阿剑为什么戳瞎你的眼睛？"

"我劝说他们两个不要给狐王孙卖命，结果阿剑说我是朝廷细作，和我打了起来。我技不如人，被坏了两只招子！既然你是大理寺丞的朋友，能否带我去投靠大理寺丞？"

"当然可以。你是狐王孙的手下，一定能揭穿狐王孙和李林甫的去向。"

霍斯仁指着自己只剩下两个血窟窿的眼睛："我投靠朝廷，是为了找个靠山。见过狐王孙真面目的，只有管家阿剑。"

项龙城又开始抓头发。找到了狐王孙的第三个党羽，但是似乎用处不大。如今先把霍斯仁带回衙门，交给司空虎处置。两人一个受伤，一个筋疲力尽，向着衙门慢慢行来。

司空虎和项龙城都不在衙门，衙役们有的去草原接应，有的在前院留守，只剩下阿雨在桌旁打盹。阿雨听到足尖落地的声音，抬头一看，只见一个蒙面黑衣的男人站在门口。阿雨想要声张，蒙面男人右手食指点在阿雨肋下，阿雨立刻昏厥过去。蒙面男人扛起阿雨放在肩上，出门而去。

等到阿雨醒来，发现躺在那个李林甫曾经避雨的茅草棚里。蒙面男人负手而立，正在看着草棚上方滴落的雨丝出神。

阿雨叫道：“你是秦大哥?”

蒙面男人摘掉黑巾，侍卫头领秦玉的脸孔呈现出来。

阿雨问道：“秦大哥，大理寺丞已经来到青原镇，你为何不与大理寺丞一起行事?”

秦玉回答：“相爷被绑架，我难逃其咎。如今我单独办案，也算是给司空虎留了一手。我把你带出来，希望你远离纷争。一个女子，不应成为狐王孙和朝廷的牺牲品。”

忽然秦玉开始咳嗽，伸手按住胸口。阿雨见秦玉面色发青，急忙扶住：“你的内伤一直没好?”

秦玉刚要讲话，回头看到一个高高瘦瘦的身影，身后背着一把鬼头刀，浑身湿透，站在雨中。

秦玉下意识地把阿雨护在身后。

一股力道迎面而来，秦玉急忙闪避。只听咔嚓一声，整个草棚被打塌了一个角。秦玉手掌一翻，一柄小巧的匕首握在手里。寒光一闪，阿剑的衣襟被划破一道口子，因为躲闪及时，没有受伤。阿剑的内力聚集在右手中紧握的鬼头刀，一刀砍出，秦玉用双手将鬼头刀夹住。阿剑飞起一脚，将秦玉踢翻在地。秦玉呕出一口黑血，昏死过去。

此时，脚步声传来。阿剑回头，看到司空虎和那群衙役快步跑来。

阿剑觉得此地不宜久留，转身掠走。

司空虎这才看清棚内的二人。他推开散落在地上的茅草，扶起阿雨。衙役们围住重伤的秦玉。但是秦玉陷入昏迷，根本毫无知觉。司空虎向众衙役下令，大家带着阿雨和秦玉一起回衙门。

当司空虎等人把阿雨和秦玉带回衙门的时候，县官罗有才急忙迎出来。众衙役闹哄哄地向罗有才报功。罗有才向司空虎拱手作揖道：

“大理寺丞辛苦啦！卑职职责所在，只能镇守衙门，其他全都仰仗大理寺丞了。”

秦玉忽然呕出一口黑血。罗有才站在秦玉对面，那口黑血立刻喷在他身上。罗有才倒也不嫌弃，急忙过来帮忙扶住，问道：“这不是秦侍卫吗，你怎么伤得这么重?”

秦玉意识朦胧之间看到罗有才，骂道：“少碰我！要不是那天夜里你走得慢，相爷也不会被绑架!”本想接着骂，但是胸口剧痛，又是一口黑血呕出，脑袋无力地垂下。众人一惊，上前一看秦玉已经断气了。阿雨抱着秦玉的尸体哭泣，但是秦玉再也无法回答了。

就在此时，脚步声传来，项龙城扶着眼睛受伤的霍斯仁回来了。

第七章　县令被杀

停尸房里现在已经摆放了两具尸体。一具是冯胖子，另一具是那个侍卫头领秦玉。司空虎、罗有才和仵作站在尸体旁边，面面相觑。仵作解开秦玉的衣服，尸体身上有好几处刀伤，但都是旧伤，伤疤也已经脱落，只剩下淡红的印痕。仵作用剪刀剪开尸体的皮肤，开始摇头："死者被武功高手踢伤了内脏，能够撑到衙门已属不易，狐王孙的管家内力绝佳，狐王孙本人武艺如何更是难以揣测。两位大人，我们是否向朝廷求助?"

司空虎道："本官写一封信，把高力士请来，或许有帮助。"

罗有才立刻高兴起来，眉飞色舞，双手合十，直念阿弥陀佛。

司空虎看着两具尸体，嘴角有一丝难以察觉的笑意，负手离开停尸房，到客房里面写信去了。

衙门后院，双眼受伤的霍斯仁坐在凳子上，一个郎中正在帮他处理眼伤。项龙城站在不远处看着。霍斯仁的眼睛已经无法治愈，郎中在伤口撒上一些三七粉，也是于事无补了，只能用布条将他的眼睛包扎起来。郎中走后，霍斯仁忽然道："龙城兄。"

项龙城走过来："霍兄。"

霍斯仁："我已经残废了，你一定要抓住狐王孙替我报仇，也为民除害。我想领教一下你的内功。"

项龙城一口答应，来到霍斯仁面前，一掌推去，对方双掌平推，接住他的掌力。一声闷响，旁边的墙壁裂开一道口子。紧接着，墙上的口子越来越大，一堵墙壁轰然塌了一半。一群衙役闻声而来，看到二人内力如此高深，都惊诧不已。

霍斯仁收回掌力，拍拍手。他也暗暗吃惊对方的内功如此深厚。

夜色暗沉，司空虎站在窗前出神。

案子按照狐王孙的预想，进展顺利。与此同时，狐王孙的破绽也是越露越多，司空虎虽然不言不语，但是心中已豁然开朗。这件案子，线索全在两个死人身上——冯胖子和秦玉。只要弄明白他们两个人身上的秘密，就可以解释一切。

项龙城的鼾声从隔壁传来。

司空虎毫无睡意，他看着夜空的星光，回想起自己年幼苦读的经历。年幼受苦，全是为了成年之后的前程做铺垫。此时回想一下，难免感慨。

司空虎推开房门，趁着月光来到院子里活动筋骨。院子里没有人，他一边伸胳膊踢腿，一边来到大门口。一个过路的看客在衙门前面探头探脑。司空虎奇怪，深更半夜怎么有人来衙门，便向他招招手。看客慢慢走过来。

司空虎随口问道：“兄弟你有冤屈，要告状吗？”

看客小心翼翼道：“大理寺丞有所不知，我们青原镇的人都喜欢罗大人。”看到司空虎一脸狐疑，急忙解释道，“不是喜欢他断案清楚，而是他断案迷糊，往往把真凶放走，或者把原告抓起来。大家觉得罗县令很逗闷子，所以专门来看他断案，有的人是赶了三天远路，千里迢迢来看他给大家解闷的。”

司空虎一听，也是哭笑不得。这个罗有才，是一个地地道道的糊涂官，仅见他以手痒杀人作为罪名把项龙城关押起来，就可见一斑。本地人竟然把罗有才当成开心果，这帮百姓似乎也不靠谱。

那个看客走后，司空虎继续在衙门里转圈，不知不觉来到罗有才的房门前，发现屋子里有火光，窗纸上也有焦痕，透过窗纸，往里窥探，只见屋子里静悄悄的，罗有才倒在地上。一堆点燃的木柴，摆在罗有才脚边。火势已经蔓延到窗户上，将窗户引燃。

司空虎赶紧推门，却牢不可开。他马上喊一声。

听到司空虎的喊叫声，衙役们立刻觉出危险，都披上衣服围过来。大家用肩膀撞开门。只见罗有才已经没有呼吸了，左边肺叶处，插着一把匕首。

司空虎来到门边，捡起被撞断的门闩。

“罗县令自尽了！”众衙役七嘴八舌叫嚷起来。

司空虎冷冷道：“他没有自尽的理由。”

一个衙役道：“死人是不可能在死后还闩上门的。只能是罗县令自己不想活了，闩上门自尽的！”

众衙役议论纷纷。

司空虎一脸阴霾，要衙役们把罗有才的尸体放到停尸房里去，自己却站在被焚毁的窗户前面出神发呆。他面前的一扇窗户上面，有两个用手指戳出来的孔洞。司空虎伸手轻轻拂拭着窗纸，喃喃自语道：“为什么是两个？”

此刻大家没有人能睡着觉了。

司空虎和项龙城召集衙门所有的衙役，来到大堂上议事。那个瞎眼的霍斯仁也被请来，坐在一个小板凳上旁听。司空虎清清嗓子道：“这件案子越来越大了，已经有朝廷命官被害。我们先把罗有才被害一案解释清楚吧。罗有才的死因暂且不表，先说那间密室。”

项龙城回头道：“大人有线索了？”

司空虎道：“那间密室，问题出在屋子里的那堆柴火上。我们根据常识，现在并不冷，罗县令在屋子里生火所为何来？再看看被焚毁的窗户，就明白一切了。凶手先把细细的麻绳绑住门闩，再通过破洞的窗纸伸到窗外。凶手关上门，来到窗外，用麻绳拉拽门闩，于是一间密室就形成了。当然事情还没有完，里面的细绳被凶手从窗外抽走，但是破损的窗纸却是一个破绽。凶手的弥补，就是那几根柴火。凶手离开房间之前，先点起一堆柴火，来到门外之后，再把破损的窗纸点燃，让大家误以为窗纸是被柴火烧破的，而非本来就是破损的。”

项龙城默然点头。霍斯仁慢慢拍手。

司空虎问道：“县令罗有才籍贯何处，所学何人，是何时中榜及第，大家可曾知道？”

众人低下脑袋，不吭声。

司空虎冷峻地说道：“你们不讲，说明罗有才来历可疑。”

一个年岁较老的衙役回答道：“他的官是买的啊。”

司空虎一掌拍在桌子上，怒道：“我就觉得这个罗某人不学无术，举止荒诞，定有蹊跷！你们老实说，他当的这些年县令，断了多少冤假错案，害死几条无辜性命？”

众人不敢作声，继续低着脑袋，眼睛看着地板。

一片火光，从衙门后院腾空而起。司空虎马上站起身来，快步走出大堂，众衙役如蒙大赦，也跟在他后面。火光掩映中，一个脸上有刀疤、身背鬼头刀的男人站在屋檐上，俯瞰着整个院子。

司空虎朗声道：“管家兄，躲躲藏藏多没意思？不如下来喝杯清茶，交个朋友啊。在下的好朋友小清，是狐王孙带走的吧？罗县令的死，也是狐王孙的手笔吧？”

阿剑摇摇头，不理司空虎，而是向项龙城伸出手。项龙城纵身一跃，来到屋檐上。阿剑一拳打来，项龙城侧脸躲过，右手捏住阿剑的拳头，右臂往回一带，阿剑的身子立刻往前倾斜。

阿剑退后一步，转身离开屋檐。

项龙城紧紧追上。两人的身影在屋檐上掠过，阿剑来到一个偏院，落在地上。这里是一个死胡同儿，也是阿剑早就选好的决斗地点。鬼头刀的寒芒在夜空中森然闪烁，寒光过后，鬼头刀已经来到项龙城的左侧脖颈，项龙城急忙闪身，一道细细的刀痕留在了项龙城的咽喉左侧。

项龙城摸着颈上的刀痕，倒吸一口气："好刀法！你为狐王孙办事屈才了，不如投靠朝廷，后世流芳，岂不更好？"

阿剑傲然道："我对名利、地位没兴趣，我唯一的兴趣就是与高手过招。狐王孙已经对你们失去耐心，他指令我杀掉你和大理寺丞。"

阿剑手腕一翻，刀光闪烁，鬼头刀立刻侵到项龙城的右侧脖颈处。但是项龙城手指伸出，探向阿剑的手腕。他的手指动作很快，而阿剑的鬼头刀身重力沉，鬼头刀来不及砍下，阿剑就觉得手腕一麻，急忙双腿踢出。项龙城侧身躲过阿剑的腿，阿剑的鬼头刀也趁势收回。

掌声从脚下的院子里传来。

司空虎已经跟了过来，笑道："管家兄，我与狐王孙的对决还没有结束呢。我在如梦馆的信笺上，写明破案的期限是三天，如今三天未过，你们不能食言而肥。"

阿剑把鬼头刀扛在肩上，道："我和项龙城是半斤八两，我回去找帮手，咱们走着瞧！"

司空虎负手而立，微笑着目送阿剑远去。

司空虎和项龙城回到衙门的大堂。天色已发亮，衙役们扑灭了院子里的火。火势并不大，只是冒了几股浓烟。仵作小心翼翼地凑过来问道："大理寺丞，停尸房的三具尸体怎么办？罗县令被害，我们是否告知朝廷？"

司空虎这才想起，大家只顾救火，把停尸房里的三具尸体忘了一个干净。假如火势蔓延到停尸房，那三具男尸势必殃及。司空虎等人快步来到停尸房所在的院子，看到停尸房已经被烧成一片白地，三具男尸也被烧成焦炭。

衙役们七嘴八舌乱嚷起来："还是慢了一步！狐王孙用管家阿剑引

开我们，自己去焚尸灭迹。”

司空虎抬起右手，示意大家安静：“各位，我们上当了。”

衙役们不明白。

司空虎看着停尸房的残垣断壁，眼下狐王孙的破绽越来越多，唯有一样事情闹不明白。那就是，狐王孙，也就是吴王，真的是一个闲得没事干、喜欢大费周章捉弄人的江湖混混吗？他回头看到那个瞎眼的霍斯仁手里拄着一根木棍，支着耳朵听院里的动静。司空虎确定，一切谜底就从此人身上解开！

第八章　案件真相

清早的阳光是温和的，小镇上的人们用清水中洒扫街道，迎接新一天的到来。只不过衙门里群龙无首，那群衙役只好关上门，躲在墙角窃窃私语。司空虎带着霍斯仁来到房间里，请霍斯仁喝本地的山茶。霍斯仁显得很惬意，噘着嘴巴吹茶汤上的热气。司空虎道："霍兄，罗县令一定是知道了吴王千岁现在的模样，才被吴王灭口。假如我把吴王找出来，是否也会遭遇不测?"

霍斯仁莫名其妙："大理寺丞，我哪里知道啊?"

一阵马蹄声由远及近。尘土飞扬之处，一队官兵来到衙门前面。

高力士从轿子里面探出头来。所有老百姓都跪下迎接。

高力士不多言语，快步来到衙门大堂，问道："大理寺丞，你在书信里说已经找到吴王，他如今身在何处?"

司空虎笑道："刚才下官和吴王千岁一起喝茶聊天。"

高力士立刻一头雾水。

衙役们都看着那个瞎了眼睛的霍斯仁。

司空虎道："吴王千岁，多年不见的老朋友找你叙旧，你不露出本来面目，似乎有失礼数?"

霍斯仁鼻子里冒出冷气，吓了一跳。

司空虎继续道："下官早就觉得有问题。昨天夜里，所有人都在观看项龙城和阿剑打架，只有一个人不在，那个人去了哪里呢？他去了停尸房，焚尸灭迹！那个人，就是你霍斯仁，也就是以前的吴王千岁，现在的狐王孙！”

瞎眼男人点头道：“我棋差一着。”

高力士道：“多年旧事，王爷还是放不下程婕妤？”

吴王恨恨地说道：“杀人偿命，有什么不对？”

司空虎道：“我先说说罗县令为什么被杀。原因是他窗纸上的两个洞。罗县令死后，我们把尸体抬走，我看到窗纸上有手指戳出来的两个洞。我忽然想，这会不会是罗县令临死前，给我的线索呢？这两个洞是戳在窗纸上的，但是倘若戳在人的眼睛里呢？那么，罗县令要说的凶手真面目，只能是被戳瞎眼睛的霍斯仁。我于是明白，我们被愚弄了。吴王千岁心思缜密，是一个聪明绝顶的人，下官能遇到这样的对手，也不枉活一世。”

吴王道：“罗有才绝非善类，他贪财心切，讹诈我一千两银子，我只好把他灭口。”

司空虎问道：“吴王千岁到底有何把柄握在了罗有才手里？”

吴王回答：“我和阿剑见面，被罗有才偷看到。”

司空虎怅然道：“阿翁给我讲过一些往事。程婕妤被赐自尽之时，吴王千岁失踪，紧接着你进大明宫行刺，被侍卫重伤。没想到，等到你再次出现，是以如此面目示人，真是出人意料！”

高力士一声长叹。

吴王用蒙着布条的两只盲眼对着司空虎：“我虽然被你揭穿，但是你必须解开我在青原镇布下的谜团。”

司空虎道：“那么，我开始讲解案情。我接手相爷的失踪案，第一个怀疑的是协助狐王孙、贼喊捉贼的杨老七。你利用他犯案，然后过河拆桥，将其灭口。用高跷假装羊蹄，这种诡计也只有狐王孙才能想出来！”

吴王道：“不错！”

司空虎冷冷道："解开那两次凭空失踪的把戏，并不难。第一次，你让武艺绝顶的管家阿剑杀了十五名官兵，绑架相爷，只有侍卫头领秦玉逃过一劫，但是身受重伤。十五名官兵死后，阿剑将尸体埋进草棚的地下。至于相爷，其实已经被塞进杨老七的马车里，然后铺上稻草！准备两条绳子，再加上迷药，这不难办到。第二次，更好解释。小清失踪之后，我用一根木棍，在草原上四处查找破绽，很容易就找到了。那就是草原上的水坑！"

吴王笑起来："雕虫小技而已，皇侄送你的那面'长安智囊'牌匾，果然实至名归。"

司空虎继续道："小清被绑架之后，阿剑带着小清钻进水坑。水坑里，是早就布置好的机关。机关一侧是泥土，另一侧是用泥土掩盖的翻板，阿剑和小清钻进水坑之后，合上带着机关的翻板。"

高力士明白了："按照你的书信，那天草原上没有遮蔽物，既然不可能飞到天上，那就只能钻进地下。"

司空虎点头道："我用木棍在草原上的水坑里戳几下，立刻觉得里面很结实。那群衙役不过脑子，认为水坑结实不稀奇。可偏偏就是水坑，才不应该结实。请问，草原上水坑里面都是烂泥和草根，怎么可能结实得了？尤其是那天下雨。雨水也是障眼法，水坑里面翻板合上，另一侧的泥水，再加上天上瓢泼的雨水，将机关外面再次灌满，一个几近完美的计划就形成了。"

吴王慢慢拍手："很好，继续。"

司空虎长出一口气："现在我们讲一讲冯胖子的事情。冯胖子是你在县衙的内应，也就是真正的主簿霍斯仁。他自己插自己一刀，然后用龟息功装死，嫁祸项龙城。之后冯胖子就躺在衙门里，为你们打探消息。谁知道出状况了，阿雨来县衙求助，冯胖子急忙去如梦馆报信。他本来就有刀伤，再加上龟息功伤身体，就死在那棵树下。"

吴王一脸赞许之色："大理寺丞，我小看你了。以前听到你的断案传说，还以为是以讹传讹，看来你是真正的高手。”

司空虎道：“再说一下最关键的地方。侍卫头领秦玉重新向你挑战，与你交手之时，戳瞎了你的眼睛，自己也身受重伤。秦玉自知命不久矣，悄悄带走阿雨，要她远离是非。阿剑出现，秦玉死在阿剑手下。你将计就计，冒充主簿霍斯仁，来到我身边埋伏，查看事情的走向。”

吴王愤愤不平起来：“秦玉和我决斗的情形，与大理寺丞的分析并无出入。你把一切案情都揭开了，可否该我讲了？你有没有想过，为什么我谁也不找，单单向你挑战？这本来就是一个圈套，专门为你谋划的圈套！”

一阵迷烟喷来！

司空虎和高力士体力不支，倒在地上，昏了过去。这时，青原镇客栈的店小二出现在大门口。店小二跨过地上横七竖八的衙役，来到吴王身边。吴王道：“大理寺丞，我在案子上输给你，但是你依旧被我调虎离山。多年已过，我去长安城，找老朋友叙叙旧。”

话落，吴王得意忘形，哈哈大笑起来。

第九章　狐王孙的往事

司空虎昏昏沉沉的，一觉醒来，发现自己躺在如梦馆的一间房间里。他拍拍脑袋，眼前依旧迷糊，看来迷药的功效还没有发散干净。房门荡开，那个青原镇客栈的店小二，手捧一个食盒，走进房间。店小二一脸傲兀，从食盒里拿出面饼和咸菜，交给司空虎："大理寺丞，这里没有山珍海味，你暂且将就一下。"

司空虎接过面饼和咸菜，笑道："吴王千岁想杀我，也就罢了，可是这断头饭，也不能是面饼咸菜啊。"

店小二淡淡道："吴王千岁不会杀你的。他和阿剑去长安城办大事了，我负责留守如梦馆。"

司空虎问道："相爷、阿翁和小清呢？"

店小二回答："他们在偏院暂住。吴王千岁远行之前，嘱托我给你讲一个故事。"

司空虎咬一口咸菜，道："听听故事，无伤大雅。"

店小二开始讲吴王的故事。

先皇睿宗当政，吴王是睿宗皇帝的堂弟，自然也是春风得意。他跟其他纨绔子弟不同，喜欢结交江湖朋友，一身文武全才，再加上为人随和，百姓们也都很喜欢他。后来吴王遇到了程侍郎的独女，一见倾心，就向程侍郎提亲。程侍郎答应下来，双方开始准备亲事。这件事情被太平公主知道了，太平公主使坏，就把新娘送给了睿宗皇帝。

吴王被人横刀夺爱，这一次可谓对睿宗皇帝恨之入骨。

吴王孤身一人，背着一个小包袱，打算离开长安城，亡命异乡。这天晚上，他躲在长安城外的一间客栈里，一边欣赏月色，一边吟诗。一阵轻盈的脚步声从头顶上方的屋脊传来。吴王听出，有江湖高手出现了，立刻放下书卷，抓起一柄长剑，飞身掠出。

一名白衣男子手持长剑站在屋檐上。

吴王问道："你是何人?"

白衣男子回道："卑职是一名侍卫头领，贱名林万壑，见过吴王千岁。"

吴王冷笑："万壑松风，这个名字不错，但是我从没听说过你，看来也是一个小角色。你是皇帝老儿派来杀我的?"

林万壑道："并非是陛下指派，而是太平公主下了命令，要求千岁病死。林万壑职责所在，只能向千岁不敬。这里不是打斗的地方，你跟我来。"

林万壑转身掠出。吴王脚下一顿，也掠上墙头，紧紧跟上。两个人也不知道跑过了几条街巷，终于来到一个僻静的院落。这里很偏僻，旁边没有邻居，简直是一个绝佳的打斗场所。林万壑落在院子里，吴王足尖刚一着地，院子里忽然多出了一群白衣男人。吴王眼睛一扫，一共十个人："宫廷侍卫为什么不敢穿官服？你们是害怕谋害王族的罪过吗?"

林万壑阴险地大笑："我说过，职责所在，只能对千岁不恭，受死吧!"

十个白衣男人都从腰间抽出钢刀，刀尖的寒芒直指吴王。吴王从剑鞘中抽出长剑，护住自己的身形。寒芒闪烁，十把钢刀一起攻向院子中心的吴王，吴王手中剑光一荡，身形掠出，十把钢刀砍一个空。吴王不敢恋战，心想自己性命就要交待在这里，不如离开。谁知一个铁丝连成的巨网，将吴王兜头罩住。吴王挣扎不得，被牢牢缚住。众白衣男人得意扬扬地大笑起来。

林万壑一摆手，其他人让开："吴王千岁，你活该去见阎王，要怪只能怪你自己不够强!"一掌拍在吴王的心口，吴王嗓子一热，一口黑血吐出，倒在地上。

这时，忽然一个单薄的身影出现在院子外面。

林万壑回头一看，是程侍郎的千金，也就是当今程婕妤，站在他的身后，一脸阴霾。

林万壑道："娘娘，这件事，你最好不要管。"

"夺人妻室，还要斩草除根，你们好狠。"

"这是太平公主的意思。"

"太平公主真喜欢管闲事。你们可以杀死吴王千岁，但是倘若我禀报陛下，你林万壑还有命吗?"

林万壑作声不得。太平公主下令将吴王暗杀，如今却变成了行刺。眼前的吴王是一个烫手山芋，自己巴不得丢给程婕妤。林万壑向其他宫廷侍卫递个眼色，众人掠上墙头，消失不见了。

吴王站起来，看着程婕妤道："我该如何称呼你呢，娘娘?"

程婕妤跪在地上，流泪道："是程氏有负千岁，任凭千岁处置，绝无怨言。"

吴王惨笑："我处置你?你要是有良心，就跟我进大明宫，杀了皇帝老儿和太平公主……"说着忽然觉得胸口发闷，眼前的程婕妤也模糊起来，一口黑血吐出，昏迷过去。

等到吴王醒来，发现自己躺在床上，身上盖着被子。一个小丫鬟站在床前，此时便向外面嚷道："娘娘，他醒了。"

吴王推开被子坐起身来，但是胸口窒息，一个脚步不稳，跌在地板上面。程婕妤进来，急忙扶住，道："这里是我父亲的别院。昨夜我回家省亲，遇到千岁被围攻。我不敢说是千岁出现，就谎称一群窃贼来别院偷盗，一名侠客赶走窃贼，但是侠客自己也受了重伤，我把侠客留下养伤。”

吴王怅然道：“我无处可去，只能先躲躲。”

当天晚上，吴王来到院子里，看到程婕妤的身影坐在屋檐下。她一身落寞，座前一面古琴，如笋的指尖在琴弦上轻轻划过，吟道：“夫何一佳人兮，步逍遥以自虞。魂逾佚而不反兮，形枯槁而独居。”

吴王问道：“这是司马相如的《长门赋》。你做皇帝老儿的妃嫔，似乎并不顺心？”

程婕妤点头道：“一入宫门深似海。我一直很羡慕江湖豪杰，可以仗剑而行，快意恩仇。我自己都不明白，为什么命运弄人，自由自在的日子不过，成为笼中之鸟？”

吴王忽然高声道：“既然你不喜欢皇宫，干脆和我一起离开吧？你不是想要摆脱牢笼的吗？我们可以做一对江湖侠侣，惩恶扬善。”

程婕妤下意识地抚摩小腹，摇头道：“我要是在一个月前，大概会跟你一起去闯荡江湖的，但是如今……我身有喜脉了。”

吴王长叹一声。

程府里的隐居生活蛮惬意。程婕妤对其殷切照料，一天三顿，皆是好酒好肉。程婕妤省亲过后，坐上轿子，在几个太监的簇拥之下，回大明宫去了。

吴王隐居程府别院的事情，还是被程侍郎知道了。对方本就仰慕吴王，于是让他一直躲在这里。这天程侍郎回到家就长吁短叹，一边要家人收拾行装。吴王探问究竟，原来程婕妤怀孕，遭到了凌贵妃的嫉恨。凌贵妃入宫多年，一直未能生育，见程婕妤有喜，便开始使坏，暗中在自己的酒食里下毒，然后栽赃给程婕妤。睿宗皇帝偏心凌贵妃，便将程婕妤赐死。程婕妤有口难辩，想要面圣，把自己有喜的事情告诉睿宗皇帝，但是睿宗皇帝不见她，那帮太监又都是凌贵妃的人，硬是逼着程婕妤喝下毒酒。吴王只觉得一个响雷在自己头上炸开，转身离开程府。

闯进大明宫，吴王的身影飞快地掠过屋檐，众侍卫发现后立刻喊叫起来。吴王如入无人之境，径直来到程婕妤所居的偏院。程婕妤的尸身停放在床上，只是再也不能醒来。

吴王看到旁边是一张桌案，桌案上一个酒壶，旁边是一张粉彩信笺，抓起信笺，上面正是司马相如的那篇《长门赋》。吴王几乎将那张粉彩信笺捏得粉碎，喃喃道："傻女人……我从没见过这么傻的女人！大明宫有什么好，引诱大家削尖脑袋往里钻?"

只听到一声断喝，那群侍卫已经追来。吴王一脸戏谑，心想这群侍卫给这个傻女人陪葬，也很不错。

等到那群侍卫被吴王全部诛杀，一个高高的身影，身穿官服，嘴角冰冷，负手而立，站在偏院门口。

吴王冷冷看着对方，眼神越来越凌厉："请你杀死我。你杀不死我，我就会杀掉那个凌贵妃。"

林万鳌道："我怎么忘了，千岁现在是刺客？我从不拒绝送上门来的东西，既然你来送死，那我就笑纳了。我一直想升官，或许千岁能帮我?"

林万鳌说完，从腰间抽出长剑，向着吴王攻来。他的长剑极其锋利，所有被他的长剑碰到的东西，全部成为碎片。吴王伤势未愈，再加上杀了那些官兵，一时精疲力竭，被对方看出破绽，只觉得胸口一痛，整个身子立刻被抛到墙上。那面墙立刻被砸出了一个浅浅的血印。

吴王知道，自己性命马上就要交待在这里了，一时挣扎不得，声嘶力竭地喊叫起来："杀我呀！"

林万鳌慢慢逼近，手中寒芒闪烁。

一个黑色的影子，从墙头掠过。林万鳌抬头去看，只见一团烟雾从空中喷洒下来，急忙用袖子遮蔽。烟雾过后，黑色的影子不见了，半死不活的吴王也不见了。

那团黑影正是吴王的一个旧部，名叫陈贵。吴王身受重伤，肋骨被林万壑刺断四根，便随陈贵远避他乡，来到青原镇养伤。吴王本打算在青原镇了此残生，但是一直不能忘记心中的恨意。陈贵经常往来于长安城与青原镇之间，带回不少消息给吴王——睿宗皇帝驾崩，凌贵妃被打入冷宫，林万壑倒是升官做了左金吾卫大将军。

一年之间，一个名叫司空虎的大理寺丞成为断案能手。吴王担心司空虎为人机智，决定将其骗出京城，去掉一块绊脚石，于是设下圈套，制造了宰相李林甫的失踪案。这种案子匪夷所思，正对司空虎的胃口，对方果然上钩。谁知阴差阳错之间，侍卫头领秦玉戳瞎了吴王的眼睛。吴王只好冒充自己手下的主簿霍斯仁，来到衙门里面，查探情况。

那个管家阿剑，就是以前的陈贵。店小二负责在客栈里打探消息，阿剑负责打架，冯胖子坐镇衙门，于是青原镇的一切，尽在狐王孙的掌握之中。

店小二讲完了吴王的往事，司空虎缄默不语。先皇睿宗抢了别人老婆，又不珍惜。后宫佳丽三千，能够得宠的又有几人？其他人只能独守空闺，成为陪衬。

司空虎掰开面饼，塞进嘴里：“吴王千岁和程婕妤确实令人同情，但是你们是否忘记了一个人。你不想想，当你喷洒迷药的时候，项龙城为何不在衙门?”

店小二脸色一沉：“难道你让他在暗处看着我们?”

司空虎道：“吴王千岁已经去长安城报仇了，但是项龙城一直跟着他，吴王千岁是否会得偿所愿呢？这就看天意了。”

第十章　皇室的秘密

太阳高悬在天际，李隆基站在回廊的池塘前面，看着来回游走的锦鲤。他随手拈起一块点心，掰碎丢在鱼池里，锦鲤立刻蜂拥而来，啄食点心的碎屑。李隆基眼睛一撇，看见一个身穿长衫的身影立在屋檐上，笑道："项侠客，你进出大明宫如此自如，真把这里当成你家了？"

项龙城被发现行踪，便从屋檐上落在院中，跪下道："陛下，多年前失踪的吴王千岁，如今再次出现，而且意图不轨，进宫犯驾。大理寺丞、阿翁和相爷都已经被吴王绑架。项某跟踪吴王来到了长安城，行事唐突，陛下莫怪。"

李隆基冷冷道："吴王犯驾，不会找到朕的头上。"

忽然，不远处的一处墙垣，冒出火光，浓烟升腾，弥漫天际。一群侍卫快步赶来，将皇帝李隆基护在中心。一个身背鬼头刀的男人出现在屋檐上。阿剑脸上的刀疤，此刻分外显眼。项龙城飞身掠起，与阿剑在屋檐上打斗起来。那群侍卫看到果然有刺客，更是满脸警惕。

阿剑见到自己行迹败露，立刻一股穷途末路的感觉，困兽犹斗，扑向项龙城。项龙城手掌平推，一股力道拍出。阿剑心慌意乱，脚下不稳，向后倒去，将屋檐上的瓦片踩出几个大坑，最后跌进断裂的墙垣里。他刚从墙垣的断裂处爬出来，侍卫们的钢刀就已经寒光闪烁。阿剑浑身浴血，伤重毙命。

李隆基忽然叫道："等一下！"

项龙城回头，看到李隆基已经来到自己身后。李隆基显然已经发现了事情的转机："项侠客，刚才你说是吴王进宫犯驾？朕知道如何化解干戈了。你跟朕去冷宫一趟，必有收获。"

冷宫里，一床破败的棉絮堆成一团，幽禁多年的凌贵妃正坐在木板床的一角，痴痴呆呆地看着地面。地面上一只老鼠，在柴火堆里钻进钻出。吴王手里拄着一根木棍，腰间悬着一柄长剑，从远处渐渐逼近。

凌贵妃看着吴王，一脸傻笑："陛下你来了？臣妾等你等得好苦！"

吴王右手一抬，一股力道打在凌贵妃脸上，把她打了一个趔趄。吴王继续发力，凌贵妃被打倒在地，但是依旧一副呆傻模样。吴王眼睛看不见，但是能够听到对面的傻笑声，下意识地收回力道，开始迟疑。

这时皇帝李隆基和项龙城已站在冷宫门口。

吴王回头。项龙城看到，对方满脸杀气，心头忌惮之下，护在李隆基身前。李隆基摆摆手，示意项龙城不必大惊小怪："当年，程婕妤谋害凌贵妃，先皇大怒，将程婕妤赐死。一个刺客在当夜大闹后宫，被宫廷侍卫重伤，可是皇叔你吗？"

吴王昂首道："是又怎样？"

李隆基点点头，道："皇叔也算有情有义，程婕妤不跟你逃离长安城，似乎是一个错误。世间女子，一入宫门，真正能够得到恩宠的又有几人？反不如江湖儿女，快意恩仇，自在许多了。你来这里，是要取凌贵妃的性命吗？"

吴王冷冷道："明知故问。"

李隆基指着那个痴痴傻傻的凌贵妃道："你要是取了凌贵妃性命，不仅朕感激你，她自己也会感激你。程婕妤被赐死之后，凌贵妃立刻被打入冷宫，没多久就疯了。她在冷宫，忘记了一切，只记得自己是先皇恩宠的妃子，每天在这里梳妆打扮，等着那个永远不会再来看她的先皇。”

吴王侧耳倾听，凌贵妃继续嘿嘿傻笑。吴王慢慢从腰间抽出长剑，剑尖指向凌贵妃的咽喉。

凌贵妃忽然大笑道：“陛下你来了，陛下是本宫的，谁也抢不走！”

吴王慢慢收回长剑：“这个女人，我不会让她这么快就解脱。我在青原镇隐居多年，如今要用司空虎、小清、高力士和李林甫，换取青原镇三年内免去税赋。虽说是以少换多，但是皇侄应该可以答应的吧？”

李隆基点头道：“可以，朕准了。”

三天后，司空虎回到大明宫，呈报吴王一案的卷宗。李隆基依旧一副淡然处之的态度，靠在回廊的栏杆上，神态悠闲地给锦鲤喂食，回头问道：“大理寺丞进宫，是想知道凌贵妃被打入冷宫的内情？”

司空虎低头道：“臣不该过问后宫之事，臣只是来向陛下感谢救命之恩的。”

李隆基笑道：“大理寺丞客气了。”

尾声

司空虎回到家，看到吴王坐在院子里的石桌旁边，手里端着一壶茶，自斟自饮，此刻听到脚步声，倒了一盏茶递过来：“大理寺丞，先皇睿宗那不能言说的秘密，你早就知道?”

司空虎一边喝茶，一边道：“这是山茶，我真喜欢喝青原镇的山茶。程婕妤死后，先皇还是知道了程婕妤有孕的事。程婕妤有孕，自然没必要去谋害一个不能生育的凌贵妃。凌贵妃的阴谋，也就昭然若揭。先皇虽说将凌贵妃打入冷宫，但是皇帝金口玉言，是不能认错的。于是程婕妤的冤案一连数年不能昭雪。这是我去青原镇之前，阿翁对我说的。”

吴王道：“我要离开中原了，店小二跟我一起离开。”

司空虎把茶盏放在唇边：“青原镇一案，就此了结。能够遇到吴王千岁这样的高手，下官钦佩之至。”

吴王笑道：“案子结束，可有感想?”

司空虎怅然地看着院子上方的天空，只说了一句：“阴天了，又要下雨了。”

此刻，他满肚子的话却一句说不出来，也许断了太多案子，他已麻木了；也许新的案子即将来临，他已无暇感慨了……